U0928672

Qianxun－Culture
－图书·影视－

小淮啾

Xiao Huai Jiu

酒矣

江苏凤凰文艺出版社
JIANGSU PHOENIX LITERATURE AND
ART PUBLISHING

图书在版编目（CIP）数据

小淮啾 / 酒矣著 . -- 南京：江苏凤凰文艺出版社，
2021.3
ISBN 978-7-5594-5505-5

Ⅰ . ①小… Ⅱ . ①酒… Ⅲ . ①长篇小说 – 中国 – 当代
Ⅳ . ① I247.5

中国版本图书馆 CIP 数据核字 (2020) 第 258624 号

小淮啾

酒矣 著

责任编辑	丁小卉
特约编辑	林水兽
封面设计	白 麻
责任印制	刘 巍
出版发行	江苏凤凰文艺出版社
	南京市中央路 165 号，邮编：210009
网 址	http://www.jswenyi.com
印 刷	长沙鸿发印务实业有限公司
开 本	880 毫米 × 1230 毫米 1/32
印 张	10
字 数	259 千字
版 次	2021 年 3 月第 1 版
印 次	2021 年 3 月第 1 次印刷
书 号	ISBN 978-7-5594-5505-5
定 价	54.80 元

目录 CONTENTS

目录 CONTENTS

第一章 破壳

晨间的露水浸润着青草，阳光洒满了树梢，树枝上的小麻雀抖了抖羽毛，发出欢快的啾啾声。

“大哥哥，你什么时候再来看我们啊？”抱着一只小熊玩偶的小女孩抬着头，语气小心翼翼的，乌黑的眼睛里透露出期待。

被询问的顾淮因太受欢迎，被小孩子簇拥着。他笑了笑，道：“下星期吧，到时候再给你们带礼物。”

这里是 A 市郊区的一家儿童福利院，在顾淮的资助下，最近刚翻新了一遍，整体环境看起来温馨且舒适。

顾淮资助这家福利院没什么特别的原因，只是因为他曾经也是这家福利院收养的孩子，所以在他现在力所能及的情况下，他想报答福利院。

再过段日子，A 市这边会降温，正式入冬，顾淮打算下次过来的时候给这里的小孩带些冬天的新衣服，这也就是他刚才答应要送他们的礼物了。

在福利院看望完孩子们之后，顾淮回到家里，然后坐到电脑桌前开始今天的工作。

顾淮的职业是一名编剧，尽管年轻，但他在业内已经有些名声。屋子里头大大小小的奖杯加起来能凑一桌，而且每一个都含金量十足。

然而，即使是再厉害的编剧，有时候也免不了患上拖延症——拖稿，顾淮望着手头上大约完成了百分之九十的剧本，一阵头疼。

工作已经完成了百分之九十，是不是看起来收个尾就轻松了？

那确实是。

但如果明天就是截稿日呢?

那真是令人头秃。

还好这是改编剧本，改编难度不高，顾淮觉得今晚熬夜应该能搞定。

清脆的键盘声在房间里持续响起，顾淮从早上九点开始工作，忙到窗外天色全暗下来，然后又变得光亮。

除了早上吃了一顿早餐，剩下的两餐都被工作中的顾淮忽略了。

顾淮虽然有拖延症，但并不喜欢拖稿，所以每次在死线到来的前一天，他都要爆发一次。

这种二十多个小时不停歇的高强度工作很折腾身体，顾淮听见邻居家的鸡鸣声时刚好完稿。

对着完成的剧本，顾淮在这一刻放松了紧绷的神经。

而也是在这放松的同时，他突然眼前一黑。

要用词形容的话，就像是绷了太长时间的弦，因为终于承受不住拉力崩断了。

人在面对死亡的时候会有一种明明身体动弹不得且逐渐发冷，意识却还维持着短暂的清晰的感觉。

在意识彻底消失前的极短时间里，顾淮想了不少事情。

他想，还好自己早八百年就把遗嘱给立了，死了以后就把这几年赚的钱都捐赠给那家儿童福利院。

然后想，今天的微博热搜他已经想好了，假如导演因为等不到他交剧本而亲自上门，今天的热搜标题就是“天才编剧某某猝死家中”。

最后他谦虚了一下，自己喊自己天才是不是有点不要脸?

算了，死都死了。

顾淮的意识到这里完全消失，本来以为自己再也醒不来了。然而，对他来说只是眼睛一闭一睁的工夫，他发现自己好像还活着。

但比起庆幸命大，灵活的头脑先让顾淮发觉自己现在面对的情况有点不寻常。

明明已经做出了睁眼的动作，他眼前却还是一片黑暗。

顾淮的第一反应是自己怕不是瞎了，但他随便一伸手就在四周摸到一层障碍物，这让他明白自己现在是躺在一个狭窄密闭的空间里。

首先不会是医院。

棺材？

这个想法冒出来不到一秒，马上就被顾淮给掐灭了。

也不可能是棺材，没听说过谁家下葬不给躺棺材里的死者穿衣服。

他现在身上都没衣服，并且皮肤上好像沾着些不知名的黏滑液体。

情况太奇怪，顾淮没有乱动，他先确认自己的身体完好并且可以自由活动，再仔细地探查了一下自己所处的这个空间。

这个关着他的空间确实是完全封闭的，但不是顾淮一开始以为的方形，好像是圆的，从外边看的话，可能看起来会像一颗蛋……

作为一名编剧，顾淮拥有着丰富到不合时宜的想象力。在这种情况下，他甚至天马行空地想象了一下自己是在一颗蛋里，只有这样，他没穿衣服和皮肤上沾着黏滑液体，就都能解释得通了。

有理有据，令人信服。

可乱想归乱想，为了不让自己憋死在这里，还是得马上进行自救。

由于成长环境的影响，顾淮自小独立，像面对眼下这种异常情况，他最先采取的行动不会是尝试呼救，而是想着自己解决。

顾淮维持躺着的姿势，试探地伸手敲了敲空间顶部。

“嗒。”

非常轻，顾淮没有用多大力度，这一敲击让他发现，这个空间周围的“壁垒”大概不算非常坚硬，用力多敲几下的话，他应该有机会从里边把这东西敲破。

“嗒嗒嗒——”

一下又一下的敲击声接连在黑暗隐蔽的洞穴里响起，在这个声音最早轻轻响起的时候，这片黑暗中突兀出现的几十双猩红竖瞳就锁定了声源，用视线紧紧盯视着。

这些猩红色的眼睛在黑暗中显得更加令人畏惧，目光冰冷凶戾，毫无人性与人类感情可言。

显然，这并不是人类的眼睛。

隐匿在黑暗环境里的这些非人生物体形很是庞大，身体的每处构造都像是为了战斗量身定制的——泛着冰冷光泽的躯壳让它们看起来有着极坚固的保护壳，前臂像带着锯齿的利刃，尖锐锋利的牙齿单从视觉上看，也具备相当可怕的咬合力。

这些恐怖生物，每一只都比成年人的体积大上数倍，毫无疑问，它们拥有能够轻易穿刺并撕裂猎物的能力。

这些外形可怕的生物隶属虫族，并且是虫族数个族群之中最为残暴好战的塔克虫族。

这些塔克虫族士兵像是在守护着什么重要的东西，它们将平稳地躺在洞穴里的一颗大白蛋围在中间，像形成了一道防护圈，此时它们正一动不动地守卫着。

敲击声从这颗大白蛋内部传出，这个声音接连响起，守在这颗蛋周围的塔克虫族紧缩竖瞳，直到将瞳孔收缩成针状。

此刻谁都能明白，这些身躯庞大的危险生物已经进入了高度警戒状态，或者说是战斗状态——任何敢在这时闯入它们守卫着的这个洞穴的活物，都会被判定为威胁，下一秒，那些活物就会被它们撕成碎块。

也许是敲累了，从蛋壳内部传出来的敲击声停了一会儿。

在声音停止时，围在这颗大白蛋附近的塔克虫族开始躁动。

一方面，护卫的本能让它们警戒着周围可能出现的危险，但另一方面，它们又不愿意把视线从这颗蛋上移开。

这颗蛋中有对它们来说非常珍贵、重要的宝物。

顾淮确实是敲累了，敲起来感觉是脆脆的一层壳，还挺扛敲。

顾淮休息了一会儿，继续进行突破。他每用力敲击一下，击打位置出现的裂纹就更加明显。

终于，这个量变成了质变。

“咔嚓——”

清脆的碎裂声响起，封闭的空间顶部被顾淮捶开了一个拳头大小的洞，但并没有多少光线从这个洞口照进来。

外边的环境也很昏暗，顾淮意识到了这一点。

顾淮继续破坏这个狭小的空间，等把顶部那拳头大小的洞扩大到能让他出去的时候，他谨慎地往外边悄悄探出一个头。

而这一露头，刚看清外界，顾淮就傻眼了。

几十双猩红色的眼睛在他探出头的那一刻就锁定了他，这些竖瞳的主人拥有庞大的身体和令人畏惧的构造。作为被盯视着的人，他条件反射地屏住了呼吸。

从顾淮身上传递出来的些许惊惶让围在周围的塔克虫族再次躁动起来，甚至有几个开始从喉咙里发出了“嗞”声。

只要青年表现出任何负面情绪，无论是不安、害怕，还是悲伤，都会让这些守卫着他的塔克虫族愤怒不已。

这种愤怒是不讲道理的。

对它们来说，最重要的存在向它们传递了这种不安。为了让青年能够安心下来，这些塔克虫族将保护圈缩小了一层。

不会有任何敌人能够从它们这里通过。

可顾淮并不知道自己是被它们保护着的，在对真实情况还一无所知的顾淮眼中，眼前这些外形可怕的不知名生物进一步向他包围过来，这个行为让他内心咯噔了一下。

请问现在藏回去还来得及吗？

在生死一线间，顾淮的心跳怦怦加速，理智强制着冷静了下来。

看着这些明显不属于地球的可怕生物，顾淮有些蒙。

他目光迅速搜索可行的逃跑路线，而不到两秒时间，他找到了那条唯一的活路。

由于这些生物体形庞大，在这包围圈里，非常幸运地有那么一个他也许能跑出去的空隙。

但有一个并不严肃且非常坑人的问题，他没穿衣服。

顾淮实在没有想到，在他二十多年的人生里能遇上这种情况——裸奔还是原地等死?

顾淮扯了扯嘴角。

原地等死是不可能的，但他也真的不想裸奔。

矛盾的想法让顾淮的行动产生了短暂停顿，此时，他心里有两个强烈想法：

一、逃跑

二、要衣服

顾淮维持着只探出一个头的姿势，双手正搭放在被他敲出一个洞的白壳边缘，几乎就在他对衣服产生需求的同一瞬间，一件他不能理解的事情发生了。

被他用手碰到的白色外壳忽然凭空消失了巴掌大的一块，而他的身体套上了一件款式简单的衣服。

跑!

身体反应比头脑更快，顾淮双手用力一撑，整个人迅速跳出，发挥出他这辈子最快的短跑速度，往那唯一可能生还的空当位置跑去。

和顾淮想的一样，他一跑，原本只是慢慢向他包围过来的危险生物也跟着高速移动起来。

星际中，任何一个种族的人面对虫族蜂拥而上的画面都会感到头皮发麻，因为这是一种不畏死亡的冲锋。

丝毫没有对死亡的恐惧感，接受上级命令的虫族士兵会无视任何痛觉，以毫无怜悯的冰冷态度歼灭敌人。

它们甚至不会将自身的死亡视为牺牲，而是一种理所当然的战术。

要问此时此刻被一群塔克虫族追着的顾淮是什么心情，他只能说……他快跑不动了！

这个洞穴的光线很暗，对没有夜视能力的顾淮来说，他想要看清前边的路并不容易。

而且，这个洞穴实在太大了。其实顾淮自己都不确定现在跑的方向是出口还是更深的地方，但他现在管不了这么多。

即使只有一丁点生还的可能，挣扎肯定比不挣扎强。

然而，在看不太清路的情况下，以不能减速的状态奔跑的后果就是，跑着跑着，顾淮一不小心被没注意到的障碍物绊倒了，右边的膝盖直接在地上磕了一下。

“嘶……”这一下磕得不轻。

这是代表疼痛的声音，即使不具备多少智慧，在后边追赶而至的塔克虫族也能理解这一点。

而这样的理解，令这些塔克虫族瞬间就进入了本来只有在遭受重伤时才会出现的狂暴状态，它们从喉咙里发出代表威胁的低吼声，紧缩的猩红竖瞳盛满了嗜血杀戮。

青年表达疼痛的声音对这些塔克虫族来说，是一种莫大的刺激，它们无法容忍这样的事情发生，但是在这周围却找不到能成为它们目标的敌人。

当顾淮因为摔了一跤而停下的时候，后边一直追赶他的塔克虫族已经重新将他包围起来了。

没机会了……

被再次围住的一刻，顾淮不得不认命了。

连站起身的机会都没有，顾淮眼睁睁地看着为首的那只庞大生物将它那如同锯齿利刃般的危险前臂向这边抬起。

那比真正的尖刀更加锋利尖锐，在这刀锋猛地挥落的同时，顾淮不由得咬咬牙，闭上了眼睛。

一秒……

两秒……

三秒……

预想中的痛觉并没有出现，顾淮慢慢睁开眼，发现自己什么事都没有，而刚才害他绊倒的障碍物被彻底削平了。

完成这项动作的恐怖生物已经将前臂垂放了下来，和其他同类一起，无声地将他围着。

这些生物并不是想要攻击自己，顾淮突然意识到了这一点。

而当顾淮因为这个意识而平缓心跳时，不知道是不是他的错觉，他好像能够隐约感知到周围这些异形生物的情绪。

它们非常愤怒，但这种怒火不是针对他的。

结合刚才让他摔了一跤的障碍物被削平这一点，他心里忽然冒出一个自己都愣了一下的想法。

是因为他受伤了，所以它们才会这么生气。

顾淮不太确定地想着，他都不知道自己为什么会这么认为。为了验证这一点，顾淮又低着头，发出了类似倒抽气的声音。

这就像是一种讯号，围在青年身边本来就已经极端愤怒的塔克虫族被进一步激怒，从压抑的安静状态变得蠢蠢欲动，锋利的前臂尖端一下子深深插进地面，直接给这坚硬的岩石地表制造出数个坑洞。

顾淮：“……”

这些塔克虫族的反应直接验证了顾淮的猜想，这时顾淮终于明白了，眼前这些可怕生物把他包围起来的行为并不是将他视作猎物的围攻，而是保护。

这是一个保护圈，它们只是在守卫着他。

顾淮不清楚原因，但一旦理解了这一点，他的许多认知也不得不随之发生改变。

比如说，同样是被几十双猩红眼睛紧紧盯视着，顾淮一开始会竭力思考怎么逃跑，但现在，他心里已经生不起多少紧张感了。

从外形上看，这些异形生物确实都非常危险可怕，无论是能深深扎进地面的锋利前臂，还是尖锐的牙齿，都充满了致命的威胁。

可确定了自己是被它们保护着之后，顾淮从地上站起身，深吸了一口气，尝试往体形最高大的那一只异形生物靠近。

越是靠近，顾淮从它们身上感知到的暴怒就越是清晰。在这一双双盯视着他的猩红眼睛里已经不存在任何理智，但即使这样，它们也不从他身边离开。

而当顾淮主动靠近为首的那只塔克虫族时，他看见这只体形庞大的危险生物将它的前臂往后边移了移，并调整角度，尽量把锋利的一向避开，不让他碰到。

顾淮愣了一下，被小心保护着的感觉太明显了，甚至用“保护”来形容已经不够准确，该用“呵护”。

这种被呵护着的感觉在顾淮到目前为止的人生经历中鲜少出现，毕竟他是在福利院长大的孩子。

虽然在福利院里当护工的大多是有爱心的人，但福利院里需要照顾的孩子很多，每个孩子能分到的关爱就会有限。

并且，这种关爱和家长真正面对自己孩子时的爱也是不一样的。

顾淮早慧，所以在幼年时就分辨出了这种不同。不过他也不失望，因为他觉得自己得到的善意、关心同样可贵，值得感谢。

顾淮眨了眨眼，回过神来，看着眼前这些明显对他表现出保护姿态的危险生物，开始思考一件事情。

要怎么做才能平息它们的愤怒？

他确实能感知到这些生物的情绪，就像是与生俱来的能力一样。而在刚才不小心摔倒被疼痛感刺激的时候，他有一瞬间产生了某种错觉——觉得自己好像和它们建立起了某种精神上的连接，他能够直接向这些生物传达他的意识。

——我没事，你们别生气了。

不知道行不行得通，顾淮反正先试一下，他努力回想当时的状态，尝试安抚周围的这些大型生物。

顾淮习惯在对话时注视着对方的眼睛，所以现在他费力仰着头，好不容易才与为首的那只塔克虫族对视。

在顾淮面前的这些塔克虫族只是虫族中能力阶级最低的士兵，低等虫族无法进阶出类人形态，它们既不具备太高的智慧，也不拥有语言能力。

但即使无法以语言回答，这些塔克虫族依然是给出了回应的。

紧缩成针线状的瞳孔稍微放松，这些身躯庞大的可怕生物向青年低下了头颅，锋利的前臂也跟着垂放下来，像是终于脱离了战斗状态。

但还是没有完全放松下来，顾淮想了想，伸出手在前边那只塔克虫族的锋利前臂上轻拍了拍：“乖啊，不生气了。”

这句话不是通过精神链接传达，但这个塔克虫族士兵似乎也理解了顾淮的意思，在被他拍前臂的时候，它从喉咙里发出很低的嘶声，然后低垂着头颅一动不动。

这毫无疑问是一种顺从的姿态，假如此时有第三个生物在场，无论是星际里哪一个种族，都会怀疑自己的眼睛。

虫族在这个星际里就是冷酷、残暴的代名词，更何况是虫族中最为凶狠暴戾的塔克虫族。

可以说在战场上，虫族军队是所有种族都不愿意面对的敌人，而其中又以出身塔克族群的虫族士兵为最。

这些塔克虫族在战场上说狂暴就狂暴，而且一旦进入狂暴状态就不会停止，除非让它们彻底丧失战斗能力或者敌人全灭，否则只要身体还有一个部件能动，塔克虫族都会继续厮杀战斗。

要安抚好处于狂暴状态的塔克虫族是根本不可能的，然而此刻在一个遥远偏僻的星球上出现了例外。

完成这一系列安抚举动没多久，顾淮很快感受到一阵直达意识深处的困倦感，强烈的睡意侵袭，让他想要闭上眼睛睡觉，最终他迷迷糊糊，直接睡在了地上。

顾淮一睡，在他周围守卫着的塔克虫族就像是被什么东西吸引一样，本能地往他身边靠近了一些。

青年睡着了。

一双双猩红眼睛里都倒映着顾淮睡觉的样子，这些不具备类人形态的塔克虫族，在靠近青年后非常认真又专注地观察着青年睡着的模样，怎么也不舍得移开视线。

幼崽喜欢睡觉是很正常的事情。

尽管从外形上看，顾淮已经是成年期的形态了，但在这些目睹了他破壳出生的塔克虫族眼里，眼前的黑发青年才刚刚出生，还是一只幼崽。

就这样盯着看了没几秒，这些塔克虫族直觉不想让青年就这么躺在坚硬冰冷的地面上，它们把已经入睡的青年挪回到之前的蛋壳里。

这个蛋壳并没有被彻底破坏，只是顶部被拆了一块，还能为躺在里边的青年发挥些这个蛋壳本身的特殊温养效果。

“呼唔……”睡在大蛋壳里，顾淮发出了一点梦呓声。

幼崽在睡觉的时候发出声音应该是代表睡得不安稳，听见青年的梦呓声之后，几只围在蛋壳附近的塔克虫族也不由得从喉咙里发出一阵低嘶声。

这些塔克虫族并不懂得怎么照顾幼崽，严格来讲，在虫族里本来就没有照顾幼崽这个概念。

大约是一种直觉和本能，一只塔克虫族士兵向那颗静静躺着的大白蛋伸出前臂，它控制着力度，小心翼翼地轻轻推了推蛋壳。

蛋壳轻晃了晃。

再推了推……

蛋壳又晃了晃。

像是待在一个摇篮里，原本在这个蛋壳中睡得不是特别安稳的青年渐渐舒展开了眉，呼吸也变得清浅平缓。

从呼吸声可以得知，青年现在睡得比较舒服了，于是将蛋壳当成摇篮的这个塔克虫族士兵继续维持着这个频率，一下下地推着蛋壳。

凝望着青年安稳睡觉的样子，这群塔克虫族再一次感受到了一种对它们来说非常陌生的情绪。

这种情绪第一次出现，是它们在这个遥远星球上发现了洞穴里的这颗大白蛋的时候。

第二次出现，是在它们注视着青年破壳出生的时候。

这种情绪和愤怒一样，是高昂的，但又截然不同，愤怒会激起它们的破坏欲，这种同样高昂却陌生的情绪不会这样。

它们非但不想去破坏什么，反而看任何东西都仿佛顺眼了一些。

像干涸的荒野上开出了花朵，一朵朵幼小可爱的小花点缀满了原本冰冷荒芜的原野，被称作“世界”的画布都因此变得色彩缤纷。

这是名为喜悦的情感。

深深的困倦感令顾淮睡得很沉，加上蛋壳被有规律地轻轻推晃着，顾淮潜意识里本来想挣扎醒来的最后一点意志力都被抹去，舒舒服服地进入了深度睡眠。

也是在这个睡梦中，顾淮一下子被动接收了相当庞大的信息量。没有能够拒绝的机会，这些信息就一股脑地钻进他的脑子里。

等顾淮好不容易整理完这些信息，或者说传承记忆之后，他对这个世界和自己目前的处境终于有了比较直观的了解。

这个世界以星际未来为背景，在这个世界里，除了人类，还存在着各种各样的外星种族。

在整个星际还处于旧纪元时代的时候，各个种族之间战争频繁，侵略和被侵略的情景几乎每天都在不同的星球上演。

一直到新纪元时星盟成立，星际才逐渐进入和平时代。许多种族之间开始传递友好信号，建立外交，关系在互通有无的商贸交流下愈渐和谐。

唯独有一个种族例外，即使到了新纪元也还是一个盟友都没有。

没有盟友也就算了，树敌还多，特别是跟人类那边，还从旧纪元一直交战到新纪元，关系差到要用死敌来形容的那种。

这个种族就是虫族，也就是顾淮现在所归属的种族。

虫族在星际其他种族眼里的标签非常鲜明。

残暴、危险、不好惹。

在旧纪元时代，虫族是最可怕的侵略者。每一名虫族都是天生的优秀士兵，它们不畏惧死亡，缺乏感情的种族天性使得它们在对待敌人时毫无怜悯之心。

虫族部队的执行力远胜于其他种族，它们对上级命令绝对服从，从不质疑和询问，这就使虫族的军队变得极其恐怖。

现在连人类都不是了，顾淮花了好一会儿时间接受这个事实，但这并不是最令顾淮头疼的事情。

最让他消化困难的事情是，他现在的身份好像是虫族刚刚诞生的王。

虫族社会有着非常明显的阶级性，就像一个金字塔，处于下层的虫族不会有任何不满情绪，它们无条件地臣服于上级。

这一点是由虫族的天性决定的，在其他种族眼里，这也是非常难以理解的事情。

而顾淮现在位于这个金字塔的顶端。

顾淮不知道自己睡了多久，等再次醒来睁开眼的时候，发现自己又躺回到了最开始待着的那个封闭空间里，他整个人不由得愣了一秒。

和之前不同的是，他躺的这个地方不知怎么，正有规律地左右轻晃着，躺在里边的他很清楚地感受到这种晃动。

好吧，这一切果然不是梦。

一回生二回熟，这次不用再费力气敲壳，顾淮颇为熟练地坐起身，从上方的空洞里探出头。

这一次探头，顾淮又对上几十双猩红色的竖瞳，并且明白了晃动产生的原因。

在他面前，一只体形庞大的塔克虫族正用前臂在轻轻推晃着这个蛋壳。

洞穴里的光线比之前要明亮些许，顾淮终于看清自己正待在一颗大白蛋的内部。

顾淮还记得最开始自己想象力特丰富地思考过自己是待在一颗蛋里，却万万没想到这种天马行空变成了现实。

不知道是不是错觉，顾淮觉得他从蛋壳里探出一个头的时候，在外边守着他的这一群塔克虫族的猩红眼睛像是都在一瞬间亮了亮，盯着他看的视线要多认真有多认真。

幼崽从蛋壳里探出一个脑袋来观察外边的世界，围观了这个过程的塔克虫族们都不约而同产生了相同的心理感受——可爱。

虫族里并不存在这个词语，对不具备太多智慧的低等虫族来说，它们也很难理解这个词语所代表的意思，但这些塔克虫族在极其匮乏的情感上却清晰地出现了。

在顾淮从蛋壳里探出头的同一时间，蛋壳就停止了晃动。

幼崽醒了就代表不需要哄着睡觉了，也就意味着不需要推蛋壳了。

这好不容易排队等到能推蛋壳的这个塔克虫族士兵竖瞳微微收缩，喉咙里持续发出一阵意味不明的声音。

在顾淮睡在蛋壳里以后，原本这个蛋壳由最开始尝试的那只塔克虫族士兵推着，可后来洞穴里的其他虫族士兵也想要推。

它们都想哄幼崽睡觉，可是蛋壳只有一个。在进行了简单短暂的交流之后，这些塔克虫族商量出了“排队轮流”的方法。

每只虫推六百下就换下一只虫，到顾淮醒来时，这些塔克虫族已经轮好几次班了。

顾淮眼前的这个塔克虫族士兵刚刚推了两百多下，在顾淮表现出要从这个蛋壳里出来的时候，虽然这个塔克虫族士兵并不阻止，但喉咙发出低低声音的同时略微垂下了头颅。

这让顾淮本来准备跳出蛋壳的动作做到一半的时候硬生生停住。

尽管没有语言和对话，但从这个塔克虫族士兵的表现和自己所感知到的情绪，顾淮发现这个塔克虫族士兵好像想继续推这个蛋壳。

这些虫族是把他当成需要哄睡觉的幼崽吗?

这个认知让顾淮不由得沉默了几秒，但这是一种再明显不过的爱护表现了，并且是单纯又直接的，让顾淮没有办法忽视。

那不然，他再躺一会儿吧。

这么想着，顾淮慢吞吞抬起手揉了揉眼睛，表现出还有点困倦的样子，然后在这一群塔克虫族士兵的围观下又缩回了巨大的蛋壳里。

因为视线被遮挡住，顾淮没有看见在他躺回蛋壳内部的时候，站在蛋壳前边的那只塔克虫族士兵的猩红眼睛里马上出现了亮光，这个塔克虫族士兵立刻抬起它的前臂，又轻轻地推晃起它眼前的蛋壳。

虽然没看见这个画面，但躺在蛋壳里的顾淮很清楚地在这个塔克虫族士兵身上感知到了大概是高兴的情绪。

这样就让它们高兴的话，也没什么不好。

顾淮安安分分地在蛋壳里又躺了一会儿，等蛋壳暂停下摇晃，他才终于起身从这颗大白蛋里边出去。

顾淮一从蛋壳里出来，马上就从周围的塔克虫族士兵身上感知到一种紧张气氛，特别是他往前走一步路，这些塔克虫族士兵顿时都紧缩着竖瞳，盯视地面。

这多半是怕他再摔倒。

一来二去，顾淮也算是能理解这些塔克虫族士兵的心理活动了。

顾淮失语了片刻，有些无奈地弯下眼，安抚说：“我不会再摔了，你们不用担心。”

可它们听不懂。

因为缺乏智慧，所以难以理解语言。不过这些塔克虫族士兵在看见顾淮弯下眼的时候，都纷纷高兴地发出了低低的嘶声。

青年这样的表情是代表喜悦，它们的王愿意微笑，那它们也会感到非常高兴。

莫名其妙到了另一个世界，还成了一个外星种族新生的王，以后该干什么，说实话，顾淮现在并没有什么头绪。

只着眼当下的话，顾淮现在要考虑的是，怎么和这些守卫着他的塔克虫族士兵一起生活，首先需要解决的好像是食物的问题。

肚子突然“咕”的一声提出抗议，在寂静的洞穴里显得颇为清晰。听见声音，顾淮才后知后觉感受到了饥饿感。

不等顾淮有什么动作，几只塔克虫族士兵已经开始把各种各样大概是果实一样的东西堆放到他面前。

这些果实是这群塔克虫族士兵早早准备好的食物，虽然并不知道孕育在大白蛋里的幼崽什么时候才愿意出生，怀抱着期待的心情，它们在这个洞穴里准备了非常多的食物。

等幼崽出生以后，就可以把这些果实当成辅食了。

食物因为储藏时间过了太久而坏掉的话，它们会出去找新的食物回来。

昼夜更替对这些塔克虫族士兵来说没什么意义，它们只是一直安静地等待着，只要想到王有一天会愿破壳出生，这样长久的等待也充满了喜悦。

顾淮从地上抱起一颗果实，这种果实长得有点奇怪，大概有椰子那么大，外表有一层黑漆漆的、特别坚硬的壳，还突起着像榴梿那样的三角形刺。

顾淮用手使劲掰了掰这果实上边的角刺，发现掰不动，于是他干脆把这颗果实像敲鸡蛋一样在地上用力敲了好几下，试图将果实外壳敲出一条裂缝。

然而这么忙活完以后，顾淮沉默地发现，手上的果实纹丝不动。

自力更生失败，顾淮望着周围正注视着他的塔克虫族。他走到离他最近的那只塔克虫族士兵面前站住，纠结了一下，最终还是把这颗果实向对方举高。

幼崽咬不动这颗果实。洞穴里的塔克虫族从青年的举动中忽然理解了这一点。

这一定是果实太坚硬的错，这群虫族立马做出判断。

虽然说虫族的幼崽和其他种族相比，拥有相当的攻击性，即使是幼崽的牙齿在用力咬的情况下也能穿透钢铁，但在它们眼前的青年却非常弱小。

只是摔倒也会受伤，它们眼前青年的皮肤不像高等虫族那样具备极高的防御力，无论从哪个方面来说都不适合战斗。

没有让顾淮等多久，在他面前的那只塔克虫族士兵很快用前臂尖端削平了他手上的这颗果实几根角刺，并在上面开了个孔，然后像是等着想看他开始进食的样子。

捧着一个开好孔的果实，顾淮很容易感受到眼前这些虫族满怀期待的视线。

连吃东西都要被集体围观，顾淮没忍住眼角抽了抽。然而面对这些塔克虫族士兵这样高兴期待的样子，他马上又放弃了。算了，就让它们看吧，反正自己也不会掉一块肉。

这个奇怪的果实像椰子一样，开个孔就能喝到里边的果汁。顾淮捧着果实喝了几口，清甜的汁液滋润了他的口腔，也稍稍缓解了他的饥饿感。

这时顾淮的视线刚好移到不远处那个蛋壳上，紧接着让顾淮眼皮一跳的事情发生了，他望着这个巨大的白色蛋壳竟然产生了食欲。

这难道就是饥不择食?

对刚破壳出生的虫族幼崽来说，蛋壳是最好不过的营养食物。顾淮接收到的传承记忆里没有这个细节信息，是种族本能间接告诉了他。

本能产生的强烈食欲让顾淮难以抗拒，他站在原地，盯着蛋壳看了好一会儿，终于还是没忍住，从之前被他敲碎的地方再掰下一小块白色蛋壳。

掰都掰了，顾淮迟疑了不到一秒，尝试着把这块蛋壳放进嘴里咬了咬。

“咔嚓。”

奶香味，嘎嘣脆。

只是吃了一小块而已，顾淮却很快有了饱腹感，并且浑身上下洋溢起一阵暖洋洋的感觉，非常舒服。

只有自己吃饱也不行啊，顾淮吃完这块蛋壳以后，又从地上抱起几颗果实，然后踮着脚举起来，递给正在盯着他看的塔克虫族。

它们以为青年是还想喝果实的汁液，以这个模式思考的几只塔克虫族士兵很快又给青年手上的坚硬果实开了个孔。

“我不要，是给你们吃。”顾淮温声解释，他还是继续把果实举高着，和前边虫族的猩红竖瞳对视。

听到顾淮这么说，在顾淮正前边的那只塔克虫族士兵歪了歪头颅，在终于理解了青年是想把这个果实递给自己以后，才小心翼翼地抬起前臂，用它的前臂把这颗果实钳住。

这实在需要非常小心地控制力度，才不会直接把这颗果实钳碎。

说实话，这颗果实对体形庞大的塔克虫族来说，可能只够塞牙缝，直接整个扔进嘴里嚼两下就没了。

但得到了这颗果实的塔克虫族士兵，并没有把果实放进满是锋利牙齿的嘴巴里，而是用猩红的眼睛盯着这颗果实看了很久，然后非常珍惜地把这颗果实藏到了洞穴里一个隐蔽的地方。

舍不得吃，因为这是青年送给它的东西。

顾淮愣愣地看着整个过程，在发现自己被其他还没收到果实的塔克虫族用万分期盼的眼神紧紧盯着的时候，他说不太清楚心里动容的感觉是什么。

大概就是觉得很温暖，希望这些对他好的虫族能够高兴。

这一碗水还是得端平的，最终顾淮给每只虫都递了一颗果实，这也是他本来就打算要做的事情。

得到了礼物的塔克虫族士兵都把这份礼物小心藏了起来，虽然只是果实，但由青年送给它们的都是不一样的。

越是注视着眼前的黑发青年，洞穴里的这群塔克虫族士兵就越是理解“保护”的意义。

它们的世界，被黑色宇宙包裹着的这个世界，对幼崽来说太过残酷了。

在它们眼前的青年很弱小，不适合战斗，但也没有关系。

王本来就应该被保护。

虽然生活条件不太好，能和这些塔克虫族一起生活也挺不错，顾淮很乐观地想着。

在这偏远的废弃行星出生没满一天，正和一群塔克虫族相处生活着的顾淮还不知道，在这个星球之外的其他星域里，因为他之前摔倒时无意识发出的那道精神链接，整个虫族发生了怎样剧烈的动荡。

这件事情还得从十来个小时之前说起。

精神链接是顾淮作为虫族的王与生俱来的能力，这项能力的作用是通过构建精神链接，顾淮能够把他的意识传达给任何一个虫族。

既可以是有目标的单独传达，也可以是范围庞大到覆盖整个种族的群体传达，并且没有距离限制。

只要顾淮想，无论与他相隔多么遥远的虫族都会接收到他的精神链接。

因为顾淮所在的星球是一个非常偏远的废弃行星，这个星球上除了他和洞穴里的几十只塔克虫族以外，没有其他的智慧生物，他的破壳本来也只有这些塔克虫族知道。

但在半天前摔倒的时候，由于受到痛觉刺激，顾淮本能地构建起了一道精神链接，并且这道精神链接还是群发型的。

如果把虫族比喻成一个群聊组，顾淮这道精神链接的效果就等于是他在群里突然 @ 全体成员。

后果可想而知。

在整个宇宙，所有与虫族部队进行交战的种族，此时应该都有一个相同的感受：虫族都吃炸药了啊？

虫族部队里的低等虫族突然之间集体狂暴，一个个暴怒地盯着他们，战斗力暴涨，让其他种族的士兵措手不及，甚至有点发蒙。

这些低阶虫族盯着他们的眼神，活像他们干了什么罪大恶极、不可饶恕的事情。

更可怕的是，虫族的部队突然发泄怒火般地跟他们打了没一分钟，很快就像把他们当成空气一样，毫不恋战地调头就走，撤退速度之快简直不可理解。

这让本来已经准备放弃占领新资源星的各种族部队齐齐陷入迷惑。

星际中，一切还未登记数据的资源星都属于无主领地，最先发现并占领这个星球的种族能够获得这颗资源星的所属权。

假如多方势力同时发现，那也简单，要么商量分成，谈不拢就直接交战，先撤退的一方就是自愿放弃对这颗星球的占有权。

所以现在的情况是，虫族的部队明明跟他们打架打得好好的，甚至在军力上算是压制了他们的情况下，突然拍拍屁股走人，跟他们说不打了，把资源星直接拱手让给了他们。

这星际里还有这么好的事？

虫族的这一波操作令各种族部队不知所措，可刚才一群集体狂暴的虫族士兵让他们都心有余悸，虽然觉得情况有些异常，他们并不想在这个时候去触虫族的霉头。

尽管顾淮的那道精神链接非常短暂，但这也足以向整个虫族宣告他的存在。

拥有正常智慧的高等虫族这时还存有思考的能力，而缺乏智慧的低阶虫族的反应则直接得多，它们已经凭着本能开始寻找。

在哪里？

宇宙实在太过广阔了，只短短一瞬的精神链接根本无法让这些虫族确定它们王的位置。

可是王呼唤它们了，那它们就必须要找到才行。

作为引发这一系列事情的人，还生活在偏远星球的顾淮对此一无所知。

这个星球是一个资源贫瘠、环境非常恶劣的废弃行星，经过这两天的生活，顾淮已经了解了这一点。

在这个星球上，除了他和周围的塔克虫族以外，大概就不存在其他的智慧生物了。

能够适应这个星球恶劣环境的原生物种大多都十分凶猛，当然，再凶也凶不过塔克虫族。

洞穴里有一只还是幼崽的王，这些如异形生物般，身躯庞大又危险可怖的塔克虫族士兵护在这个洞穴的入口周围，它们高度警戒着，对任何企图靠近巢穴的生物都直接展现攻击性。

这些塔克虫族不会做任何交涉，靠近巢穴的行为在这些塔克虫族眼里会被标记为威胁。

威胁必须清除，因为王不能受到任何伤害。

顾淮以为经历这两天，对这些塔克虫族对他那种像家长一样的保护心态已经很明白了，但直到今天早上发生一件事情，顾淮才知道，这些家长对他到底护到了什么程度。

就连洞口要飞进来一只鹅黄色蝴蝶，都险险命丧刀锋。

顾淮阻止了这一幕的发生，微不可察地抽了抽嘴角。

世界实在非常奇妙，像蝴蝶这样脆弱的生物，却顽强地生存在了这个连寻常的大型野兽都无法存活的荒芜星球上。

这只不知道自己差点死翘翘的蝴蝶，无知又天真地扑棱着翅膀飞到顾淮手边，停在顾淮的手背上。

确实是蝴蝶，可能适应环境成了变异种，但本身还是没有任何杀伤力。

在这只幼小的蝴蝶落在顾淮手背上的时候，他周围的塔克虫族都在一瞬间紧缩竖瞳。

尽管这些塔克虫族士兵听从了顾淮的意思，没有做出攻击行为，但它们此时还是从喉咙里发出代表警告和威胁的声音，猩红竖瞳盯视在蝴蝶身上。

“它伤害不了我。”顾淮缓下声音，耐心地解释着。

见这些塔克虫族不为所动，顾淮看了看蝴蝶，忽然踮起脚，把蝴蝶放到跟前那只塔克虫族的锋利前臂上。

这只鹅黄色的蝴蝶很是听话地停在上边，对周遭的危险毫无所觉。

好看的景物都需要点缀，比如顾淮觉得，这只蝴蝶停在塔克虫族前臂上的这一幕就很和谐生动。

“看，是不是很漂亮？”顾淮笑弯着眼说。

听见这句话，锋利前臂上停着一只蝴蝶的这个塔克虫族歪了歪头，猩红眼睛盯着幼小的蝴蝶看了一会儿，然后再抬起头去看着顾淮，喉咙里发出一点低低的声音。

漂亮。

这个词语同样不在这些塔克虫族的理解范围内，但因为它们眼前的青年在说出这个词的时候是笑着的，那它们就认为，这是代表美好事物的词语。

当然，在这些塔克虫族眼里，世界上最美好的事物就是在它们眼前的黑发青年了。

废弃行星上没有任何可供娱乐的东西，在巨大的洞穴外，顾淮能看见的就是一片荒芜的场景——尘沙飞扬，植被非常稀疏，水源也望不见。

不过往东走一些的话，就能看到一小片树林，之前顾淮吃的果实就是塔克虫族在这片树林里摘的。

食物还有不少，但是顾淮想去洞穴外边探索一下。顾淮站在为首的那个塔克虫族士兵面前，然后抬起手指着东边的树林。

“我想去那里。”

被顾淮望着的这个塔克虫族士兵是周围体形最为高大的一只，假如顾淮不在，这个塔克虫族士兵应该会是这个小部队的头领。

青年想去指着的那个地方，这个塔克虫族士兵很快理解了顾淮的意思。

对于顾淮的任何要求，这些塔克虫族士兵都不会拒绝。于是，在虫族如影随形的跟随下，顾淮顺利到达了目的地。

明白这群塔克虫族对自己的紧张态度，顾淮一路上都安安分分地待在它们的视线范围内，半点不让它们着急。

树林里的树大部分是黑漆漆的，就跟顾淮之前吃的果实的外壳颜色一样，活像被烧焦的木炭。

少数几棵颜色正常的树木上结着金黄色的果实，在一片黑漆漆的颜色中非常醒目，顾淮一看见就想过去采摘。

然而树实在是长得太高了，顾淮走过去后，只能站在附近过过眼瘾，至于爬树什么的，还是算了。

幼崽盯着树上的果实看了好几秒，即使没有出声表达什么，周围的塔克虫族也认为这是想要的意思。

而且它们发觉，幼崽好像是想自己伸手去摘。

意识到这一点，为首的那个塔克虫族士兵靠近顾淮，并且俯下身来。

顾淮用疑惑的眼神望着它，虽然不知道它想做什么，但这时顾淮还是站着没动，因为他明白虫族是不会伤害他的。

而下一秒，这个身躯庞大的塔克虫族士兵向顾淮伸出前臂，并不太容易地完成了将顾淮抱起的动作，然后把他小心翼翼地放在了自己的左肩上。

高度改变，顾淮的视野顿时变得开阔，周围的景物在他眼里都变得不一样了。

坐在一个塔克虫族士兵的肩上，顾淮还有点没反应过来，而在他愣着的时间里，这个塔克虫族士兵已经载着他走到了他刚才抬头望着的那颗金黄果实下边。

把青年载到只需要伸伸手就能摘到果实的地方后，这个塔克虫族士兵发出了低沉沙哑的嘶声。

这样幼崽就会高兴了吧?

顾淮伸手摘下了那颗果实，低头看了手上捧着的金黄果实一会儿，忽然用脸颊蹭了蹭这个塔克虫族士兵覆着坚硬外壳的头颅。

几乎是同一时间，这个塔克虫族士兵的竖瞳就从放松状态收缩成针状，喉咙里发出的声音也一下子变得清晰了许多。

在周围看见这一幕的其他塔克虫族士兵一直用猩红眼睛牢牢盯着，一个个都已经学会了把顾淮抱到肩上的这个动作。

它们也想被青年亲近。

荒星上的天气变化多端，某些地区经常前一秒还是太阳天，后一秒就毫无预兆地下起倾盆大雨。

这位天气爷爷今天的脾气大概还算好，一开始只是下起淅淅沥沥的小雨，让顾淮和他周围的塔克虫族有足够的反应时间。

下雨了，这些塔克虫族没有躲雨的概念。

再恶劣的生存环境它们也能够存活，雨水的击打根本不算什么。

但是王不可以。

载着顾淮的那个塔克虫族士兵下意识地把顾淮放了下来。

等顾淮站到地上，这个塔克虫族士兵就用庞大的身躯遮盖住了顾淮的身体，像一块巨石那样屹立着，一动不动。

这样，青年就不会淋到雨了。

像这种天气，它们的王会不会觉得冷呢？

如果青年觉得冷，它们要怎么样才能弄来温暖的东西，让它们的王能待在舒适的环境里？

滴滴答答的雨声在周围不断响起，这群塔克虫族士兵用仅有的思维思考的全都是与顾淮相关的事情。

废弃星球上的雨有腐蚀性，能在这种环境存活生长的树木，可以说生命力都非常顽强。

这片树林经常下雨，因为把身体暴露在这种雨下会造成损伤，这个星球上凶猛的原生物种也不怎么靠近这片树林。

会时常过来这片小树林的，大概也就只有塔克虫族了。

它们要来这里收集果实，准备幼崽出生以后的食物。

虽然是会有一点损伤，但对这些拥有坚固防御的塔克虫族来说，这个地方的雨对它们基本还是不痛不痒的，回洞穴待一天就能自然恢复了，这些塔克虫族士兵都不会将这种程度的小损伤当成是受伤。

“我们快点回去吧。”其实他们出来探索没多久，但顾淮不想让周围的塔克虫族继续淋雨，便马上做出了决定。

这个星球上的雨和普通的雨不一样，顾淮已经发现了这一点。

如果能做出雨伞的话……

在回洞穴的路上，顾淮让一个塔克虫族士兵顺便砍了几截树枝带走。回到洞穴以后，顾淮坐在地上瞅着这些树枝发呆。

顾淮在回想他刚破壳的时候，无意识用某种能力制造了身上穿的衣服。

当时的情况是，他心里想着要有一件衣服，然后手上搭着的蛋壳凭空消失了一块，衣服也出现在身上了。

那他能不能把这解释为一种类似于等价交换的能力？

组成布料最原始的物质是纤维，这种物质在蛋壳里就有，再说虫族的幼崽蛋怎么想也不是普通蛋，这种物质能交换一件衣服合情合理。

顾淮对自己的能力有了一点基础认知，他把手放在地上那几截长长的树枝和巨大的树叶上，尝试在脑子里费力想象雨伞的模样。

树枝当伞骨，树叶当伞布吧，伞面还得大一点的那种。

一眨眼的工夫，顾淮碰着的树枝和树叶有部分就消失不见了，如他所愿，地上出现了一件能当雨伞用的新造物。

看着不怎么精致，甚至有点丑，但顾淮高高兴兴地把这把丑丑的雨伞从地上捡了起来，然后走到正围观着他的塔克虫族面前，把这把雨伞举高给它们看。

“给你们。”顾淮把这件新造物递给面前的塔克虫族士兵，眼里盈着笑意。

这个塔克虫族士兵用前臂的延伸部件轻轻钳着这把雨伞的伞柄，猩红竖瞳盯着看了没一会儿，就歪了歪头颅。

虽然它们不知道这个东西是用来做什么的，但这并不妨碍它们为此感到高兴，因为青年又给它们送礼物了。

顾淮倒是还想多做几把伞，但精神力的消耗让他很不争气地感受到一阵阵强烈的睡意，他再次迷迷糊糊地直接睡倒在地上。

作为虫族，顾淮的情况非常特殊。他在幼崽蛋里好几十年都没破壳，还被孕育着的时候，身体就已经成长到了具备类人形态的成年期，但精神力又还只是幼崽的水平。

所以他才会像现在这样，在构建大范围的精神链接或动用能力之后就会感到非常困倦。

就在顾淮这次睡着期间，远在相隔数百个星域之外的桑塔星系，一场单方面的压倒性战斗刚刚结束。

统治这个星系的萨奇人是星际公认为个体战斗力最强的种族，但这些萨奇人士兵此时在地上躺倒了一片，而他们所面对的敌人只有一个。

从外形很容易判断，在战圈中心的人是虫族士兵，并且是一名高等虫族士兵。

高等虫族士兵拥有近似于人类的外貌，但他们的眼睛统一是竖瞳，且身上某一处会保留虫族特征。

在战圈中心的这名高等虫族士兵此时面无表情，因为他戴着遮蔽双眼的黑色眼罩，让人无法从眼睛里窥见他的情绪，于是更加难以辨别他的喜怒。

虽然遮挡住了眼睛，但从他的五官以及轮廓来看，这名高等虫族士兵无疑拥有着一副异常俊美的面貌，只不过由于缺乏表情而显得极其冷淡。

明明刚刚才结束战斗，好战的情绪却还没从亚尔维斯的内心消除，他冷漠地环顾这个已经没有敌人的战场，带着不耐烦的神情甩去尾巴尖沾上的血迹。

像一只刚刚捕猎完毕，但还意犹未尽的危险野兽。

很吵！

即使蒙上眼睛不让自己看见有形的事物，耳朵还是会本能地捕捉到声音，而高等虫族过于优异的听觉能力，对亚尔维斯来说只有负面影响。

无数声音混杂在一起，嘈杂得令他十分烦躁，他不知道自己离彻底陷进疯狂还有多少距离。

在离此地数百米的地方，一群身着黑色军服的高等虫族士兵正在远远观望着，并不敢在这个时候靠近。

“老大最近的情绪状态好像越来越不稳定了。”看着还待在战圈中心的那名银发虫族士兵，阿尔杰用担忧的语气说着。

周围听见这句话的其他高等虫族士兵没有出声，但他们也认同阿尔杰的说法。

不知道因为什么，他们的头领每隔一段时间会陷入像塔克虫族狂暴时的那种丧失理智的异常状态，在这种时候，只能说谁对上他们头领谁倒霉。

作为副官，阿尔杰需要头疼的事情还不止这一件。

他现在最头疼的一件事情是，因为之前接收到的短短一瞬的精神链接，战舰里的好些高等虫族士兵都跟丢了魂一样，甚至有的已经想要独自离开队伍，去寻找王了。

由于精神链接的时间非常短暂，且距离极其遥远，王刚刚出生，精神力还不强，这道精神链接并不算非常清晰，所以影响力也比较有限。

但即使是这样，阿尔杰却已经听战舰里那些丢了魂的同僚们碎碎念两天了。

“王在别的星球被欺负了怎么办？”

“王一定是被欺负了，那是受伤才会发出的声音。”

“王才刚刚出生，还只是幼崽啊，如果遇上敌对的种族……”

只要一想到还是幼崽的王可能被敌人抓住，他们就感到快要窒息了。

还没离开队伍去找王，是因为他们都在拼命地忍耐。要是王再给他们来一道精神链接，那他们大概就真的会直接背叛现任的首领，不管不顾地冲去链接所在的方向寻找。

阿尔杰听着这些言语，心情复杂。

不行，不能再想了，再想的话，他也会忍不住想要去找王。

虫族原本是没有王的，就连他们自身也一直以为，像他们首领这样属于阶级的高等虫族已经是虫族的权力顶层，但他们的这个认知在两天前被一道精神链接彻底打破。

没有管数百米远处的下属们在做什么，未能在战斗中平息的烦躁感使得银发虫族的周身气压变得越发冰冷可怕。

理智与疯狂只剩一线之隔。

这个极限随时都可能到来，就在这样的烦躁感累积到将要爆发的那一刻，一道直接传达于意识的声音令亚尔维斯顿住了动作。

呼……不要生气……

顾淮能够感知虫族的情绪，这不一定是主动的，当某个虫族情绪过于强烈的时候，他也可能会被动接收到。

在睡梦里感知到一种尖锐的、几乎要将理智割裂的疯狂，顾淮下意识地去安抚。

压抑的烦躁感和破坏欲都骤然消退，因为这道声音，亚尔维斯内心深处的某样东西堪堪停在崩坏边缘。

他的世界，一瞬间安静了下来。

传达于意识里的声音非常轻缓，像是梦呓。

这道精神链接现在还在持续着，但声音的主人不再说话了。

耳朵依然本能地捕捉着周围环境里的所有声音，但这些往常令亚尔维斯感到烦躁的声音在这时仿佛突然消失，他能听见的，只有意识里那道清浅的呼吸声。

这不是亚尔维斯第一次听见这个声音，和其他虫族士兵一样，两天前，他也接收到那次极为短暂的精神链接。

而那个时候，他刚好正在战斗中，正陷入高昂的好战情绪。

和其他虫族不同的是，亚尔维斯并没有因为那道精神链接而产生什么臣服欲。

或许因为他是 α 阶级的虫族士兵，又或许因为他本来在虫族中就是个异类，他当时被这道精神链接所激起的只有烦躁感。

不明白原因，但这种烦躁连战斗都无法发泄，尖锐得几乎将他逼到想要干脆舍弃理智的地步。

可是现在第二次听见这个声音，他却被安抚了。

难以弄懂造成这两次区别的原因是什么。

听见的呼吸声让亚尔维斯在这时无意识甩动了一下银尾，周围原本要用冰冷可怕来形容的气场变成了普通的冷淡。

这是警报解除的意思。

躲在几百米远处观望自家头领战斗发泄的阿尔杰很快发现了这一点，他二话不说马上跑过去。

“头儿，我们接下来去哪儿啊？”按下心底的某种动摇，阿尔杰神色平常地向他面前的银发虫族询问。

亚尔维斯的表情十分冷漠，并没有马上回答。在他的无声中，阿尔杰又说：“有件事情要向您汇报，我们的部队里有一部分士兵独自离开了，属下没有拦住他们。”

是没有拦住，不是没能拦住。

在阿尔杰的私心里，虽然他自己压下了那份动摇，没离开去寻找王，但他希望其他虫族士兵能够找到。

他希望那个他没能见到的珍贵事物能受到保护，所以他没去管那些本来应该被算作背叛者的虫族士兵。

克制着那份动摇已经是他们的极限了，不仅仅是阿尔杰，舰队里看着同僚离开的其他虫族也是被同样的私心影响，所以他们才会装瞎，装作看不见这种背叛行为。

哪怕只有一个人也好，只有一个人能找到也好，快点把王保护起来吧。

“你和其他人为什么不离开？”亚尔维斯对背叛者没有什么表示，而是面无表情地问。

“你们想离开的话，尤拉应该也会跟你们一起走。”亚尔维斯语气冷淡，也正因如此，才更难辨情绪。

尤拉指的是虫族专属的生物战舰。

和塔克虫族一样，尤拉也是虫族的族群之一，并且它是专门为虫族提供运输、空战等方面协助的族群，与其他种族的战舰有着明显区别，虫族的战舰是拥有自我意识的生命体，在其他种族眼里，是一种可以任意改换形态的宇宙怪物。

“这不是想着不能这么轻易就背叛您嘛，您没有下达命令，我们是不能去找的。”阿尔杰悻悻道，“不过，尤拉是怎么想的我不知道，最坏的结果是，尤拉不声不响丢下我们跑了。”

这事是真有可能发生的，拥有自我意识的战舰如果想要离开，一个迁跃就能离开当前星球，而没了载具的高等虫族并不能自己跑到宇宙空间去。

而阿尔杰感觉，他们的这艘尤拉战舰可能离发脾气的状态不远了。

“那就走吧。”亚尔维斯不再看他，移步走向战舰。

走去哪儿?

阿尔杰没有马上问出这个问题，他一边跟着一边观察了一下前边亚尔维斯的冷漠神情，不知怎么，竟然得出一个令他惊喜的结论。

“您是说去找王吗？”阿尔杰已经很努力克制了，但还是没能藏住语气里的欣喜。

亚尔维斯没有否认，那就等于是默认了。于是，回到战舰里得到这个消息的高等虫族士兵们集体进入了欢天喜地的状态。

虫族天生缺乏感情，这决定了他们难以拥有强烈的情感，这样发自内心的欣喜对他们来说是从未有过的。

拿人类作对比，人类在高兴时会微笑，悲伤时会哭泣。但两种情感和表情对虫族来说都太陌生了，以至于战舰上的高等虫族士兵现在明明非常高兴，可他们却不知道要用什么样的表情来传达这种情绪。

这群高等虫族士兵此时正绷着脸讨论。

“见到王的话，我要给王送什么礼物好？”

“不知道王会喜欢什么样的礼物……”

“王会高兴见到我们吗？”

越是讨论，这群高等虫族士兵的眼睛就越是明亮。阿尔杰强行忍住想加入讨论的心情，站到他们首领的旁边说：“王给我们的精神链接太短暂了，没有办法确定具体位置，您认为我们应该从哪颗星球找起比较好？”

“他在这里。”呼出虚拟的星图，亚尔维斯直接在记录着无数星球的航行图上指了指一个非常偏远的星域。

阿尔杰一愣，只凭之前那么短暂的精神链接，是无论如何也没办法确定位置的，他们首领能够这么准确地知道所在地点，那就说明……

“王……王呼唤您了？”阿尔杰忍不住问。

呼唤？

亚尔维斯静静听着意识里的那道呼吸声，这个让他的世界安静下来的声音。在弄不清楚自己到底想以什么态度去对待的情况下，他不带情绪地应了一声。

听见应声，阿尔杰顿时定下心。

有范围可比没范围好找太多了，一个星域而已，用不了多少时间，他们很快能翻完这个星域的所有星球。

但即使尤拉战舰在兴奋状态下已经拿出最高的航行速度和最多的迁跃次数，他们依然是在三天后才抵达这个过分偏远的星域。

在这群高等虫族士兵登陆废弃行星的那一天，顾淮和塔克虫族一起打着伞去他之前没探索完的那片小树林。

在这几天里，顾淮已经用他的能力制造出了数量足够的雨伞，并且教会了塔克虫族该怎么打伞。

“要像这样举到头顶上边，这样你们就不会淋到雨了。”顾淮拿着一把伞做示范，认真地给这些塔克虫族展示正确的打伞姿势。

做完示范，顾淮把手上的伞举高，递给他面前的那个塔克虫族士兵，仰头望着对方。

这个塔克虫族士兵用前臂的延伸部件钳住伞柄，猩红的眼睛先是盯着这把伞看了一会儿，然后歪了歪头颅，把这把伞举到顾淮头上。

顾淮万万没想到会是这个结果，他无奈地挠了挠脸颊，与这个塔克虫族士兵的猩红竖瞳对视，耐心地说：“是要举到你自己的头顶上。”

光说不行，顾淮推了推正举到自己头上的那把伞，往给他举伞的塔克虫族那边推过去。

直到这把伞终于去到正确位置，顾淮弯下眼说：“嗯，对，就是这样举着。”

虽说荒星没有能供娱乐的东西，这也不妨碍顾淮自娱自乐，探索新地点这事在顾淮眼里就挺有趣。

灰蓝色的天空又下着淅淅沥沥的小雨，顾淮坐在一个塔克虫族士兵的肩上，被载着去之前那片小树林。有了雨伞，在顾淮周围的塔克虫族也没非要用身体给他挡雨了。

双脚落地，顾淮打着伞走到他几天前就想过去的地方。

那是一块巨大石头的边缘，在石头和地面夹着的缝隙里长出了一朵纯白色的小花。

而此时，一艘巨大的尤拉战舰刚刚在这星球上降落。

尤拉战舰登陆这颗废弃行星后，一百多名高等虫族士兵从这艘尤拉战舰里下来，都因为他们眼前的荒芜景色而陷入了沉默。

王会是在这个星球上出生的吗?

受到严重污染而变成灰蓝色的天空，沙石飞扬，在受到尘沙掩盖的地方，依稀能看见一些倒塌后被埋没的废弃建筑物。

这是废弃行星很常见的样子。

在星际时代，因为能够居住生存的星球很多，许多资源星被当成一次性用品，占有者毫无限度地消耗星球资源，直到彻底榨干这个星球的可利用价值，这个星球就变成了废弃行星。

废弃行星的环境都很恶劣，恶劣到让一些种族的人在不穿防护服的情况下无法踏足，更别提在这样的星球上生活了。

根据记录，这个星球应该在一百多年前就已经是废弃行星了。

王会是在什么样的星球诞生的？

在来到这个星域之前，前来寻找的高等虫族士兵们总是不遗余力地进行着美好想象。

他们希望王出生在一个美丽的星球，在那个星球上有温柔的阳光、和煦的微风，绿意盎然又生机勃勃。

而眼前的景象则让他们感到难以接受。

“等找到王以后，我们去占领一个好看的星球送给王吧，人类那边的星球就都挺漂亮的。”一名高等虫族士兵忽然说。

“一个怎么够？！当然是全部占领下来，让王自己挑喜欢的啊。”

“你们谁去看看星网上的星球评比，哪个星球评分最高，我们就先去抢哪个。”

假如星球有思想，现在长得好看点的星球恐怕都应该感到惊恐了，因为这群正在以强盗思维思考着的每一个虫族士兵都是认真的。

这样的讨论在首领在场的情况下，可以称得上是僭越，但亚尔维斯在这时只是对他的下属们下达了分散寻找的指令。

这个星球亚尔维斯有一些熟悉感，不过废弃行星都长得差不多，有熟悉感也不是什么稀奇的事。

在要寻找的那个人醒了之后，传达给亚尔维斯意识里的精神链接就中断了。于是，那些他以为消失了的吵闹声音再次出现，压抑的烦躁感也再次累积了起来，而且累积的速度也莫名比以前快了好几倍，只过了短短几天，他就快要不想忍耐了。

要是以前，亚尔维斯现在应该已经去寻找能当他对手的人，以战斗来发泄这种不愉快，但他现在不知道因为什么而继续忍耐着。

下属们都已经四散开去寻找，亚尔维斯看了一眼东面，面无表情地选择往这个方向。

尽管眼睛蒙上了黑色的眼罩而无法视物，但亚尔维斯依然能知道东边方向有一片小树林。

正待在这片小树林里的顾淮在那朵白色小花前边蹲下，他倒没想摘这朵花，只是想蹲下来看看而已。

这朵花的根茎受伤了，可能难以存活。

顾淮盯着它根茎受伤的位置看了几眼，他没有治愈损伤的能力，但不知道他的精神力对这朵花有没有帮助。

传递大量精神力的话，他等一会儿估计又要睡着了。

避免睡着的时候饿肚子，顾淮想了想，先从口袋里掏出一块蛋壳放到嘴边咔嚓咔嚓吃完，然后才伸出一根手指，用指腹碰触这朵花的花瓣。

因为正专心传递着精神力，顾淮没有发现在附近看护着他的塔克虫族们此时忽然都高度警惕了起来。

即使面对的是同族，这些塔克虫族依然选择亮出它们锋利的前臂和牙齿，对来到它们面前的那名银发虫族士兵展露出危险的信号。

但它们面对的是 α 阶级的高等虫族，绝对的等级差距使得这些塔克虫族受到压制，在这时只能放任对方继续靠近。

顾淮没听见任何脚步声，他好不容易给面前这朵受伤的花传递完精神力，一双黑色军靴就出现于他的视野中。

顾淮愣了一下，抬起头看见一名眼睛上蒙着黑色眼罩的银发虫族士兵。

这名银发虫族士兵有着一副异常俊美的面貌，淡色的薄唇看起来形状格外漂亮，即使蒙着眼睛，轮廓看起来也让人觉得该是无可挑剔。

而对方现在正低头“注视”着自己，以一副冷淡神情安静淋着雨。

细细的雨飘落在对方身上，让那头银色的发被稍稍沾湿，但这名高等虫族士兵依然没有动。

总不能这么看着人淋雨吧。在有语言沟通之前，顾淮先站起身往对方靠近一步，把手上的伞举到这名银发虫族士兵头上。

没有听见声音，也没有看见形貌，但亚尔维斯此时能感知到顾淮的存在和靠近，只是这个样子而已，他那嘈杂吵闹得令他不快的世界又在刹那间恢复安静了。

亚尔维斯难以理解，但反映主人真实心情的银灰色尾巴在这时再次本能地甩动了一下。这条尾巴想要往青年身边靠近，但最终又停在即将碰触到的位置。

这是亚尔维斯第一次产生这样的矛盾。

他想要看见这个人，但是又因为不想伤害他，宁愿看不见他。

第二章
幼崽

在这个原本以为只有自己和塔克虫族的废弃行星上看见一名高等虫族士兵，顾淮的第一反应当然是惊讶。

虽然顾淮也挺想有第二反应，但在给近处的那朵根茎受伤的花传递完精神力以后，这朵花是恢复活力了，他却和预料中的一样迅速感到困倦。

这种源于精神上的困倦没办法抵抗，只是短短几秒，顾淮就又陷入了睡梦里。

青年往旁边斜倒，亚尔维斯在这时依然只是注视着，并没有进行任何思考，他本来也没有动，但身后的银灰色尾巴却仿佛本能地去圈住了青年的身体。

γ 阶级以上的虫族在成年期进阶出类人形态时会保留某一部分种族特征，具体保留的是哪一部分，因虫而异，亚尔维斯保留下来的种族特征是尾巴。

这条银灰色的尾巴像是怕不小心将圈住的人的身体绞断，一开始只虚环住，但没过多久又试探着不断收紧，直到将青年牢牢圈住，这条尾巴就不动了。

亚尔维斯面无表情地看了看自己的尾巴。

这条尾巴是他身体的一部分，在战斗时习惯作为武器使用，运用起来非常便利。

尾巴不会违逆主人的意志，也不应该会自作主张。但亚尔维斯发现，他的尾巴并不愿意将圈住的人松开。

他应该对这种身体部件不听从于自身的情况感到不愉快，可是他此时又没有觉得恼怒。

通过尾巴的触觉，亚尔维斯感触到了被他圈住的人的温暖体温。

正常来说，虫族的体温偏低，而亚尔维斯的银灰色尾巴完全没有温度。

冰冷的尾巴与温暖的身体接触，两者温度上过分鲜明的差异让亚尔维斯有一瞬间产生被灼烧的错觉。

温暖的、柔软的、弱小的。

假如他在这时再稍稍用力收紧尾巴，现在被他圈住的人的身体就会在一瞬间绞断。

“呼唔……”因为睡姿并不舒服，顾淮在这时微皱起眉，发出了很轻的梦呓声。

亚尔维斯的竖瞳因为听见这个声音而反射性微微收缩，但这个变化被蒙于眼上的黑色眼罩掩盖了。

眼罩阻隔了视线，在眼前一片黑色的世界里，亚尔维斯的尾巴自动把圈着的青年再往他身边移近。他向这片黑暗伸出手，轻易碰到了正处于睡梦中的人。

亚尔维斯无声地把对方抱在了怀里。

这样的姿势终于方便睡觉了，在银发虫族士兵怀里沉沉睡着的顾淮逐渐舒展开眉眼，呼吸也变得更加清浅。

塔克虫族看见这一幕幕，原本还对亚尔维斯展现出警惕，现在终于不再用猩红眼睛紧紧盯视了。

既然青年是被周围塔克虫族保护着，那塔克虫族一定找了一个地方作为巢穴。亚尔维斯在塔克虫族的带领下把顾淮带回到巢穴，然后对自己的下属发送了位置讯号。

接收到位置讯号的高等虫族士兵们争先恐后地赶到洞穴，而在各自抵达的一瞬间，这些身着黑色军装的高等虫族士兵就都把视线彻底黏在了被他们首领抱着的黑发青年身上。

王！

巨大的喜悦感冲击着这些高等虫族士兵的头脑，让他们肢体僵硬、头脑发木，所有的思想在这一刻都变得一片空白。

这种陡然产生的剧烈情感无法找到一个合适的宣泄口，在大脑里横冲直撞，最终有一部分虫族士兵透过眼睛将情感宣泄了出来。

眼睛不知道为什么流淌出液体，这种凉凉的液体会模糊视线，导致他们看不清正在安静睡着的青年，这让产生这种异常反应的部分高等虫族士兵此时不满又疑惑地抬手擦了擦。

对天性缺乏感情的虫族来说，他们不理解眼泪是什么东西。

由于很清楚自家首领平时甚至不喜欢被靠近两米以内，更别提肢体接触，仅在战斗中穿刺敌人身体的时候除外，这群高等虫族士兵稍稍缓过神时，才后知后觉，开始震惊自家首领此时竟然把青年圈抱在怀里。

但顾淮对他们的吸引力实在是太大了，这群高等虫族士兵惊愣不到一秒，所有注意力又被银发虫族士兵怀里的青年吸引了。

黑色的头发看起来十分柔软，发梢些许凌乱，因侧头的姿势而轻贴在白皙的脸颊上，青年的眼皮正安静地闭着，纤长的眼睫也静止不动。

王和他们长得不太一样。

在青年身上，这些高等虫族没有看见任何保留下来的种族特征。

他们的肤色是冷白色，皮肤有着极高的防御能力，普通的光束武器只能给他们带来小小的擦伤，而青年的肤色是另一种和他们不同的白皙，看起来似乎很容易受伤。

以上是理性判断，而非理性的感想是，这些高等虫族不约而同地认为：王真可爱啊！

柔软的黑色头发很可爱，安静睡着的样子也很可爱，就连微微翘起的眼睫都特别可爱。

越是看着，这群虫族士兵的眼睛就越是发亮，最后明亮得像映入了小太阳一样。

“首领，我们现在马上带王离开这个鬼地方吗？”一名高等虫族士兵按捺着激动说。

不等亚尔维斯回答，作为副官的阿尔杰先一步说：“如果王一觉醒来发现自己到了陌生的地方，可能会害怕，我觉得，我们还是要先等王醒过来。”

从洞穴里只被吃了一小部分的蛋壳看，他们的王才破壳出生没几天呢，还是一只幼崽。

虽然情况特殊，身体在蛋里的时候已经成长到成年期，但确实刚出生几天。

幼崽是很容易受惊的，即使是虫族的幼崽也一样。

阿尔杰这么一说，刚才说话的虫族也发现自己考虑不周，更赞同前者的观点。

亚尔维斯面无表情地瞥了对方一眼，算是默许了副官的建议。

等待王醒来也是一件很令他们高兴的事情，这些高等虫族士兵开始眼巴巴地守望着他们的王睡醒。

同样是在注视着睡着的青年，在这洞穴里的塔克虫族士兵们在这时本能地发出了低低的嘶声。

即使缺乏智慧，在看见这么多高等虫族士兵出现的时候，这些塔克虫族也隐约明白，它们看护着的幼崽可能要去其他星球了。

这些比它们厉害得多的同族会把青年带到另一个比这里要美丽的星球上，在那个星球上，青年会得到任何想要的东西，会在那个星球被很多高等虫族士兵保护着健康成长。

而这样子的话，青年就不需要它们了，它们没有留在青年身边的理由和价值。

拥有这样的认知和理解，这些塔克虫族士兵才本能地发出了声音。

因为高兴，幼崽能去更美丽的星球，幼崽能得到更好的照顾和保护。

因为不舍。

废弃星球上的天气最近十分燥热，即使顾淮身上只穿着单薄的衣物，这种燥热天气还是令他不太舒服。

但在荒星上本来就不能强求什么好的生活环境，也不想让自家这些塔克虫族担心，顾淮没有对现有的生活环境表达任何不满。

类似的经历，其实顾淮小时候也是有过的。

幼年时待在福利院，遇上夏天的话，差不多也是会遇上这种情况。

因为当时那家儿童福利院的经济条件并不是很好，屋子里只装得起风扇。

顾淮记得，有一年夏天特别热的时候，照顾他们的大人每天还好心地给他们送来冰袋。冰袋冒着寒气，把脸颊贴上去会觉得特别舒服。

顾淮正睡得迷迷糊糊，此时隐约感觉到自己肚子上贴着什么冰冷冷的东西，准确地说，这个冰凉物体圈着他的腰，把燥热感赶走了不少。

顾淮把这冰冷冷的东西当成了冰袋，在睡梦里无意识地伸手去摸索，等指尖碰到了，他的手很快顺着冰冷物体往上摸了摸。

摸一下还不够，虽然顾淮有点察觉到自己摸着的东西好像不是冰块，但这个物体的低温实在让他喜欢，忍不住在上边胡乱地摸了又摸。

这样来来回回摸了好几遍以后，顾淮才满足地把手搁在上边。

顾淮的这一系列动作让前边一群原本只眼神发亮注视着的高等虫族士兵们集体绷紧了身体，他们紧紧盯着正被青年摸着尾巴的银发虫族士兵，害怕对方会在下一刻用这条尾巴勒断青年的脖子。

作为保留下来的种族特征，至少在这群高等虫族的认知里，这条银灰色的尾巴从未被主人以外的任何人碰过。

他们首领用这条尾巴圈着青年的腰，却不代表允许后者触碰。

假如眼睛没有被黑色的布料蒙着，在场的虫族士兵们觉得他们眼前的银发虫族士兵此时一定是微眯起竖瞳的样子。

这是对方心情不愉快时的表情，只要看见就会明白，这毫无疑问是一种危险姿态。

精神链接对 α 阶级的虫族似乎没有太明显的作用，因为了解自家首领的脾气，在这洞穴里的高等虫族们现在几乎要因为恐慌而暂停呼吸。

首领做出攻击行为的话，他们能赶得及保护王吗？

内心在下一刻就给出了否定答案，因此这些虫族士兵才更加恐慌。

然而，时间过了好几秒，被这群高等虫族士兵紧紧盯着的那条银灰色尾巴也并没有动，就这么继续安静地圈在青年腰上，看起来没有显示出丝毫不悦。

而让这些高等虫族士兵真正震惊的是，原本把手搁在这条尾巴上就不动了的青年忽然动手把这条尾巴往上移到自己怀里，直接双手抱住不说，还把脸颊贴上去蹭了蹭。

这条尾巴具备怎样的力量，身处虫族第一军团的这些虫族士兵再清楚不过了。

他们首领只需要随意甩一下尾，被这条尾巴抽打到的物体，即使是钢铁也得彻底凹陷。

以这种力量，假如他们首领不同意，正在沉沉睡着的青年根本不可能拉得动这条尾巴。

亚尔维斯同意了，这才是令这些高等虫族士兵感到最不可思议的事情。

在他们眼里，前边的银发虫族士兵此时面无表情，表现出的情绪并不美妙。但事实是，亚尔维斯被蒙于一层黑色布料下的眼睛正微垂着，眼皮轻轻耷了下来。

像受到了安抚的危险野兽一样，在面对安抚它的人时极罕见地表现出一丝顺从姿态。

亚尔维斯克制着喉咙不发出威胁的声音，利爪也缩回爪鞘，尽量不露出锋利的牙——尽管看起来仍然非常可怕，但这已经是这只野兽最温顺无害的样子了。

顾淮睡了几个小时才醒，睡意蒙眬地睁开眼，眼前倏忽映入一张冰冷俊美的脸。

蒙着眼睛的黑色布料将这名银发虫族士兵的肤色衬得更加冷白，顾淮从这个角度刚好看见对方那清晰的下颌线条，往下是突起的喉结。

顾淮睡醒才发现自己正被对方抱着，他其实也只是愣了一下而已，但当他看见那条被他抱着的银灰色尾巴，整个人顿时卡壳了。

这条银灰色尾巴看起来像西方龙的龙尾，表面在视觉上有种金属的冰冷质感，触感和视觉相同。

尤其在这个时候，顾淮依稀想起自己在刚才半梦半醒的状态下，好像还对这条尾巴摸了又摸，即使再怎么冷静，顾淮这时也不免想捂住脸。

实在是太尴尬了。

抱着的青年明显的情绪波动让亚尔维斯反射性皱下眉，他看不见青年的表情，但青年忽然僵住的身体被他解读为惊慌。

因为这样的解读，亚尔维斯下意识将代表警告的异能威压扩散至覆盖整个洞穴，甚至一直延伸到洞穴以外数百米远的地方，直接宣告对这片区域的主宰权。

这种异能威压带来的是一阵有如实质的恐怖压力，任何生物在接收到这样的警告讯息时都会本能想要逃离，这是一种最快排除威胁的方法。

不会有能伤害你的东西，所以不需要惊慌。

两边的脑电波没有对上。顾淮在尴尬中试图悄悄放开抱着的那条银灰色尾巴，当作无事发生，但他刚把手从上边移开，他看见这条冰冷冷的尾巴顿时小幅度动了一下。

还是被发现了。

抱着的青年依然僵着身体，这样的发现令亚尔维斯又接触到熟悉的烦躁感，他将尾巴重新圈到青年身上，这一次清晰地表现出了保护姿态。

并且同一时间，银发虫族士兵面无表情地摘下自己左手的黑色手套，将他指节分明的修长手指抵放到青年唇前。

幼崽都很容易受惊，而虫族的幼崽在受惊时会本能地表现出攻击状态，假如单从出生时间来看，他眼前的青年确实该算作幼崽。

虫族幼崽能做出的攻击行为并不多，主要是依靠牙齿撕咬，一般受惊的时候逮着个东西咬一咬就不会害怕了。

但即使亚尔维斯这么做，他发现被他抱着的青年好像连怎么攻击也不会。于是他抵在青年唇前的手指探进去摸了摸对方的几颗勉强还算有点尖度的牙，无声地提示着。

这样的锋利度实在太低，按亚尔维斯的估算，咬合力应该也很差。

他眼前的青年非常弱小，可以说根本没有什么战斗能力。

被摸了牙，顾淮直接呆住了。但也是在这时，他终于稍微对上了面前银发虫族士兵的脑电波。

如果他没有理解错的话，对方的行为应该能算是在哄他吧？

和顾淮见过的塔克虫族不一样，在他眼前的这名银发虫族面无表情的样子看起来既冷漠又充斥着压迫感。但仔细回想一下，在之前摸那条银灰色尾巴的时候，顾淮似乎隐约感知到对方的心情还算不错。

所以，摸尾巴会让对方高兴？

得出这个结论，顾淮纠结了一下，但他低头看了看那条圈在腰上的银灰色尾巴，还是试着伸手去摸了摸。

碰到尾巴的一瞬间，顾淮明显感觉到这条尾巴顿时把他圈得更紧了一些，牢牢地禁锢着他。而眼前的银发虫族士兵对他微低下头，冰冷神情仿佛忽然多出一种奇异的温顺。

想落地。

顾淮以轻微挣扎来表达自己的想法，而被摸了尾巴的银发虫族士兵在这时很好说话，很快顺从他的意愿将他放下。

身体恢复自由，这时顾淮终于注意到了就在他不远处的一百多名高等虫族士兵。

几乎就在顾淮的视线触及的同时，这些高等虫族士兵无比整齐划一地向他单膝跪了下来。

头颅低垂，右手贴放于心脏的位置，这些高等虫族士兵毫不犹豫地向青年表现出他们的忠诚与臣服。

猝不及防面对这样的场面，顾淮一下子没能反应过来。

在顾淮回神之前，这个部队里一名算是新兵的年轻虫族士兵开口问道："王，我们能不能抬起头看您？"

在对王行跪礼时，他们的头不应该抬起来，但是实在是太想要看见王了，这名虫族士兵忍不住询问道。

对于被围观这件事，顾淮现在已经完全习惯了。

这份习惯并不是被迫，是因为清晰感知到这些虫族士兵对他的喜欢，他也想回报这样的情感。

不想这些虫族士兵继续跪着，顾淮说："你们可以站起来看。"

王不希望他们跪着，接收到这一信息的高等虫族士兵们很快站起身，然后一个个用明亮得可怕的眼神注视着眼前的青年。

这是一种什么样的感觉呢？

像原本一直冰冷无声的黑色世界里突然闯进一个太阳，这份突然到来的光芒过于明亮。但即使眼睛刺痛，也还是想要注视，这份骤然上升的温度过于炽热，但即使身体会被灼伤，也还是想要靠近。

这份巨大的吸引力，就像光对于趋光生物的吸引，无法抵抗或停止。

光是在青年睡着的时候，这些高等虫族士兵就已经看得够起劲了，何况现在在他们眼前的青年还会动、会说话。

王真可爱啊。

虽然在青年醒来以后，这些高等虫族士兵发现青年的眼睛是黑色的，而且是像人类那样的圆形瞳孔，跟他们的竖瞳不一样，但是这种差异也让这些高等虫族士兵觉得可爱。

王长得特别好看，声音也很好听，无论怎么看，都没有缺点。

既然王醒了，那他们也该离开这个星球了。

它们迫切地想让青年生活在更舒适的地方。

作为副官，阿尔杰在这时上前一步说："陛下，这个星球的环境太过恶劣，并不适合居住，我们想要带您离开，去一个更好的星球。"

废弃星球的环境对于虫族来说，倒不是不能生存，他们去过很多比这个星球环境更加恶劣的地方，但他们实在无法接受让青年继续生活在这样的环境里。

能离开废弃星球的话当然很好，顾淮没有半点犹豫就同意了。

青年一点头，阿尔杰迫不及待地回头对自家首领说："头儿，您让尤拉过来吧，我们马上带王离开。"

去哪里都好，当然最好的是，回他们第一军团的首都星——图瑟，阿尔杰在心里暗暗想着。

"已经到了。"亚尔维斯冷淡回应。

早在青年醒来之前，亚尔维斯就已经对尤拉战舰下达了靠近洞穴的命令。

那他们马上可以启程离开了，在场的高等虫族士兵顿时都精神抖擞。

两名虫族士兵负责小心搬运顾淮还没吃完的巨大蛋壳，顾淮在塔克虫族的跟随下往洞穴的出口走去。

走到出口，顾淮最后再看了看这个星球的景色。

这次离开，应该就不会再回来了。

虽然这个废弃行星荒芜又贫瘠，但对顾淮来说，他在这个星球和看护着他的塔克虫族一起生活了一段日子，这个星球对他来说就成了一个因为拥有回忆而值得怀念的地方。

“我要离开这里了。”顾淮对在他周围的塔克虫族说。

听见青年这句话的塔克虫族相继发出了低低的声音，它们猩红色的眼睛认真地注视着眼前的黑发青年，看起来冰冷可怕的竖瞳里却完整地映入了青年的样子。

顾淮从这些塔克虫族身上感知到了高兴和悲伤，还有非常不舍的情绪，这是他第一次在它们身上感知到这么复杂又强烈的情绪波动。

自己离开这个星球会让这些塔克虫族士兵这么舍不得吗?

确实，它们在这个星球上生活的时间很久，也许已经把这个星球当成了家园。

可是顾淮也希望这些塔克虫族士兵能和他一起去更好的星球生活，所以即使感知到了这样的情绪，他还是继续往前走。

走出去没几步，顾淮忽然发现，周围的塔克虫族并没有跟上来，而是停在了洞穴的出口注视着他。

这个发现让顾淮愣住了，他从来没想过，这些塔克虫族士兵会不愿意和他一起离开。

以前一直没有家长，来到这个世界，然后从蛋壳里出来就被这些塔克虫族士兵当成幼崽，被小心看护着，顾淮潜意识里已经把这些塔克虫族士兵当成家长了。

因此，顾淮想也没想就往回走，走到正在注视着他的塔克虫族面前，仰起头问：“你们不跟我一起离开吗？”

一起。

离开。

这些塔克虫族士兵大概理解这两个词语，却深深陷入一种矛盾中。

情感上，它们非常地不舍，当然想要一起离开，但是另一种冰冷的本能又告诉它们，它们对青年已经没有价值了，应该让那些比它们厉害的同族代替它们守护在青年身边，只有这样，它们看护着的幼崽才能得到更好的照顾。

“你们不要我了吗？”如果是对家长，就会问出这样的话语，顾淮在问这句话的时候都已经想好了，要是这些塔克虫族士兵实在不肯走，那他会留下。

或许是因为语气和表情，塔克虫族士兵几乎在一瞬间就理解了青年的这句话，而也是在这一瞬间，情感将冰冷的理智彻底压倒。

像对待非常珍惜的宝物，为首的那只塔克虫族俯下身，用它的前臂把顾淮小心抱到自己肩上，这样温情的动作令在场的其他高等虫族士兵为之愕然。

塔克族群的虫族向来最凶狠好战，这是虫族内部乃至整个星际都公认的事实。

但此时此刻，这些塔克虫族士兵无疑是对它们面前的青年十分爱护。

以行动回应问题，等顾淮坐稳以后，这个塔克虫族士兵载着他走出了洞穴。

当为首的那只塔克虫族士兵载着顾淮走出洞穴，顾淮很快感知到周围这些塔克虫族士兵身上那些不舍和难过都完全消失了，取而代之的是明显的喜悦。

因为这样的情感变化，顾淮后知后觉反应过来，原来这些塔克虫族刚才的不舍情绪并不是对这个星球，而是对他。

不舍就该一起走，顾淮想得非常直接，现在已经得到了想要的结果，他很快又弯下眼。

既然是要离开这个星球，这些塔克虫族士兵马上想到它们藏起来的那些果实，还有青年给它们做的伞，顿时又准备往洞穴里走。

可它们又怕青年会误会它们不要他了，就本能地用上了最快的移动速度，没几秒就完成了往返。

顾淮看着塔克虫族从洞穴里带来的东西，在正载着他的这个塔克虫族肩上轻拍了拍，温声说："果实再不吃会坏掉的，伞的话，离开这个星球应该也用不到了。"

在星际时代，肯定已经有了更方便的遮阳挡雨工具，而且这些临时做出来应对雨天的伞并不好看。顾淮用他的交换能力只是做出近似于伞外形的道具，实际还是有挺大差距的。

听见顾淮的话，这些塔克虫族士兵却罕见地表现出了固执，第一次没有选择顺从。

它们把果实和伞都带上了，果实准备等到实在快要坏掉的时候再吃，而青年送给它们的挡雨工具，等到新的星球以后，它们要再找个地方藏起来。

不知道这些塔克虫族士兵拿着的长柄道具是什么，但在旁边看见这一物品的高等虫族士兵们都忍不住暗暗多瞄看了几眼。

这是王送的礼物。

一发现这一点，这些高等虫族士兵就羡慕得不行。

这样的礼物是独一无二的嘉奖，他们也希望能有机会拥有。

即使不是像这样亲手做的东西也可以，就算青年只是送他们一颗在地上捡到的小石头，他们也会觉得高兴。

因为不能主动讨要，这些高等虫族士兵只能眼巴巴地望着，沉默着。

战舰在离洞穴出口很近的地方，顾淮被体形庞大的塔克虫族载着往外边走了没多久，就走到了这艘尤拉战舰面前。

这是顾淮第一次亲眼看到真实的宇宙战舰，原本只在科幻电影里才能见到的虚拟事物，乍一下出现在触手可及的地方，作为一名编剧的顾淮不由得眼睛一亮。

冰冷的黑色战舰静止不动，看起来也是极具压迫感的庞然大物，没有人会怀疑这艘巨大战舰在战场上的对战能力，虫族的尤拉战舰就算与目前星际中设计尖端的战舰相比，也毫不逊色。

然而顾淮刚刚走到这艘尤拉战舰面前，都没来得及多欣赏两眼，这艘外形无比庞大的尤拉战舰就突然出现了异常。

“咔嗒——”

“咔嗒，咔嗒——！”

声音从战舰内部响起，这艘尤拉战舰的舰身此时出现了震颤。

顾淮还没反应过来，体积庞大的尤拉战舰竟然在地上打了个滚，扬起阵阵尘土。

地面顿时出现接连震动，而震动结束后，尤拉战舰把自己身上能发光的舰灯一闪一闪地亮起来，像是为了吸引它面前黑发青年的注意力。

“尤拉看见您之后太兴奋了，所以……”阿尔杰在一旁低咳了一声，解释道。

也不能怪这艘尤拉战舰的反应会这么大，能够载着王航行，这实在是莫大的荣誉。

假如现场有两艘尤拉战舰，阿尔杰觉得它们甚至会为了谁来载青年而打一架。

听阿尔杰这么说，顾淮才记起之前接收到的传承信息里有这么一条——虫族的尤拉战舰是拥有自我意识的生物战舰。

尤拉也是虫族的族群之一，除了尤拉族群以外，虫族还有四个族群，分别是塔克、艾萨多、利诺、卡缪。

这五个族群分别有着各自的不同特征，比如顾淮最熟悉的塔克虫族，特征就是好战，在虫族中最为凶悍，战斗中会视情况会进入狂暴状态。

尤拉拥有拟态变形的能力，通常作为生物战舰存在，发挥运输作用，并成为太空武器。

艾萨多则是虫族中精神力最强大的族群，这个族群的虫族一般都擅于计谋，同时在种族中也擅长异能，但身体能力不如其他族群。

而利诺在虫族中的定位是刺杀型，作为暗杀者，正面战斗不如塔克虫族，但十分擅长隐匿、追踪和利用各种毒素，为了捕杀猎物会非常有耐心。

最后是卡缪，和其他族群相比，这个族群的各项能力都显得很平均。可这个族群也是唯一一个在必要时会消耗生命力换取恐怖爆发能力的族群，并且会将自爆作为杀敌手段。

仔细感知，顾淮很快感知到了这艘尤拉战舰的情感。

看着前边闪烁不停的舰灯，顾淮让载着他的塔克虫族走近尤拉战舰的舱门，然后他抬手在战舰冰冷的舱门上摸了摸。

一被青年碰到，这艘尤拉战舰顿时安静了下来，舰身不再震颤，只把外边亮起的舰灯变成漂亮的天蓝色。

在星际的许多地方，红色灯普遍代表着警戒、禁止或敌对之类的意思，而天蓝色是友善。

“咔嗒。”轻轻地发出声音，这艘巨大又冰冷的尤拉战舰努力向青年表示出它的喜欢。

“谢谢你。”顾淮认真地说。

喜欢是种难能可贵的情感，无论是多是少，短暂还是长久，顾淮一直觉得，这种单纯的喜欢非常珍贵。

顾淮的这句话让这艘尤拉战舰亮起的天蓝色舰灯又缓慢地闪烁了一下，而在顾淮被塔克虫族载着进入舱门时，这艘尤拉战舰的舰灯就维持着一定的频率闪烁，光是看着都能明白尤拉此时的心情。

大家很快全部进入战舰，在亚尔维斯的默许下，顾淮自动拥有了在这艘尤拉战舰里的最高权限，他被银发虫族士兵带领着进入了战舰的指挥室。

“首领，我们现在要去哪个星球？”阿尔杰询问着，目光却移到不远处的黑发青年身上，“带着王，我们是不是应该先找个好一点的星球安顿下来……”

“回图瑟。”亚尔维斯简短回答道。

图瑟星，即虫族第一军团的首都星，作为虫族的大本营之一，图瑟星所在的星域几乎没有其他种族的舰队敢踏足。

即使是商贸需要路过图瑟星，这些星舰也会选择绕道走，生怕一不小心在这片星域里撞上虫族的尤拉舰队。

听见这个回答，阿尔杰眼睛一亮，窃喜不已。

阿尔杰刚才其实都想直接说，要不他们回图瑟吧，但不敢直说，只能委婉地暗示，没想到真能如他所愿。

虽然他们首领是虫族第一军团的团长，可作为领袖，他待在自家首都星的日子却屈指可数。

政务什么的全都甩手给待在图瑟星上的参谋长，阿尔杰甚至都有点怀疑，他们首领还记不记得图瑟星长什么样子。

顾淮对会被带去哪里没有意见，总归是比废弃行星要好很多的地方，所以他没有开口问图瑟星是什么样的，想着去了以后自己用眼睛看就好了。

在战舰指挥室有能看见外边星域的透明窗，顾淮已经好奇地走过去观察了。

黑色的宇宙像一片漫无边际的黑暗，这本该是令人畏惧的，但又因为许多星球的点缀，这片黑暗变得灿烂而瑰丽。

从声音就能辨别青年走到了什么地方，坐在指挥位上的亚尔维斯没有说话，只是用手指滑动一下操作面板。

而下一刻，整间指挥室周围的墙壁都变得透明。

这样子就更方便看外边了，顾淮第一反应是高兴，然后他不由得回过头看了一眼正冷漠地坐在指挥位上的那名银发虫族士兵，在对方蒙着黑色眼罩的眼睛上停留了两秒。

说是眼罩，其实该说是一层黑色不透光的布料吧，蒙住眼睛，很随意地绑在了后边。

“你们的首领为什么要蒙着眼睛？”之前一直没有机会问，顾淮此时小声地问站在旁边的阿尔杰。

其实这个音量，他们首领完全能听得见。

阿尔杰在心里这么想着，却没把这句话说出来，只是如实回答说：“因为有形的事物会让首领想要破坏。”

只要看见，就会不断产生破坏的欲望，蒙上眼睛，看不清具体形态的话就会好一些。只是即便这样，听见的声音也还是会让他们首领觉得吵闹。

因为声音在间接提示着事物的存在，所以烦躁感就会累积。

为了不影响战斗，听觉和视觉最多舍弃其中一样，而听见声音比直接看见要容易忍受，所以他们首领把眼睛遮了起来。

“这样吗……”这个原因是顾淮怎么也想不到的，因此他怔了一秒。

“很多时候，听着声音，首领他都会觉得吵闹，然后就心情不好。不过这比起让他看见东西要好多了，有一次在战斗的时候，敌人故意把首领的眼罩给弄掉了，结果整个部队就被首领一个人收拾得干干净净。”回想起那次战斗，阿尔杰都还心有余悸，他们首领陷入狂暴的时候压根儿不分敌我。

眼罩大概能算他们首领的一项禁忌，这在整个虫族里应该是公认的事情了。

这样感觉很辛苦，顾淮只是想想就觉得这是很难以忍受的事情，他不由得沉默了。

而在这时，阿尔杰很快转换了一个话题，他垂下头问：“您之前睡了好几个小时，现在是否想要进食呢？您的蛋壳等回到图瑟星以后，属下会让人将它磨成粉，跟普巴诺树汁混合食用会有更好的营养效果。”

蛋壳磨成粉是成了奶粉？

这个联想让顾淮的表情变得微妙了一瞬，但他还是点点头表示知道了。

至于进食，顾淮摸出口袋里的蛋壳零食，两三下吃完了。

由于精神力还在幼崽阶段，顾淮觉得自己现在可能是真的有吃饱就睡的谜之设定，就算对这一点再怎么无奈，他也不得不承认在吃完零食以后，他又有点想睡觉了。

没多久就昏昏欲睡，顾淮最终认命地靠在指挥室里的一张座椅上闭上了眼睛。

等顾淮入睡，拥有待在这间指挥室权限的少数高等虫族士兵放轻了手头上的动作。

亚尔维斯从指挥位上站起来，走到正靠在座椅上睡觉的青年面前，站着低头“注视”。

阿尔杰在旁边看着，忽然看见表情冷漠的亚尔维斯伸手碰到青年的嘴角，然后顿了一下，把青年不小心沾在嘴角的一点蛋壳碎末拨走。

被体温低凉的手指碰到嘴角，青年在睡梦里往旁边稍微偏了偏脑袋，淡色的唇刚好就在亚尔维斯没移开的那根手指上轻轻擦碰了一下。

温暖柔软的触感让亚尔维斯立刻收回手，他面无表情，身后的银灰色尾巴无意识上下轻甩了一下。

大概过去了几秒，亚尔维斯抬起头，用低沉冷淡的声音对站在旁边的阿尔杰问：“他是什么样子的？”

“您是说王吗？”阿尔杰脱口而出，问完以后又觉得自己多此一问。

“王长得很好看。”要让他描述青年的长相，他觉得这实在是太为难自己了，因为他开口就会想说王长得好看、特别好看，全星际最好看的一定是他们的王。

阿尔杰勉强组织了一下语言，说："嗯……王的头发是黑色的，特别柔软；眼睛跟我们不一样，是像人类那样，瞳孔是圆形的黑色眼睛，笑的时候看起来很温柔。"

这样的语言描述实在很难勾勒出一个人的样子，不过亚尔维斯听了之后还是"嗯"了一声。

亚尔维斯坐回指挥椅上，抬起手碰了碰蒙在眼睛上的黑色遮挡物，手指触碰到边缘，在上边停留了接近两秒，最后还是放了下来。

整体来讲，虫族实在是一个不怎么注重生活享受的种族。

由于每一名虫族都是天生的士兵，他们适合战斗，因而对绝大部分虫族而言，能够生存的环境就能生活，生活得舒不舒服一般不在他们的考虑范围之内。

可是现在，有一个人让他们不得不进行这方面的思考。

顾淮靠睡在座椅上，没一会儿就因为睡的姿势不够舒服，无意识轻轻发出了一点声音。

这个声音让守在顾淮旁边的那只塔克虫族士兵垂下头颅发出了低沉沙哑的嘶声，之前在废弃星球的时候，它们都是把幼崽放到蛋壳里摇晃着睡觉的，但现在蛋壳被它们的同族拿走了。

待在指挥室里的几名高等虫族士兵本来正眼神发亮地注视着入睡的青年，而他们在听见声音的一刻齐齐顿住身体。

王这样靠着座椅睡觉会感觉不舒服吗？

睡眠是一种生理需求，而虫族对睡眠的需求是很低的，除了幼崽可能会多睡一点，成年期的虫族就算十来天不睡觉也不会感觉疲惫，实在需要休息的时候，他们也只进行浅度睡眠，小憩一会儿就可以了。

所以，在面对现在这个情况，这些高等虫族士兵发现，他们这艘战舰上连能让青年躺进去睡觉的睡眠舱都没有。

要不他们把这几张座椅拆了，把靠背的部分拼起来给他们的王当个睡觉的垫子好了？

想法一来就蠢蠢欲动，几名虫族士兵都准备去指挥室外边拆椅子了。这时，从指挥位上下来的银发虫族士兵命令他们停下了行动。

亚尔维斯再次走到顾淮身边，而他身后银灰色的尾巴比他的双手更快一步碰到青年的身体，只几秒钟就将后者圈住。

比起对待需要保护的事物，这条尾巴还是更擅长在战斗中对付敌人，像这样将青年的身体圈住，已经是这条尾巴做过的最温柔的事情了。

不是刺穿，也不是甩尾鞭打，仅仅是用一种非常克制的力度圈着。

其实只是将青年从座椅上抱起来，并没有必要用到尾巴。

但尾巴自动将青年圈住了，亚尔维斯把入睡的青年抱起来之后，最后还是没控制他的尾巴。

很安静。

亚尔维斯已经确定了，他只要能感知到怀里青年的存在，就不会再听见那些令他觉得吵闹的声音。

这不是说那些声音消失了，而是他在感知着青年存在的时候，他的所有注意力会被后者彻底吸引。

于是，那些声音就十分奇异地无法再干扰他了。

暂时也没有了战斗欲望。

虽然并非出身于塔克虫族，亚尔维斯的好战程度却丝毫不亚于塔克族群的虫族士兵，越是激烈的战斗，越是能激起亚尔维斯的某种冰冷愉悦。

可顾淮在这里，亚尔维斯就会像被一条无形锁链牵制着，因为那种连他自己都还没发现的保护想法，他没办法离开前者身边，于是战斗欲只能被压制下来。

就像将寻找到的珍贵宝物带回了巢穴的龙，为了守护宝物不被伤害或偷窃，这只巨龙伏下身体、拢起双翼、眯起竖瞳，选择停留在了自己的巢穴里。

因为之前已经睡过一轮了，顾淮这次没睡多久就醒了过来，而在察觉他醒来的一刻，亚尔维斯不等他表现出想落地之前，就无声地把他放了下来。

顾淮在真正清醒的时候才反应过来，自己刚才又被对方抱着睡了一觉，抬眼看见这名银发虫族士兵平淡冷静的脸庞，顾淮挠了挠脸颊，说："我下次睡觉要是再发出什么声音，你不用管我，就让我睡在那里就好了。"

虽然知道以虫族的思维来思考，他会被对方这样抱着睡觉是很正常的事，就像塔克虫族的士兵总是在他睡着以后把他放进蛋壳里摇，两件事情没有太大区别，但固有的人类思维还是让他对此有点不适应。

亚尔维斯闻言没有马上点头或摇头，嘴唇没有一丝弧度，抿平的唇线仿佛也透露出冷淡，似乎对回应顾淮的话并没有兴趣。

青年这句话表达的意思是不想被他抱着睡觉，或者说不想被他接触，他是这么理解的。

是因为从他的副官那里了解到他的异常，所以不希望被他靠近吗？

即使是天生的战斗种族，在他们种族里也没有哪个虫族士兵会像他这样拥有无法自控的破坏欲，一种盲目而没有目标的暴怒，连他自己都不知道会在什么时候陷进疯狂。

对方会不希望他靠近也是一件很正常的事。

冰冷的银灰色尾巴随着主人的思绪而烦躁地甩动了一下，但这样的情绪没有表现在亚尔维斯脸上，他在间隔一会儿后，无波无澜地应了一声："嗯。"

由于载着王，这艘航行中的尤拉战舰发挥出了前所未有的推进速度，就连最大迁跃次数都上升了一倍不止。

以这样的速度，只需要短短几天时间，他们就能回到图瑟星了。

在这几天时间里，顾淮把整艘尤拉战舰逛了个遍，因为拥有最高权限，这艘战舰的每一处空间都是向他开放的，无论他想去哪个地方都没有问题。

顾淮在战舰里走动的时候，经常还会听见这艘尤拉战舰对他发出的“咔嗒”“咔嗒”的声音，似乎这只尤拉很高兴他愿意四处走动。

不过顾淮四处走动也不光只是因为感兴趣，他还顺便在找人。

“你们首领去哪里了？”战舰航行的第二天，顾淮在指挥室里没见到本来该坐在指挥位上的银发虫族士兵，他不由得疑惑地看了阿尔杰一眼。

这个问题让阿尔杰犯了难，他在青年面前低下头，然后回答说：“属下也不知道。”

是确实不知道，不是有意隐瞒。

“首领他自己不想出现的话，没有人能知道他在哪里。”阿尔杰补充道。

这个回答让顾淮头上又多了三个问号，他的表情被抬起头来瞄看他的阿尔杰看到，后者继续解释说：“亚尔维斯大人是出身于利诺族群的虫族，利诺虫族通常都非常擅长刺杀技巧，在隐匿方面的能力当然也相当优秀，而首领是其中最厉害的那个。”

说到这事，阿尔杰既自豪又纠结。

他们首领明明暗杀能力满点，悄无声息就能杀死敌人，可平时偏偏喜欢正面战斗。不过因为是阶级的高等虫族，即使不以自己最擅长的能力对敌，展现出的其他能力也远比他们强大。

了解亚尔维斯是出身于哪个族群的敌人都会明白，在他们的眼睛还能看见对方的时候，无论对方表现出多么强大的力量也都还不是最可怕的情况。

最可怕的情况是，亚尔维斯消失在他们眼前，这意味着他们随时可能在下一秒被无声地割断喉咙。

利诺虫族。

顾淮没忍住，露出一点惊讶表情，本来以好战和可能陷进狂暴这两点来猜，他猜测亚尔维斯该是出身于塔克族群，却没想到阿尔杰告诉他，亚尔维斯最擅长的是暗杀。

为什么突然就不出现了？

顾淮疑惑着，但人不在他面前，他也没办法询问答案。

顾淮这几天干脆一边逛战舰一边找人，然而快逛完了，他也没找到丝毫踪迹。

走到战舰最后一处他没去过的地方，这个隔间环境一目了然，什么人也没有。

顾淮关上门走回走廊，找不到的话，他要怎么让对方自愿出来……

“亚尔维斯？”顾淮轻声低念了一下这个名字。

这个走廊在整艘战舰里也算偏僻了，顾淮试着念出银发虫族士兵的名字，但其实没想过对方会听见出现，直到一道脚步声响起。

这道脚步声很轻，亚尔维斯本来可以做到毫无声响，这样做只是有意让顾淮听见。

从青年附近的一处阴影里，亚尔维斯逐渐走出。

确实没有人能找到他，但有一个人可以让他主动出现。

冷白的肤色使得银发虫族蒙于眼睛上的黑色遮挡物变得更加鲜明，顾淮在看见对方时总是不由得一眼注意到那个黑色眼罩，但又明白这是对方的禁忌，很快转移开视线。

蒙着双眼的银发虫族士兵无声地站在那里，冷峻的轮廓和面无表情显现出一种禁欲、冷淡的美感，他似乎在等待青年对他说话。

“为什么你这几天都不出现了？”顾淮表达出他的疑问。

亚尔维斯被遮挡住的双眼稍微垂落，他用低冷的声音回答说：“因为你不希望我靠近。”

一开始是想，青年既然不希望他靠近，或许他不让对方看见会更好一点。

但隐藏于阴影后，亚尔维斯又觉得，如果靠近不被发现，应该也不算违背对方的意愿。

这个回答着实让顾淮愣了几秒，他开始回想自己之前是说了什么才让对方有这样错误的理解。

难道就因为他说睡着以后不要管他，让他自己睡？

顾淮沉默了一会儿，对此有些失语，但看见眼前的银发虫族活像只温顺的大猫一样在那儿安静站着，他不由得温声解释说："没有不希望你靠近。"

听见这句话的银发虫族士兵偏了偏头，虽然隔着一层黑色眼罩，顾淮却有种自己被对方注视着的感觉。

"所以你不用刻意不出现。"顾淮又说。

大概因为亚尔维斯此时看起来的样子实在很安静、温顺，顾淮想到由阿尔杰告诉他的，亚尔维斯每时每刻都在忍耐着的那些痛苦，他忍不住伸手摸了摸对方那头触感微凉的银发。

顾淮在触碰到银发的时候尝试着传递了用以安抚的精神力，希望能稍微抚平对方的某种紊乱。

这样的安抚过于温柔，亚尔维斯面无表情，但身后的那条银灰色尾巴猛地大幅度甩动了一下。

直到顾淮把手移开之前，亚尔维斯除了尾巴以外的身体一直是一动不动的状态。

"这样会感觉好一点吗？"尝试安抚完以后，顾淮出声询问。

"嗯。"亚尔维斯低应了一声。

其实差不太多，青年的存在已经是最好的安定剂，这样的安抚效果就显得可有可无。但有某种不知名的原因，亚尔维斯在这时还是应了一声。

"那就好。"顾淮微弯下眼。

青年的声音带着笑意，不难想象对方现在应该是弯着眉眼的样子，但亚尔维斯什么也看不见。

在眼前的一片黑色里，亚尔维斯下意识地开始尝试勾勒青年的模样。

黑色、柔软的头发，同样是黑色的瞳孔、圆形的眼睛，温柔好看的样子。

但似乎怎样也无法勾勒出合适的模样，始终觉得不对，亚尔维斯不愿意将随便想出的形象当成青年的模样。

经过几日航行，尤拉战舰终于抵达图瑟星所在的诺德拉星系。在这艘尤拉战舰刚进入诺德拉星系范围的时候，图瑟星上的虫族第一军团的高层就已经收到了他们的军团首领即将归来的消息。

此时在军部大厦的会议室。

“等去航空港迎接完首领，我会马上辞掉参谋长的职位，以后图瑟星就劳烦各位了。”参谋长艾理斯在会议室里冷着脸，对桌上与他共事多年的六名同僚说出他的决定。

整间会议室安静了几分钟后，一名高等虫族高层说：“但是就算您辞职离开，首领也不一定肯长期待在图瑟。”

“我已经决定了。”艾理斯态度坚决。

作为被自家首领撂担子的对象，还是一撂好多年的那种，艾理斯觉得他有必要让他们首领明白事情的重要性。

试问在虫族另外三个军团里，哪个军团的首领会长期离开自家的首都星，把政务全部扔给参谋长的？

没有，只有他们第一军团才这样。

好不容易等到首领回来，艾理斯已经打算好了，等辞了职，他就马上离开图瑟。

这图瑟星他暂时不待了，一年半载以后再回来。

做好了这样的打算，等那艘有着特殊认证的尤拉战舰在图瑟星的航空港登陆，艾理斯和另外六名图瑟高层都来到这里，准备迎接星球的主人。

无比庞大的尤拉战舰平稳地停在地面，战舰的舱门打开，一道身影从战舰里走出。

这道身影对图瑟的高层们来说非常熟悉，蒙着黑色眼罩的眼睛和银灰色的尾巴，只要看见这两样就可以确认他的身份了。

参谋长在这时走近一步，他对归来的星球主人低下头："亚尔维……"

只来得及说出这三个音节，当低头看见被银发虫族抱着的正在睡觉的青年时，参谋长的声音突然消失，声带彻底停止了振动。

类似的反应并不只发生于一名虫族高层身上，在场与艾理斯有同样发现的另外六名图瑟高层也一个个都绷紧了身体，竖瞳在一刹那间急剧收缩。

王……

猝不及防的巨大惊喜几乎要成了惊吓，强烈的本能意识在瞬间就将这七名高等虫族淹没，让他们的身体变得僵硬。

在头脑都变得一片空白的时候，只剩下眼睛还恳切地凝望着。

假如说这时还能有一丁点额外的思考能力，作为参谋长的艾理斯大概是在想：什么辞职，谁也别想让他离开图瑟星！

第三章 养护

和废弃星球上的干燥炎热的天气截然不同，图瑟星现在正处于颇为寒冷的冬季。

寒冬的天空看起来格外纯净，是一片沉静的青色，就像一块被打磨过的宝石，整个图瑟星此时都在这块巨大宝石的映照之下。

寒冷的环境对虫族来说没什么影响，因此在场的高等虫族身上依然只穿着黑色军装，但在他们眼里，银发虫族士兵抱着的青年似乎被空气中的冰冷气息冻醒了。

这个发现让在场的虫族都感到有些无措，一瞬间甚至都不知道该怎么行动好了。

睡眼蒙眬的黑发青年有着非常柔和的轮廓，无论是头发还是皮肤，看起来都十分柔软，此时半醒不醒的样子比正常在幼年期的虫族幼崽看着还要乖巧。

让他们莫名地想要保护他。

硬得像冰块的内心忽然像凹陷了一块，胸腔里陌生的柔软情绪让这些高等虫族难以理解。

这种情感是灼热而滚烫的，却又柔软得不可思议。

他们望着还没彻底醒来的青年，像在面对幼小而脆弱的花芽时，总是每时每刻都担心花芽缺少雨露或阳光，充满了强烈的保护欲。

寒冷让顾淮反射性地缩了缩身体，但因为他是被亚尔维斯抱着的，他这样一缩身体，整个人就等于是往后者身上主动靠近。

这样的靠近会让被接近的人觉得受到对方的依赖，亚尔维斯略微绷紧身体，把他冰冷的尾巴从青年身上撤开，然后面无表情地把脸转向站在队伍最右边的那名高等虫族士兵："里奥，用你的异能点个火。"

作为图瑟的七名核心高层之一，要是换别的人对里奥这么要求，他大概会觉得被戏耍了，然后直接用咆哮的烈焰将对方吞没。

然而说这话的人是他们首领，并且点火的意图是给青年取暖，里奥顿时僵硬着快步上前。

在六名同僚里，他现在可是最先接近王的人。

假如不看眼睛，从这名高等虫族高层冰冷的脸上实在是非常难以看出对方欣喜的内心。

缺乏感情，因此也缺乏表情，习惯了这样的种族天性以后，这些高等虫族现在就算因为看见顾淮十分惊喜高兴，脸上看起来也还是表情冷硬的样子。

几团燃烧的金色火焰在空气里出现，这些由异能形成的炽热火焰连战舰的防护层都能烧穿，现在却小心翼翼地漂浮在顾淮周围。

"您还觉得冷吗？"里奥压低了声音询问，青年现在的状态看起来半醒不醒，他怕自己的声音会吓到对方。

顾淮有点茫然地揉了揉眼睛，这才发现他们已经从战舰下来了，也就是已经到达了图瑟星。

彻底清醒时，顾淮才反应过来，眼前那名高等虫族还在等待着他的回答，他马上回应说："不怎么冷了，谢谢你。"

这个回答令这名高等虫族表情本能地出现一丝微笑，其实这点弧度实在很难称之为笑容，但这对他们来说已经是很高兴了。

从来没有一刻这么欣喜于自己的异能是与火焰相关，这份能力能够为他们的王驱走寒冷，里奥甚至为此感到骄傲。

"把我放下来吧。"回应完以后，顾淮又对正抱着他走路的银发虫族说。

为了避免对方误会自己是不想让他接近，顾淮对被他抱着睡觉这事妥协了。

一天二十四小时里大半的时间都在睡觉，顾淮对这个设定已经从最开始的无奈到现在的接受。

精神力暂时还只有幼崽的水平，总是本能地进入睡眠也是没办法的事。

不过，随着时间一天天过去，顾淮感觉到自身精神力在稳定增长，等再过一段时间，他应该就能正常活动了。

亚尔维斯依言放下顾淮。

因为周围有好几团漂浮着的火焰，这些金色火焰像是将顾淮附近的冰冷气息都加热了，顾淮总算不至于冷到打战。

“您带着陛下回图瑟星这事，为什么不提前跟属下知会一声？”参谋长现在内心十分焦急，因为这样猝不及防的到来，他迎接准备都没来得及安排。

“联络码，忘了。”亚尔维斯回答。

听听这平静得没有丝毫愧疚的语气。

一个军团长把自家首都星高层议会的通信联络码都给忘记了，要不是顾淮就站在旁边，作为参谋长的艾理斯就表演一个当场气死。

但是自家首领把王带回了图瑟，就凭这一点，参谋长还是选择原谅对方做的所有事情。

参谋长：“那陛下住的地方，暂时就安排在您的府邸里可以吗？您的府邸属下一直有派人去打理，和您离开前没什么区别。”

顾淮的居所，参谋长当然是想安排在图瑟星最舒适的地方，而他想来想去，实在也没有比他们首领的府邸更好的地方了。

本来他们应该是至少要为青年建造一座宫殿，可现在动工实在是来不及。

亚尔维斯轻轻颔首，表示同意。

得到亚尔维斯的同意，参谋长在顾淮面前单膝跪了下来，低下头语气恭谨地询问："陛下，您对住所有什么样的要求吗？比如房间的布置？您之前待的星球是什么样的地方，如果您希望的话，属下可以让人把房间改造成您熟悉的样子。"

随着其他虫族从尤拉战舰下来，图瑟星的几个高层人员已经看见了那个被两名虫族士兵小心搬运着的巨大蛋壳。由此他们马上明白，在他们面前有着成年期外貌的青年实际上才破壳出生没几天。

从出生时间上来算的话，还是一只幼崽。

王还是幼崽啊……

只要这么一想，在场的七个图瑟高层脸上的冰冷就都不由得稍稍融解，冷硬的轮廓都变得更柔和了。

"之前待的星球是个废弃行星。"顾淮在听见问题后照实回答，然后又摇了摇头说，"就那个房间原来的样子就可以了，不用改。"

废弃行星。

这个回答令在场的图瑟高层们一愣，心里忽然有一阵不太明显的、麻麻的刺痛感。

对他们来说这样珍贵的宝物，怎么会出生在一个废弃星球上？

又想起最初接收到的那一瞬表达了疼痛的精神链接，此时在这几名高等虫族心里，强烈的后悔情绪几乎溢满胸腔，令他们感到呼吸困难。

他们当时也该去寻找的，如果他们当时派遣部队去寻找，也许就能更早地把青年从废弃行星上接回来。

就因为那道精神链接的短暂与遥远，处于图瑟星的他们还没能深刻意识到，对他们发出这道链接的主人到底有多重要。

而在亲眼看见的现在，只需要一眼就能明白了。

所以他们为此感到痛苦。

顾淮很快感知到了这些情绪，他有一秒不知所措。

明白这些虫族大概是因为知道他之前生活在废弃行星上才会有这

样的反应，他想了想，对这几名高等虫族高层说："你们管理的这个星球……图瑟星很漂亮，我很喜欢。"

天空很好看，航空港这边的建筑物虽然颜色看起来都冷冰冰的，但还是非常有科技感。其他地方暂时没看到，不过顾淮觉得航空港以外的风景一定也不会差。

青年说喜欢图瑟星，这相当于是对他们工作的最高肯定，每天要处理成堆事务的参谋长在这时对这些工作再也不烦了。

不仅不烦，甚至觉得自己现在能马上回去继续工作三天三夜。

还有什么比建设一个让王喜欢的星球更值得努力的事情？

没有了！

假如他们的王愿意把图瑟星当成家园，那他们会高兴得不能自已。

正当这几名图瑟的高层因为顾淮的一句话而转换心情的时候，一直站在旁边没出声的银发虫族士兵开口说："那我把图瑟星送给你。"

亚尔维斯的这句话让在场所有熟悉他的高等虫族愣在原地，他们都知道自家首领的脾气实在算不上好，大多数虫族还是会拥有一些情绪，而他们的首领是一种毫无温度的冰冷。

因为这种熟知的冷酷，当对方愿意主动送出一份礼物时，这群高等虫族才感到无比惊讶。

突然要收到一个星球当礼物，顾淮被这礼物的分量弄得卡壳了。他回过神，本来是想马上摆手拒绝说不用了，可是一偏头看见旁边的银发虫族身后那条稍稍抬高了尾端的银灰色尾巴，他鬼使神差地点了点头。

不知道为什么，看见这条尾巴微翘起，顾淮就觉得亚尔维斯现在应该心情不错。

因为能送他礼物，所以心情不错？

当亚尔维斯对他微低下头时，在他看起，亚尔维斯会特别像一只安静温顺的大猫，以至于在点头后看见那条银灰色尾巴又上下动了动时，他没忍住上手去摸了摸。

还在废弃行星上的时候，顾淮不得不承认他对这条尾巴是挺觊觎的，因为那里实在太热了，这条冰冷的银灰色尾巴抱起来非常舒服。

但碍于情面，顾淮当时没有去碰。

现在为什么忍不住碰，主要还是旁边这像只大猫一样的银发虫族让顾淮感觉有点乖。

顾淮也不知道自己为什么会有这种微妙感觉，明明对方是一副面无表情的冷漠样子，可无论是因为以为自己不想让他靠近就主动消失，还是现在因为自己说喜欢这个星球，就要将这个星球送给自己，都让顾淮感觉自己像是被一只大猫试探着亲近。

这只银色的“大猫”很高傲冷漠，不知道亲近人的方式，一开始只懂得像这样围着想亲近的人转圈，转了好一会儿以后，才知道伸爪子去碰一碰。

送星球这事大概就跟伸爪子碰差不多，这么想着，顾淮就没办法拒绝了。

眼睁睁看着自家王在摸他们首领的尾巴，而他们首领完全不抵抗，连把尾巴移开的动作都没有，在场的高等虫族马上从愣着变成集体呆住。

被青年摸了尾巴的银发虫族就像是受到某种安抚那样，一动不动。过了好一会儿，等青年移开触碰尾巴的手，亚尔维斯用冷淡声音说：“军团占有的星球还有很多，你想要的话，其他的也可以给你。”

说完这话，亚尔维斯像是想到了什么，又补充了一句：“如果不够，其他种族的星球也能去占领。”

“不……不用了，只要图瑟星就好了。”顾淮赶紧打消对方的想法，他完全不想发生战争，如果可以的话，其实他希望能改变一下虫族在星际中毫无盟友的情况。

现在整个星际都没一个种族肯带虫族一起玩，主要也是因为虫族本身没有和其他种族建交的意愿，一直保持着绝对独立。

但根据曾经作为地球人的顾淮，把种族比作国家的话，一个国家完全不和其他国家建立外交，肯定是会吃亏的。

以后要是发生什么事，连个能帮忙的盟友都找不到，商贸、科技以及其他方面也都得不到有效交流。

顾淮对自己现在的身份有清楚认知，他是站在虫族的立场上，希望能让自己的种族做出改变，因为他想让这些无条件对他好的虫族能生活得更好。

以王的身份，他有能力带领种族做出改变，但这需要一步步来，现在先在图瑟星完成定居就好了。

“亚尔维斯大人的府邸离这里有点远，不过坐悬浮车的话也只需要半个小时，属下现在带您过去。”恨不得马上就让青年安顿在图瑟星，参谋长有点绷不住脸上的表情。

“好。”顾淮点点头。

在离开之前，顾淮朝战舰的方向走近，他对这艘因为他的靠近又亮起温暖的天蓝色舰灯的尤拉战舰说：“下次你再载我出去玩吧。”

本来正因为青年的离开而十分不舍，听见顾淮说这句话，这艘尤拉战舰顿时又震动着发出清晰的声音。

“咔嗒。”

“咔嗒，咔嗒——！”

坐悬浮车来到一座占地相当庞大的府邸，顾淮被参谋长带到这片私人领地里的一层房间。

这个量词没有用错，这座白色府邸的第七层，整一层都算作一个房间。

“您需要的衣物，属下会马上让人送过来。如果您还有任何需求，请一定要告知属下，无论是什么事情，属下都一定会为您完成。”参谋长在说完这段话后，才竭力控制着自己走出房间，虽然非常想要继续看见王，但他不能一直烦着王。

衣物、食物之类只是最基础的，参谋长思考了一番，认为他应该去搜刮一下他们军团的藏品库了，看看有没有什么值得献给王，或者能给他们王当玩具的东西。

宫殿是不是也可以开始设计和动工了，但是要建一座什么样的宫殿才配得上他们王呢?

随便想想就有一堆事情要干，参谋长面无表情地往军部大厦的会议室走，这么重要的事情，他们必须马上开个会。

等门关上了，顾淮一下子躺在柔软的床上，然后就着这个躺的姿势，和马上紧张得围到床边来看他的一群塔克虫族士兵对视。

“我们有新家了。”顾淮对上周围的一双双猩红眼睛，弯了弯眼。

然后顾淮坐起身，抬着头对体形最高大的那只塔克虫族士兵问：“卡鲁，你们喜欢这里吗？”

在废弃星球上的时候，顾淮就给这些看护着他的塔克虫族挨个儿起了名字，然后他记住了每一个塔克虫族士兵身上的不同点，把名字和它们对应上。

听见青年说出“卡鲁”这两个音节，为首的那个塔克虫族士兵已经明白这是青年在喊它。它低下头颅，对望着它的黑发青年发出回应的低低嘶声。

对这些塔克虫族士兵来说，生活地点并不重要，能够继续看护着青年，它们已经觉得非常高兴。

虽然没有进阶出类人形态的同族那么厉害，但它们也想要照顾幼崽，只要是幼崽需要，它们会毫不犹豫地用生命来保护。

“那我们以后就住在这里了。”听见回应声，顾淮笑弯着眼说。

虫族的其中一支军团迎接回了他们的王，对于这件事情，虫族的另外三个军团还不知晓，星际里的其他种族也毫不知情。

像静悄悄堆积着云层的天空，这场即将降落的骤雨注定让他们猝不及防。

对能够适应低温环境的虫族来说，御寒的衣物在他们的星球上根本不存在，因为没有这样的需求。

所以他们给顾淮准备衣服也没办法立刻送一些现成的，只能马上赶制。

顾淮现在待在室内，身上披着一件明显宽大的黑色军服外套，倒是不至于觉得太冷了。

在这宽大外套的衬托下，站到窗边眺望着外景的青年看起来就显得纤细了些，黑色的柔软发梢略微有点凌乱，在洒落的阳光下，皮肤更加白皙通透。

在废弃星球上，通过下雨后地面凹陷处形成的小水池，顾淮看见过自己的样子。

顾淮觉得挺意外，他现在的脸竟然和原来世界里的样子没太大区别。

非要说有什么变化的话，可能是更好看了点。

因为不怎么注意自己的样貌，顾淮只不太确定地想着。

事实是，青年的长相本来就很好看，是容易获取他人好感的那种长相，现在五官虽然没有多少改变，但更加引人注目了。

虫族的工作效率恐怕是星际所有种族里最高的，顾淮没等太久，冬天的衣服就被送过来了。

来给他送衣服的，是之前在航空港给他用异能点火取暖的那名高等虫族高层，他记得是叫里奥。里奥的头上有着一对灰白色的、尖锐的角，在七名高层里非常容易认出。

“这些是为您准备的防寒衣物，款式参考了其他种族的日常服装，您看看喜欢吗？”问这个问题时，里奥显得有些紧张，竖瞳微微紧缩，似乎是在担心他眼前的青年会说不喜欢。

在虫族，上至军团长，下至普通士兵都是穿着黑色军装，但给顾淮准备衣服的时候，他们却觉得颜色深冷的军服不适合他们的王。

军装是与战场相关的东西，只要想到这一点，这些高等虫族顿时就极度不乐意了。

战场那样危险的地方，他们根本不会让自家王接触到。

假如星际里有哪个种族想要与他们交战，那他们会让战争结束在王看不见的地方，绝对不允许敌人有接近自家王的可能。

青年可能会受伤这件事情，他们光是想想都觉得受不了。

察觉到面前这名高等虫族高层的紧张情绪，顾淮很快点了点头，给出肯定答案："嗯。"

顾淮对衣服样式一向没什么要求，只要穿着舒服就好了。

主要是他有一张脸撑着，怎么穿也不会难看到哪儿去。

顾淮看了这些新衣服一眼，感觉样式还是挺正常的，跟他原来世界里的普通冬装也差不多。

顾淮一点头，刚还微微缩紧瞳孔的高等虫族高层瞬间回到比较放松的状态，琥珀色的竖瞳跟着出现一点亮光。

像黑夜里落了一颗小星星，闪烁着并不算耀眼，但又持续存在着的光芒。

王喜欢他们送的衣服。

得到这样的回应，里奥高高兴兴地离开房间，甚至刚下楼，他就忍不住拨通军部大厦的会议室通信，把这事原样讲述了一遍。

"王喜欢就好，下次该轮到我去见王了吧？"

"普巴诺树汁已经准备好了，王有说什么时候想要用餐吗？"

"你先守在下边吧，等王出来，再问问他有什么别的需求。"

虫族的四个军团在星际里令其他种族避让三分，而组成图瑟星最高议会的七名虫族是第一军团的核心高层人员，地位都可想而知。

但此时在这图瑟星最高议会的会议室里，这几名图瑟高层竟然讨论起了这种和政务完全无关的事情，并且讨论得异常认真专注。

有了新衣服，顾淮就把身上披着的宽大军装换下来了。

这件军服外套是在坐悬浮车的时候亚尔维斯脱下来披到他肩上的，尽管由于虫族的体温低，这件外套并没有什么温度，但也给他挡了一些冷风。

顾淮把披着的黑色军服外套摘下，守在他身边的塔克虫族们马上发出了低低嘶声。

幼崽不穿多一点衣服的话，在现在这样的环境下会冷。

因为是这样理解的，好几个塔克虫族士兵几乎立刻就抬起它们的前臂勾起一些看起来比较厚的衣物，然后非常小心地把衣服搭在顾淮身上。

一件又一件地搭过来，顾淮哭笑不得，甚至自己头顶上都被盖了一件衣服。这些塔克虫族士兵像是以为，只要这样把他盖起来，他就会不冷了。

但顾淮在这时也没有动，由着这些塔克虫族士兵给他“穿”衣服。等到它们忙活完了，他才把头上盖着的那件衣服拉下来，抬着头对这些塔克虫族士兵温声说：“不是这样穿的，也不用穿这么多件。”

跟顾淮对视着的那个塔克虫族士兵歪了歪头颅，像是不太理解。

不管怎么样，只要青年不觉得冷就可以了，这些塔克虫族士兵的想法很简单。

为了避免这些塔克虫族士兵再担心自己会冷着，顾淮用最快的速度换好衣服，换好之后，他站到塔克虫族士兵面前：“这样就好了。”

低阶虫族冰冷凶戾的猩红的视线放在青年身上，换作其他种族的任何一个人，大概都会在这个场面下心生恐惧，但顾淮从这一双双冰冷的竖瞳里发现了感情。

那是一种会令其他种族感到难以置信的呵护和怜爱，这些塔克虫族士兵把它们眼前的青年当成幼崽在照顾，同样的，也把对方当成幼崽在宠爱着。

换下来的黑色军服外套放在床上，顾淮伸手把这件军服外套拿起来，他得把这件外套还给它的主人。

顾淮走下楼梯，就看见之前给他送来衣服的虫族高层还站在外边，正好他也需要找人问问题。

“亚尔维斯现在在哪里？”顾淮向对方询问。

里奥低下头，思考一秒后回答：“亚尔维斯大人现在应该是在书房，如果您想见他，属下可以……”

后边的话没来得及说出来，他们对话中的银发虫族已经出现在了他们的视线里。

因为军服外套脱了下来，这名银发虫族现在上身只穿着一件白色衬衣。因为这样的衣着，对方那比例匀称，有着流畅漂亮的肌肉线条的男性躯体就很容易能被看出，既不显得夸张又充满了力量感。

作为一名成年虫族，亚尔维斯身形高大，挺拔的身体甚至像一把冰冷又锋利的刀，即便不靠近也能感觉到对方身上凛然的气息。

而又因为蒙着眼睛，本就俊美的样貌忽然有种难以言说的异样美感。

顾淮见到人，很快拿着手上的军服外套走过去，把衣服递给对方：“你的外套。”

亚尔维斯接过军服外套，一声不吭地穿上。顾淮等亚尔维斯穿好外套以后瞅了他两眼，发现好像还是少了个什么东西。

等视线移到对方腰上，顾淮想起来是少了一条腰带。

里奥也注意到了这一点，他很快说：“属下帮您去拿。”

等里奥带着亚尔维斯的腰带回来，顾淮看着亚尔维斯蒙起来的眼睛，他想了想，从里奥手上接过那条腰带。

看不见的话，要扣好腰带应该挺麻烦的。

顾淮拿着这条外腰带靠近亚尔维斯，蒙着双眼的银发虫族没有动，由着青年靠近，到离他很近的距离。

这样的距离对亚尔维斯来说是足以触发攻击的距离，过分接近了，熟悉他的人都不会敢近到这种程度。

但这个攻击距离对在他跟前的青年来说，很明显是额外开放。

要帮面前的银发虫族扣腰带，顾淮不可避免地做出一个类似于拥抱了对方的动作，不过也就短短片刻。

亚尔维斯全程不作声，但在青年仿佛快要依偎在他怀里的时候，身后冰冷的银灰色尾巴出现了一秒僵硬。

“好了。”顾淮往后退一步看着自己的完成品，满意地弯下眉眼。

这时，顾淮刚好注意到对方身后那条银灰色尾巴，突发奇想：尾巴没穿衣服会不会冷啊？

陪伴他的塔克虫族也没穿衣服，但因为是虫族最原始的形态，这个形态对环境的适应能力反而会比类人形态更强一点。

可他眼前的银发虫族是类人形态，尾巴暴露在寒冷的空气中，一点遮掩都没有，所以他有了这样的想法。

当这个想法在脑子里掠过，顾淮在不自觉间把问题直接问了出来。

当然不会。

站在不远处的里奥刚想开口替自家首领回答，结果却听见对方应了一声：“嗯。”

是质感冷淡的低沉声音，亚尔维斯没有明确地点头或摇头。

但这个“嗯”当然是被顾淮自动理解为肯定，想到对方之前把外套借他这事，他把自己刚插回兜里没多久的手又抽出来，两手一起贴到对方那条冰冷冷的尾巴上。

“那给你暖暖。”

但这条尾巴实在是太冰冷了，顾淮手心的温度很快降下来，而察觉这一点的银发虫族也移开了自己的尾巴。

虽然愿意被对方触碰，但亚尔维斯并不想让这份温度丧失。

冬天的话，就不能用尾巴去碰这个人了。

虫族是一个会遵循自身欲望的种族，而因为不想伤害，亚尔维斯在克制着这种欲求。

为什么明明没有那种本能的臣服欲，却会想要珍惜……

也不仅仅是因为在看见对方以后，世界会变得安静，而是听见对方的声音时，他会产生一种比本能更加深刻的追逐想法。

想要看见，想要靠近，想要接触。

但这个想法从第一点就不能允许。

顾淮手上变得空落落，他眨了一下眼，看着那条移开的尾巴，又看见眼前的银发虫族对他低下头，微抿着唇。

顾淮像看见一只银色的大猫刚想再接近他，结果忽然发现自己的爪子太锋利，于是耷下耳朵和尾巴，不来碰他了。

特别乖。

产生这样想法的顾淮不由得在这时低咳了一声，说："之后我戴个手套应该就没关系了。"

这句话让亚尔维斯身后的银灰色尾巴忽然抬高，而注意到青年话里的名词，亚尔维斯把自己手上穿戴着的黑色手套脱下递了过去。

还很好哄。

顾淮看了一眼亚尔维斯身后抬高了的尾巴，接过对方递给他的手套，很干脆地戴了上去。

手套也稍微大了，顾淮对比了下自己和眼前银发虫族的身形，对后者的身高和充满爆发力的身躯不禁有点羡慕。

虽然换了个世界，但顾淮发现自己并没有长高，依然是一米七八，死活到不了那一米八的线。

而在他面前的银发虫族，目测肯定有一米九了，比他高了至少半个头。

顾淮在房间里待了几个小时，现在已经差不多到晚上，外边天色已经暗了下来，他在这个时间点被带到了府邸一层的大厅。

对不注重物质享受的虫族来说，进食和睡眠一样，都只是一种生理需求，因此大部分虫族会直接以营养剂解决日常的进食需求。

也是在给顾淮准备食物的时候，这些高等虫族才忽然想到，他们可能需要学习烹饪，或者找几个厨师了。

第一餐准备得匆匆忙忙，本来该在私人办公室里处理重要政务的参谋长站在临时打造的厨房里，戴着一副金丝边框的眼镜，面无表情地盯着食材。

这副眼镜是科技产物，能随时随地查看星网和扫描各种文件资料，而参谋长正在浏览一些简单好制作的菜谱。

也不知道这些食物搭配在一起，营养是不是足够丰富和均衡。在把食物端上餐桌之后，参谋长一脸愧疚地在顾淮面前单膝跪下："非常抱歉，暂时只能给您准备出这样的食物，属下会尽快改进的。"

顾淮看一眼桌上完全可以称得上是丰富的菜肴，虽然有好几样看起来只是清水煮的，但这已经让吃了好些天蛋壳的顾淮非常有食欲了。

"已经很好了。"顾淮迅速摇了摇头，然后又认真地说，"谢谢你们。"

"您能够喜欢的话，对我等就是最大的嘉奖。"参谋长站起身，又对坐在主位上的青年低下头道，"您的主食马上就送来，请您稍等。"

主食？

这些还不是主食吗？

顾淮正疑惑着，不到半分钟，就看见作为图瑟星高层之一的一名高等虫族拿着一个由纯黑色晶体做成的罐子和一瓶透明的液体过来。

当那黑色晶体罐被打开，顾淮顿时闻到一股熟悉的味道，而当着他的面，这名高等虫族用一个勺子从这个晶体罐里舀出了白色的粉末。

这个时候，顾淮有点意识到了什么。

往杯子里不多不少地舀了三勺粉末之后，对方把装在瓶子里的透明液体也倒了一部分进去，倒到三分之二的杯量以后，这名高等虫族高层开始用勺子搅拌这杯液体。

而没多久，顾淮就看着玻璃杯里装了像牛奶一样的乳白色饮品。

“罐子里装的是用您的蛋壳磨成的蛋壳粉，和蛋壳粉混合的是普巴诺树汁，将它们混合饮用能更有营养价值。”参谋长解释道。

在这时，这个玻璃杯被挪到里奥手里，让对方用异能精确控温，确定温度没有问题以后，这个装着乳白色液体的玻璃杯才被推到顾淮面前。

参谋长：“这是最佳配比和温度，希望能合您的口味。”

望着这杯无论怎么看都像是宝宝专用奶的饮品，以及周围一群虫族满含期待的目光，顾淮微微一怔。

虽然之前已经知道蛋壳要被磨成奶粉了，但没想到，他竟然要在自家虫族的围观下喝奶。

顾淮望着这杯奶，陷入沉默。

散发着阵阵奶香味的乳白色虫族牌宝宝专用奶摆在顾淮面前，当顾淮伸手碰到这个装着奶的玻璃杯的时候，他明显感觉围在附近看着他的这一群虫族的眼睛顿时亮起了几分。

就连已经看过顾淮吃蛋壳的塔克虫族现在也是微微缩着它们的猩红竖瞳，眼睛直勾勾地盯着顾淮。

唯一例外，大概也就只有坐在顾淮隔壁的亚尔维斯了。

无论是从身体还是从心理，顾淮所表现出的无疑都已经是符合成年期的状态，因此，亚尔维斯只有在最开始遇见时才把顾淮当成刚破壳出生的幼崽。

在经过短暂观察，明白了这一点以后，亚尔维斯就把顾淮看作和他一样的成年虫族了。

其实其他虫族也都明白这一点，但和亚尔维斯不同的是，他们对顾淮有种谜之家长心态，总是主观地将顾淮当成幼崽。

他们的王才出生没几天，当然还是幼崽啊！

哪怕理智上明白这个事实，虫族却硬是把这个事实从自己心里划掉，也就有了现在的局面。

顾淮端着那杯虫族牌宝宝专用奶，在一群虫族的围观下，莫名一阵羞耻感迎面而来。

明明也就喝个奶而已，当成喝普通牛奶的话其实也没什么。

又不是用奶瓶装着给他喝，没什么可羞耻的。

这么一想，顾淮很快给自己做好心理建设。但就在顾淮正准备把这杯奶端起来喝的时候，杯子都已经碰到唇边了，他忽然听见参谋长试探地问："属下能不能把您进食的画面记录下来呢？"

说着的同时，参谋长手上甚至已经拿出一个能够作为记录工具的微型装置，他勉强维持着冷静的样子，还推一推眼镜等待顾淮的回答。

顾淮想要捂住眼睛，他忽然想到在原来世界里的时候，他认识的一个编剧前辈就是连家里的两岁宝宝吃个鸡腿也要拿手机乐呵呵录下来，然后还特意发群里给他们看。

对比一下这事，顾淮好不容易做好的心理建设就崩了一点，但紧接着，他又用像强力胶一样的坚强心态把它粘起来。

主要是看见周围这一群虫族明显期待的眼神，顾淮实在难以拒绝。

"可以。"顾淮妥协地点了点头。

顾淮一点头，参谋长手上的那个微型记录装置就开始运作了。

顾淮勉强当作没看见这个记录仪，端起装着乳白色奶的杯子小口小口地喝了起来。

跟普巴诺树汁混合之后，喝起来是带甜味的，但又不是会让人感觉甜腻，是淡淡的奶香。

在被围观着的情况下，顾淮很快把这一杯奶咕咚咕咚喝光了，喝完以后无意识咂巴了一下嘴，把端着的杯子放下。

做完这件事情，顾淮发现附近的虫族好像都在盯着他的脸看。他有点疑惑地抬手摸了摸脸，结果就在嘴边摸到了奶渍。

是因为刚才喝太快了，嘴边不小心沾了点。

而不知道是不是他的错觉，刚把嘴边的奶渍一擦，他竟然好像在围观他的虫族脸上隐隐看见一丝遗憾。

嘴边沾着奶渍的王特别可爱，可惜这个画面他们只看见了短短几秒，不过想到这个画面已经记录下来了，高等虫族顿时又暗暗高兴了起来。

由这个记录装置记录下来的画面在重播的时候能够呈现出全息影像，除了没有实体以外，画面看起来完全就跟现实存在一样。

主食吃完了，顾淮把视线放到桌上的其他食物上，说实话，这些食材他一个都不认识，有的甚至不知道要怎么吃。

比如他左手边那个看起来像白色海螺一样，但又完全没个开口的食物。顾淮拿筷子戳了戳，只戳到一层坚硬的外壳。

顾淮把这食物放到嘴边用力咬，然而除了牙齿和硬壳碰撞的“咔”一声以外，无事发生。

“这个怎么吃？”顾淮询问离他最近的虫族，也就是坐在他旁边的亚尔维斯。

听见顾淮这么问，在周围看着他的虫族才后知后觉意识到，自家王咬不动这样的食物。

像这种被煮熟后身体表层会钙质化的诺米克鱼，就算是刚刚出生的虫族也能够咬碎吞进肚子里，但他们眼前的青年很明显咬不动。

亚尔维斯没说话，只是把刚才被顾淮咬过一下的那条诺米克鱼夹到自己这边，然后很轻易地把坚硬的表层敲开，一一剔除鱼刺，最后把内里肉质鲜美的鱼肉夹到顾淮盘里。

等做完这些事情，这名面无表情的银发虫族才用低沉缓慢的声音说：“这是诺米克鱼，这种生物在身体承受高温以后，表层会钙质化，敲开外壳就可以吃了。”

这种食物竟然是鱼，顾淮觉得十分奇异，他从盘里夹起一块鱼肉试吃，久违的正常食物的味道让顾淮忍不住多吃了两口。

接下来的时间里，基本就是顾淮看上哪种不好下口的食物，他旁边的银发虫族都动手帮他处理。

对在场的其他高等虫族来说，这是他们第一次看见自家首领这么顺从又好说话的样子。

顾淮在满足地进食，在围观的一众虫族中，里奥忽然说："参谋长您之前不是说要辞职吗？您辞职的话，我愿意接替您的职位。"

顾淮闻言抬起头，视线望向站在他附近的参谋长，语气疑惑："艾理斯，你要辞职了？为什么？"

图瑟星能被管理得井井有条，负责星球政务的参谋长当然功不可没，顾淮并不希望对方辞职离开。

"没有，属下并不想辞职。"参谋长冷静地回答，只是推眼镜时稍微显得匆忙的动作暴露了他的内心，"属下会一直留在图瑟星，为您建造您喜欢的家园。"

参谋长能经常接触到王，艾理斯现在一点辞职的想法都没有，或者说他恨不得永远待在图瑟。

之前因为参谋长需要处理大量政务，艾理斯对他的六名同僚说他要辞职，问有没有人肯接替他位子的时候，一个个都拒绝得无比干脆。

现在王来了图瑟星，他的这些同僚倒是想接替他的位子了，哪能有这么好的事？

这参谋长的位子他坐稳了，说什么他也不让开。

"嗯，你不辞职就好。"顾淮的眼梢弯下些许弧度。

等吃饱以后，顾淮擦干净嘴巴，趁睡意还没跑来追他，他坐直身体对参谋长说："艾理斯，你给我说一下我们种族现在的具体情况吧。"

虽然顾淮通过传承记忆了解了一些关于整个星际和虫族自身的信息，但大部分事情他都只了解一个轮廓，很多细节他是不知道的。

"好的。"参谋长点头，快速思考自己应该从哪里说起。

“在陛下您出生以前，α 阶级的高等虫族是我们种族的权力顶点，而处于这个阶级的虫族一共有四位，亚尔维斯大人是其中之一。”说到这里，参谋长顿了一下，“我们种族目前的情况是，由包括亚尔维斯大人在内的四名 α 虫族统领着各自的军团，军团之间互不干涉，占据着各自领地，保持相互独立的状态，极少的时候会有摩擦。”

顾淮认真听着，很快就把听见的部分话语转化成了更简单的信息。

也就是说，因为 α 阶级的虫族谁也不服谁，这四名处于权力顶层的 α 虫族就各自统领着追随者，虫族内部目前也因此而处于分裂状态。

“就是说，我们种族现在是分裂着的？”分析完，顾淮还是问了一句。

“是的，分裂成了四支。”参谋长给出肯定回应，而同时，他又不由得感到愧疚。

他们没能让王拥有一个统一的种族，现在只让对方拥有了四分之一。

另外三个军团的虫族，对王不知道会是什么样的态度。即使是同族，参谋长也没有因此而放下这份警惕。

假如他们也跟自己一样喜爱着王，那当然是最好，但万一不是……

毕竟他们在最初面临选择的时候，就选择了不同的追随对象，这充分说明了同族之间的差异。

他们第一军团的虫族愿意臣服于王，另外三个军团的虫族却未必肯这样，特别是另外三个军团的军团长。

得知的分裂情况让顾淮有点头疼，他之前想着要改变虫族在星际中毫无盟友的情况，现在看来，他首先要解决的似乎是自家种族内部分裂的问题。

如果他不先把虫族的四个军团统合到一起，其他事情就都没法进行。

像是感觉到青年的忧虑，蒙住了双眼的银发虫族沉声说：“强制统一也不是不可行。”

由于好战的性格，比起以温和方式解决问题，亚尔维斯总是会先想到战斗，并且比起具有不确定性的温和方式，强制统一在他眼里更加简单直接。

参谋长站在一旁无声认可。在他看来，亚尔维斯毫无疑问是四名 α 虫族中能力最强大的一位。

如果不是他们首领已经对政务毫无兴趣，直接把工作扔给他这个参谋长，或许他们种族也并不会分裂至今，而是都在亚尔维斯的统领之下了。

但顾淮的想法截然不同，他缓着声说：“或许我可以先尝试和他们的其中一方沟通一下。”

站在顾淮的角度，他其实觉得另外三个军团的虫族对他应该也是差不多的态度，退一万步说，就算态度真的存在差异，那也该是不会伤害他的。

既然这是顾淮的意愿，那亚尔维斯不会反对，他会做好应战准备。

万一其他军团的虫族来者不善，他也会拥护着青年，让其继续安稳地坐在王座上。

沟通得用精神链接，在没有亲眼见过之前，顾淮用精神链接没办法准确选择对象，但要建立链接的对象是一名 α 虫族，那顾淮有一个分辨的技巧。

在构建精神链接时，如果顾淮想的话，他能在自己的精神领域里看见无数的光点。

每一个光点代表一名虫族士兵，而光点越是明亮，代表这名虫族士兵越是强大。

顾淮能看见最明亮的光点就在旁边，是亚尔维斯，而另外三个分隔遥远的、只比亚尔维斯稍弱一些的光点应该就是另外三名军团长了。

顾淮选了其中一个进行链接，但构建起链接以后，他忽然不知道该跟这个与他相隔遥远的陌生虫族说什么。

于是造成了这种情况。

精神链接持续着，发出这道链接的主人却一句话都没说，只有呼吸声传了过去。

而仅仅因为这样，此时在与图瑟星相隔十分遥远的塔米尔星上，本来正在听下属们汇报政务的星球主人一个手抖，把整张由黑契石造成的会议桌都给切成了两半。

“卡帕莉娅大人？”好好的会议桌被突然切割成两半，正向首领汇报着政务的数名高等虫族冷然的脸上不禁流露出些许诧异。

从会议桌的主位上站起身的高等虫族是一名女性，对方的左手是冰冷的尖刀形态，这是对方在进阶出类人形态时保留下来的种族特征，只有右手看起来像正常人类的手。

作为虫族第二军团的军团长，卡帕莉娅是四名军团长中唯一的女性，她出身于塔克虫族。

明明知道是直接传达于头脑意识的声音，卡帕莉娅此时还是本能地将她的听觉能力提高至最敏锐的程度。

这已经是战斗中才会采取的姿态，但她此时并非为了战斗才去做这件事情。

而只是因为，她害怕会错过这道传过来的声音。

在最开始接收到那短短一瞬的精神链接的时候，卡帕莉娅的下一个行动就是派遣部队出去寻找。

确实单以那遥远而短暂的一瞬精神链接，卡帕莉娅也同样并不能意识到这道链接的主人具体对她有多重要。

但是女性总是拥有一种直觉，这份直觉告诉卡帕莉娅，她应该开始寻找，于是她做出了相应的反应。

但派遣出去的部队一直没能找到目标对象，卡帕莉娅在那之后也再没接收到第二次精神链接，那份必须寻找的直觉在她心里逐渐弱化。

直到此时此刻。

顾淮在遥远的另一个星球上迟疑着，主要是他不知道自己链接上的是三名军团长中的哪一个，也不知道该怎么称呼对方。

“嗯，你……你好？”话一说出口，顾淮自己都忍不住沉默了一秒，他觉得这开场白好像有点尴尬。

传达于意识的声音清润而柔和，不是短促消失的音节，而是完整的字句。

由于听见这道声音，本来早就应该能完美控制尖刀形态的这名女性虫族的手又一抖，会议室里本来就已经被劈成两半的黑契石长桌再遭重创，四分五裂地躺在地上。

会议室里的其他高等虫族不知道这是什么情况，此时只能愕然地站在一旁，也不太敢上前询问。

在他们的认知里，他们第二军团的首领虽然出身塔克虫族，却极少流露出塔克虫族凶狠暴戾的一面，反而是非常冷静，即使动怒，表现出的也是与愤怒截然相反的冰冷。

像藏在冰层下的岩浆，这种冷静状态下的暴怒更令敌人感到可怕。

但现在，会议室里的其他虫族却发现卡帕莉娅身上的冷静仿佛受到了某种动摇，并且动摇得颇为明显。

因为链接是单向的，且双方又距离遥远，顾淮此时无法得知接收到链接的那名虫族是什么样的反应。

在经历了有点尴尬的开场白以后，顾淮顿了一下，决定直接说出他的想法。

“你愿意过来图瑟星吗？我在这个星球上，如果可以的话，我想和你见面。”

说完这句话，顾淮稍微等了一会儿才切断链接，然后不由自主打了个呵欠。

顾淮的眼角因此沁出些许生理性泪水，微微晕红，他抬起手去揉一揉眼睛。

而在这时，一道从未出现过的境外通信请求发送到了旁边参谋长的终端上。

这道通信请求上显示发出者的坐标位置是莱茵星系－塔米尔星，参谋长的神情变得谨慎，等看见座上的银发虫族对他点头以后，他才同意接通。

通信一接通，一名面若冰霜的女性虫族出现在展开的通信画面里。

能够进阶出类人形态的虫族，长相一般都差不到哪儿去，而此时出现在通信画面里的女性虫族可以说长得非常好看。

但这份美十分冰冷，让人第一时间产生的反应不是欣赏，而是瑟缩、畏惧。

毕竟对方是一名塔克虫族士兵，还是一名 α 阶级的塔克虫族士兵，光是这个族群的名字就已经自带着威慑。

通过通信，待在遥远星球的卡帕莉娅一瞬间就用她的眼睛捕捉到通信画面里的一道陌生身影。

坐在银发虫族旁边的青年有着一头柔软蓬松的黑色短发，有几绺发梢不太听话地乱翘着，凌乱中显出了几分可爱。

人类？

塔米尔星会议室中的其他高等虫族一起望着通信画面，他们不明白自家首领为什么突然向图瑟星发出通信。

他们种族内部的四个军团保持着互相独立，平时完全是拒绝联络的状态，没有摩擦的情况下，谁也不理谁，但他们不会质疑上级的决定。

只是当从通信展开的影像画面里看见座位上的那名黑发青年时，这些高等虫族不禁产生了疑问。

身上没有任何虫族特征，且瞳孔也是圆形的，坐在那儿的青年，怎么看都是人类，但人类为什么会出现在图瑟星，并且像是被款待着的样子？

他们种族和人类的关系可没这么好。

可是这样想着，塔米尔星会议室里的这些高等虫族却没办法从通信画面里的青年身上移开视线。

就像是有什么巨大磁力吸引着他们一样，就连心脏跳动也一下比一下用力，最后几乎怦怦直响，冲击着耳膜。

这是一种非常奇异的感觉，即使因为看见的只是一个没有实体的虚拟影像，而无法立即辨认出来，强烈的种族本能依然不断地在暗示、告知他们，出现于他们眼前的存在到底是什么。

卡帕莉娅比周围的高等虫族更快明白真相，当注意到座上青年湿润而微红的眼角，她最直接的反应就是愤怒。因此，她的表情在一瞬间变得极度冰冷。

虫族很难理解哭泣和眼泪这两样东西，但是在卡帕莉娅身边有一个擅长模仿人类感情的副官，所以她大概了解了。

对其他种族的人来说，哭泣和眼泪通常是代表悲伤难过，是因为遭受了痛苦的事情，才会有哭泣流泪的表情。

“您是因为什么而难过？”用几乎冷得刺骨的语气询问，卡帕莉娅定定注视着出现在通信画面里的那道身影。

尖刀形态的左手将会议室地面划出一道深深的裂痕，假如不看这个会议室被破坏成了什么样子，单从卡帕莉娅的表情，或许会以为对方仍然十分冷静。

难过？

顾淮在通信的另一头愣了一下，一时没能明白对方为什么会这么认为。

顾淮没马上回应，女性虫族也只是冷着脸安静等待。

稍微过了几秒，顾淮反应过来可能是因为他刚才揉眼睛的举动，于是迅速解释说：“没有……不是难过，只是因为有点困了。”

构建精神链接消耗了精神力，还是幼崽阶段的精神力不允许顾淮随便挥霍。

但这并不是说顾淮现在的精神力很弱小，恰恰相反，和普通的高等虫族对比，顾淮现在的精神力其实已经非常强大了。

能够在相隔如此遥远的两个星球之间，与目标对象成功建立精神链接，这已经是精神力强大的最好证明。只是远距离精神链接需要消耗的能力对目前的顾淮来说还太勉强，才会导致这个结果。

听见回答，卡帕莉娅先是皱眉思考几秒，然后才稍微缓下冰冷神情。

塔克虫族即使在同族里也被认为凶悍、暴戾，在星际其他种族眼中就更不用说了，但顾淮很喜欢塔克虫族，因为他刚来到这个世界的时候就是被身边一群塔克虫族保护着的，理所当然会产生依赖。

所以当顾淮从通信画面里看见这名女性虫族尖刀形态的左手时，不由得更多地产生了几分亲切感。

听说塔克虫族在进阶类人形态的时候，大多数会选择保留尖刀状的前臂来作为种族特征，这是顾淮从阿尔杰那里听来的。

如果卡鲁它们能进阶类人形态，应该也是这个样子的吧。

顾淮心里冒出这个想法，他把视线移到守卫在他身边的塔克虫族身上，几乎在他望过去的时候，这些塔克虫族就对他低下头颅，发出低低的嘶声。

幼崽是有什么想要的东西吗?

被顾淮望着的塔克虫族很自然产生了这个想法，于是它们发出了这样代表询问的声音。

顾淮能够理解这些塔克虫族表达的意思，他轻轻摇头，弯眼笑了笑。

要是这些塔克虫族也能进阶出类人形态、拥有更高的智慧就好了。低阶虫族没有能够进阶出类人形态的能力，这让顾淮觉得遗憾难过。

顾淮把这份遗憾和难过藏起来，抬头望向通信影像，问："你愿意过来图瑟星吗？"

虽然之前通过精神链接已经问过了，但因为并没有听见答案，顾淮这时还是再问了一遍。

卡帕莉娅偏移视线看了在顾淮旁边的银发虫族一眼，然后又把视线放回到顾淮身上，她说："属下现在过去。"

"我只会带最低规模的舰队过去，你们可以放心。"卡帕莉娅冷冷地说着，她的这句话是说给青年以外的虫族听的。

等通信结束，在会议室里迎着一群下属期盼的强烈目光，卡帕莉娅侧头对自己的副官说："莉莎，你跟我一起去图瑟。"

"是。"被点名的女性虫族微笑着回答。和其他虫族相比，对方看起来实在拥有着非常丰富的表情和情感，在一群冷着脸的虫族里显得有些格格不入。

"剩下的人选你们自己竞争，十分钟后出航。"卡帕莉娅丢下这句话，径直离开了会议室。

其实十分钟也不想等，卡帕莉娅就想马上赶到图瑟星，她多等一秒都会感受到内心的焦灼。

在另一头，图瑟星的七位高层因为这道通信，心里齐齐生起了点小心思。

第二军团的首领看起来对王的态度不错，这当然很好，但是……

王可是他们第一军团先找到的，带回图瑟星以后都还没焐热呢，怎么别的军团的虫族就要过来跟他们分走王的注意力了？

从塔米尔星来图瑟至少得两天时间，在这两天时间里，他们会让图瑟星上的所有虫族知道王待在他们星球上的这个消息。赶在别的军团来之前，他们说什么也得先让自己星球上的虫族高兴高兴。

第四章 可爱

顾淮被带到图瑟星的消息，在图瑟高层议会的决策下，第二天就在整个图瑟星上传开了。

其实不只是图瑟星，该说是整个第一军团内部，军团驻扎在其他星球上的虫族士兵因为听见消息，现在一个个都想往图瑟星跑。

就这么短短一天时间，图瑟星的航空港进入前所未有的热闹状态，成群的尤拉战舰先后抵达，巨大的航空港甚至都因此而变得有点拥挤。

虫族这样明显的动向让星际里的许多种族有所注意，虽然没有种族会主动靠近虫族所占据的几个星系，但这不代表他们不关注虫族的动向。

为什么这么多艘尤拉战舰都不约而同往图瑟星聚集，虫族的第一军团难道是在召集兵力准备和某个种族开战？

这样的异动让这些明白虫族军队有多可怕的种族不禁疑惑，暗暗提高了几分警惕。

但事实上，这些纷纷赶赴图瑟星的虫族士兵只是迫不及待去见他们的王而已。他们奔赴图瑟星，希望能与自家王待在同一片星球的土地上。

“之前记录的影像，请问您是否允许属下在士兵们的终端播放？”参谋长站在顾淮旁边低着头询问，然后又说，“大家都非常想看见您，没有什么比播放影像更快的方法了。”

说到记录影像，顾淮马上想起昨天的事，眼皮跟着跳了跳。

所以，他喝奶的这个画面还要给更多虫族士兵盯着看吗？

但这些虫族士兵是因为知道了他在图瑟星，今天才这样匆忙赶过来。

于是顾淮只纠结了一秒就点头同意了。

“大家看见影像一定会很高兴的。”参谋长带着微不可察的笑容说着，这是他新学会的表情，用得还不怎么熟练。

第一军团的虫族士兵很快在自己的终端上接收到这份记录影像，他们用发亮的眼神注视着出现在影像画面里正在进食的黑发青年。

等把这记录影像看完一遍了，这些虫族士兵马上把这份影像高高兴兴地存在自己的个人终端里。

顾淮今天起得挺早，一边喝着半杯奶一边对坐在自己旁边的亚尔维斯说：“我还不知道图瑟星的具体样子，你带我去参观一下？”

即使回到首都星，依然把政务甩给参谋长的银发虫族没有拒绝，他用低沉冷淡的声线道：“你想先去看哪里？”

“都可以吧。”顾淮想了想说。

室外的空气似乎比昨天更冷了，顾淮在一群塔克虫族士兵的跟随下走出府邸。

顾淮被亚尔维斯带着去参观了几个地方，第一个参观的地方是军部大厦。由于顾淮发现自己待在这里似乎极度影响办公，在军部里的高等虫族们看到他来，就陷入无法正常工作的状态，于是没参观几层，他就主动说换地点了。

接着还参观了机甲库，顾淮在这里看着这些原本只存在于想象中的机甲武器，好几秒没眨眼。

然后因为他的这个举动，他手心突然多了一块钥匙状的银色金属。

“这是什么？”顾淮这时终于眨眼了，他偏过头问旁边把这枚钥匙塞他手里的银发虫族。

“机甲钮。”亚尔维斯回答，又说，“比你看的这部性能要好。”

又送给他啊？

顾淮很快意会了这一点，他看见旁边的银发虫族此时面无表情，脸上像覆着一层冷霜，只站着也让人感觉傲慢冷漠。

而在这样的冰冷气场下，顾淮的视线又不由自主往上移到了对方蒙着黑色遮挡物的眼睛上。

不同能力阶级的虫族的眼睛颜色不一样，比如以顾淮的观察，他知道低阶虫族统一拥有猩红竖瞳，β 阶级的虫族眼睛则是琥珀色，而 α 虫族……

顾淮回想起他昨天在通信画面里看见的浅金色竖瞳，这时他望着亚尔维斯问："你的眼睛也跟卡帕莉娅一样是金色的吗？"

似乎没想到顾淮会问这个问题，亚尔维斯对旁边青年微低下头，片刻后才面无表情发出像轻哼声一样的低沉应声："嗯。"

金色的眼睛……

隔着一层黑色布，顾淮不由得稍微想象了一下，但始终觉得自己脑补得不够好看，对方的眼睛应该是比这更漂亮许多的。

"那一定很漂亮。"虽然根本没看见，顾淮弯下眼，还是一点不吝啬地夸人。

刚说出这句话，顾淮就瞥见亚尔维斯身后的银灰色尾巴忽然动了动，然后他听到亚尔维斯说："我想看见你。"

这是一个陈述句，从亚尔维斯那平静冷淡的声线很难听出情绪，顾淮因为这句非常直接又猝不及防的话语而愣了一下。

而没等顾淮说什么，他又听见亚尔维斯在旁边补充了一句："你在附近会让我觉得很安静，不解下眼罩的话，应该不会出现失控的情况。"

从这两句话之间的跳跃，顾淮至少是听明白了，他旁边的银发虫族确实表达了想看见他这个想法。

他的存在对亚尔维斯似乎是有一定的安定作用，但不知道这份安定效果到底能到什么程度，大概是因为不想失控伤害他，所以亚尔维斯才没有摘下眼罩来看他。

“只是解下来看一眼，再绑上的话，应该也不会怎么样？”顾淮斟酌着说出这句话。

顾淮对亚尔维斯的情绪感知没有对其他虫族这么清晰，但他感觉到，待在他身边的时候亚尔维斯确实没有阿尔杰所说的那种压抑的烦躁和痛苦。

所以顾淮觉得，也许这份安定作用可以让亚尔维斯正常地看待这个世界也说不定。

而顾淮刚把话说完，就看见在他旁边表情冷淡的银发虫族抿着嘴唇，没有说话，保持着沉默安静，顾淮知道这是拒绝了。

等再过了几秒，亚尔维斯才对他说：“如果我失控，就算是不到一秒时间，你也会被我杀死。”

轻易就能掐断的脖颈、轻易就能割伤或刺穿的皮肤和身躯，这份脆弱让从未学习过“保护”的亚尔维斯感到困惑。

这是和战斗破坏截然不同的课题，而前者对亚尔维斯来说显然要困难得多。

顾淮闻言挠了挠脸颊，他明白现在还不是能让对方改变想法的时机，因此干脆转换话题，让亚尔维斯带他去下一个参观地点。

他们最后是到图瑟星最高的一处建筑物——瞭望塔上，这座黑色的高塔有一千多米。顾淮站在塔顶眺望图瑟星，缩小后的景物在他眼里似乎就只剩下三个颜色：黑白灰。

虽然很有科技感，但显得十分单调而冷沉。

建筑物的颜色都是这三种颜色之一，而从高空俯视也看不见树木花草的绿意。

“图瑟星上只有塔穆树这一种植物物种吗？”顾淮眺望时不是没看见树林，而是这些树木也是黑色的，并不能给他眼前的景物增添色彩。

说起来这种塔穆树，顾淮在废弃星球上还见过，就是他去摘果子的时候看见的那种黑漆漆的树。

“图瑟星的土壤环境只有塔穆树才能存活。”亚尔维斯回答。

毕竟这树在经常下腐蚀性雨的废弃星球都能正常生长，对塔穆树生命力顽强这点，顾淮倒是深有体会。

“那就是没有花了，怪不得一路上都没看见……”顾淮托着自己的下巴，语气带上了点遗憾。

在原世界的时候，顾淮很喜欢在家里养花，因为写剧本有时候也会写得头疼，他就养花修身养性。

“花？”亚尔维斯缓慢重复了这个字，然后问，“花是什么？”

顾淮惊讶地眨了眨眼，他旁边的银发虫族竟然会不知道花是什么：“就是你刚遇见我的时候，我面前不是有一朵白色的……”

说到这里，顾淮匆匆想起来对方看不见这事，于是迅速改口说：“是一种观赏植物，很多看起来都很漂亮。”

“如果图瑟星上也能有花就好了。”顾淮看着远处景物，在自己的想象中弯了弯眼。

如果图瑟星能有花的话，就能多出许多颜色，那这个星球也会变得更加好看吧。

亚尔维斯没说话，他把顾淮说的这些话都记了下来。带顾淮参观完回到府邸以后，他调来了自己的副官。

“在图瑟星附近，有哪一个星球能找到花？”亚尔维斯面无表情地问。

阿尔杰一下没反应过来，不明白自家首领怎么突然要找花。

好在这种问题还是难不倒阿尔杰，他回答说：“最近的话，在隔壁星系的诺姆星应该就能找到了，大多数可居住星球的土壤环境都比图瑟要好。”

“你跟我一起去。”说着，亚尔维斯起身出门。

阿尔杰满脸问号，但首领的命令不能不服从，他只能跟了上去。

乘坐尤拉战舰，从图瑟星到诺姆星只需要一两个小时。来到这个星球，阿尔杰发现自己的作用完全就是当自家首领的眼睛。

他带亚尔维斯找到生长着许多花的地方，然后听对方问他：“哪一朵是白色的？”

阿尔杰尽职尽责地开始指。

虽然看不见事物的具体形状和颜色，但副官用手指着哪里，亚尔维斯却能清楚感知，他向对方指着的方向伸出手。

“咔嚓——”

脆弱的花枝在亚尔维斯的手中被彻底折断，一下子就捏碎了，清晰的断裂声让亚尔维斯的动作顿了一下，他面无表情地把这朵被他捏碎的花扔到地上。

阿尔杰就这么眼睁睁看着自家首领辣手摧花，愣是不明白对方此行的目的。

“还有哪些是白色的？”亚尔维斯再次问旁边的副官。

阿尔杰用同情的眼神看了那些白色的花一眼，但还是上前指了。

折断捏碎的行为重复了好几遍，亚尔维斯已经几度控制自己的力量，可是这些花对他来说实在太过脆弱了，他的手就算只是随便一捏也会将之破坏。

等差不多把这一片花摧折完了，亚尔维斯才终于用手指轻轻地成功捏住了一朵纯白色的小花。

“回去吧。”亚尔维斯放过了这个地方剩下的那些花。

亚尔维斯回到图瑟星的时候，顾淮正在睡午觉，亚尔维斯拿着从另一个星球带回来的花走进了青年的房间。因为顾淮正在睡着，他就拿着这朵花安静地等在床边。

顾淮的午觉睡了一个多小时，当他睁开眼时，马上捕捉到一条银灰色的尾巴。

顾淮愣了一下，顺着这个视角往上望去，就看见一名正安静地站在他床边的银发虫族，而对方手上拿着一朵纯白色的花。

当视线触及这朵花时，顾淮看着对方把左手向他伸了过来。

“花。”

像是担心会不小心把这朵花捏坏，亚尔维斯修长而指节分明的手指正小心翼翼地捏着花枝，他把这朵花递到了顾淮面前。

顾淮看着这朵花，刚回过神又不由得微微一怔。比起这朵花，顾淮现在更多注意的是，正以这样小心翼翼的动作给他送花的亚尔维斯。

没有半点触动当然是不可能的，顾淮觉得他眼前这只银色的大猫实在非常可爱。

顾淮没有马上去接花，而是从床上坐起身，抬头去望正低头看自己的亚尔维斯。他扯了扯对方的衣服，示意对方蹲下来些。

领会了顾淮的意思，亚尔维斯顺从地蹲下身体。

等双方的高度差不多了，顾淮伸出手，手指轻轻碰到亚尔维斯的黑色眼罩。

被触碰这层阻隔视线的遮挡物，亚尔维斯的身体明显在一瞬间紧绷，但他克制住自己没有反射性地去扣住顾淮的手。

因为亚尔维斯明白，假如他不控制力度就这么做了，对方的手腕一定会被捏碎。

“你送给我的花很漂亮，你也看一下吧？”顾淮温声说着，而手指在这样询问的同时试探地往后边系着结的地方移动。

亚尔维斯沉默着，身体仍然紧绷，他没点头说同意，却也没有动。

“你不会失控伤害我的。”顾淮轻声安抚，已经放在系结位置的手在这时摸了摸对方那头微凉而柔顺的银发。

等感觉面前银发虫族的身体稍微放松下来，确认对方默许了，顾淮才往对方更凑近一些，两只手都伸过去，把那只是随意绑着的黑色眼罩轻轻解开。

被解开的遮挡物顿时掉落，下一秒，顾淮对上了一双像盛载光影般的浅金色竖瞳。

这双淡金竖瞳非常漂亮，顾淮在与之对视的时候忍不住眨了眨眼，于是他看见出现在这双眼睛里的自己也做出眨眼的动作。

“这个就是花，是不是很好看？”这样对视着过了一会儿，顾淮终于从亚尔维斯手上接过那朵白色的花，他弯着眼把这朵花展示在对方眼前。

已经很久没有看见过黑色以外的东西，世界的具体形貌对亚尔维斯来说，甚至变得有些陌生。

听见声音，亚尔维斯的视线开始不由自主地注视眼前的黑发青年，而当看见后者的微笑，他的视线就再也难以从对方身上移开。

像看见了世界上最美丽的花，这朵花开在了他的心上。

顾淮拿着花，把这朵纯白色的花在他近处的银发虫族眼前轻轻地晃了晃。

柔韧的花茎摇曳，这朵花宛如在轻快地跳着舞。

顾淮不知道这朵花是什么品种，看起来倒是有点像地球上的玫瑰，不过又比玫瑰更端丽一些，并且没有任何花刺。

即便随意触碰也不用担心会被刺伤，这朵花非常努力地向观赏者展现出它所有的柔软与美好。

白色的花在眼前轻晃，以狩猎者的本能来说，这样动态的事物应该更容易让亚尔维斯以视觉去进行本能捕捉。

但此时在亚尔维斯眼前，有一个就算不动也会吸引他所有目光的存在，主观地想要看见的渴望就将本能推到了另一边。

顾淮等了一会儿，没听见亚尔维斯对这朵花的评价，便疑惑地望去，然后就发现对方那双漂亮的金色眼睛正注视在他脸上。

蒙着眼的时候，亚尔维斯身上会有一种异于常态的美感，在面无表情时显得禁欲又冷淡。

但现在将眼睛上的黑色绑带解开，浅金色的竖瞳显露出来，这份俊美则显得毫无瑕疵。

像一只大猫蹲在地上认真注视着什么特别感兴趣的东西，顾淮在这时一恍神，没忍住伸手过去摸了摸亚尔维斯的头发。

这头银发很是柔顺，摸起来手感很好，顾淮有点沉迷地在上边摸了好几下。

被触碰头发的亚尔维斯在一瞬间微眯起竖瞳，他不抵抗，任由顾淮随意动作。

等过几秒反应过来自己干了什么，顾淮顿住动作“呃”了一声，匆匆把手收回。

之前摸人家头发是为了安抚，现在无缘无故去摸别人头发，好像有点不礼貌了。

但顾淮刚把手移开，还没来得及说一句抱歉，他就看见亚尔维斯拉住他刚收回的手，一声不吭地又拉回自己头上。

这是给他摸？

这个时候的顾淮还不知道，“梳理毛发”这个动作在虫族里有什么特别意义。眼看着一只银色的大猫在面前表现出十足温顺的样子任由他摸，他就没忍住自己罪恶的手，又在那头格外柔顺的银发上摸了好几下。

“以后就不用再戴着这个东西了吧？”顾淮右手拿着那条被他解下来的黑色绑带，说完以后偏头想了想，又接着说，“你说在我身边会觉得安静，那应该至少在看见我的时候可以不用戴着？”

“嗯。”犹豫了一会儿，亚尔维斯最后还是低沉应了一声。

世界很陌生，明明是熟悉的地点，但因为将视线封闭太久，重新看见的时候，亚尔维斯对他看见的事物都产生一种不深不浅的陌生认知。

形状、颜色。

要将看见的东西和曾经认知的事物对应上，亚尔维斯大概需要花一两秒时间。

“你有多久没用眼睛去看东西了？”顾淮看着对方。

亚尔维斯轻耷着眼皮，面无表情：“不记得了。”

因为烦躁感和控制不住自己而破坏，是很早以前就发生的事情，亚尔维斯不会特别去记时间，舍弃视觉并不让他觉得难受，只有一片黑色的世界反而让他觉得安静一些。

那应该是过了很久，顾淮心想着。

“那现在看见了，看见的东西还会让你觉得……”顾淮说到这里停了停，斟酌着自己是该用抵触、厌烦，还是不喜欢更合适一点，但没等他把最后的词琢磨出来，就先听见亚尔维斯说了一句似乎和回应这个问题没什么关联的话。

“我看见了你。”亚尔维斯用一种不算有起伏的语气说着，但冷淡中却又让人感觉异常认真。

看见的景物并没有改变，只是多了一个人。

可这就像孤零零地待在黑色宇宙中的星星找到了它的月亮，在亚尔维斯眼前，世界从未有一刻如此美丽。

顾淮没忘记亚尔维斯之前说过想看见他，于是他微弯眼梢说：“以后也可以继续看见。”

亚尔维斯因为这句话而轻眨了眨眼，他之前甚至不想做出眨眼动作，因为这会让他有非常短暂的一瞬看不见眼前的人。

摘下的花需要护养，顾淮起身去找一个能盛水的玻璃杯，装了大概半杯水以后，他把手上拿着的花插到水里。

这样应该能多维持一点时间。

顾淮把插着花的玻璃杯放到窗台，伸出手指小心地戳了一下花瓣之后，他走到亚尔维斯面前：“谢谢你送的花，很好看。”

图瑟星上没有花，那这朵花只能是对方特地去别的星球给他摘回来的了，但是这朵被摘下来的花大概只能生长存活一小段时间，他不免感到可惜。

“那为什么失望？”注意到顾淮脸上微小的表情变动，亚尔维斯低着声音问。

“不是失望，是觉得可惜。”顾淮温声解释道，“因为这朵花过段时间就会凋谢。”

“如果有合适的土壤的话，倒是可以移植，但图瑟星的土壤不合适。”

一个星球的土壤环境是很难改变的，图瑟星上没法种花，想要有花的话，应该只能去别的星球弄点土壤，然后搞个盆栽什么的。

但这样的话，就只有他一个人看见花了，顾淮其实是希望居住在图瑟星上的虫族都能在这个星球上看见更多不一样的颜色。

对一个星球的整体景色来说，没什么比花更好的点缀物了。

亚尔维斯将唇抿成了一条线，他看着那朵花，再一次为这种不同于自身的脆弱而感到困惑。

只是被摘下来而已，又不是被彻底碾碎，这样竟然就无法继续存活了。

在他眼前的青年也有着类似的脆弱，因此，他总是害怕自己会不小心伤害对方。

亚尔维斯用来遮挡视线的黑色眼罩还被顾淮拿在手上，在把这东西还给对方之前，顾淮突然好奇心作祟，用这条绑带蒙住自己的眼睛，像对方一样随意地在后边打了个结。

视野一瞬间就变得一片黑暗，虽然顾淮前一秒还看着东西，后一秒他就不清楚哪儿有什么了。

和在这个状态下能够行动自如的亚尔维斯相比，顾淮简直是直接丧失了大半的行动能力。

没能试着往前走几步，顾淮的腰被一条银灰色的尾巴圈住。

然后顾淮听见亚尔维斯的声音："前边是桌角。"

顾淮掩饰地低咳两声，若无其事地把黑色眼罩解下，把它还给对方。

眼罩上还残留顾淮的体温，亚尔维斯无言地把这条黑色绑带收在手里。

他觉得大概以后再用这东西的时候，都会想起眼罩被顾淮用过。

不在顾淮面前的时候，亚尔维斯还是把自己的眼睛蒙了起来，为了商讨图瑟星的土壤问题，亚尔维斯难得肯主动在军部大厦的会议室里召集会议。

再过一天，来自塔米尔星的第二军团舰队就会来，和之前在联络时说好的一样，对方确实只带了最小规模的舰队过来。

"属下卡帕莉娅，应您的传唤而来。"身后的骨翼臣服般地低垂着，在顾淮面前单膝跪下的女性虫族表情冰冷，声音似乎努力想柔和下来，却因为从未尝试过而失败。

在面对珍视的事物时，塔克虫族似乎都会做出同样的举动，就像顾淮在看护着他出生的塔克虫族们那里见过的一样，卡帕莉娅把她尖刀形态的左手往远离顾淮的地方缩了缩，锋利的一面也尽量偏移开。

这是一种本能行为，正因为拥有难以控制的力量，对待珍视的事物才会更加小心。

别说是图瑟星这边的高层们，就是第二军团的虫族士兵也从来没见过自家首领这样算得上是非常柔软的态度，和对方平时那种真正的冰冷表情是不一样的。

"我们先进去吧。"顾淮说着，把周围的虫族都带进府邸一层的大厅。

两个军团的虫族，包括军团长在内，本来都没有互相搭理，直到顾淮进大厅以后，忽然伸手解下了亚尔维斯的黑色眼罩。

这个举动让在场所有虫族瞬间变了表情，而原本只静静跟在顾淮旁边的卡帕莉娅顿时在一秒都不到的时间内挡在他面前，竖瞳微微收缩。

比起战斗状态，这更应该形容为一种保护姿态。

卡帕莉娅显然很清楚这个黑色眼罩一旦被解下来会发生什么，这本来就不是什么秘密，在场其他虫族也是因为明白这件事情会造成的严重后果，此时才都纷纷绷紧身体。

顾淮一下子没反应过来，等他想明白原因，就从用骨翼挡着他的卡帕莉娅身后溜了出来。

看见亚尔维斯被周围所有虫族用紧张和戒备的目光望着，顾淮视线一顿，不由得在这紧绷气氛里快步走过去拉住对方的手。

“陛下——”没预料到顾淮会有这个动作，参谋长顿时惊恐。

顾淮在这个时候靠近亚尔维斯，周围的其他虫族就更不敢轻举妄动，而在这种情况下，顾淮只是拉着亚尔维斯往座位上走。

被青年拉住手的银发虫族显得顺从得不可思议，眉眼微垂，就这么一言不发地让顾淮牵着他走。

在后边注视着这一幕的其他虫族，表情逐渐从惊恐担忧变成发愣。

参谋长和其他几名图瑟高层一起提心吊胆了好一会儿，可他们发现，被摘下黑色眼罩之后的亚尔维斯并没有表现出失控的样子。

那双很久没有再见的金色竖瞳扫了他们一眼，眼神毫无温度，但确实还维持着正常的理智。

然而固有的印象实在是太深刻，参谋长不知道这是不是亚尔维斯失控前的片刻冷静，顾淮的安危也让他丝毫不敢放下心。

“陛下，您不能待在这里，请允许属下带您离开。”参谋长显得有点着急，在众多发愣的虫族中，他是最快反应过来并走到顾淮面前的。

之前已经做好战斗准备的卡帕莉娅在这时反而没有动，意料之外的发展让她重新审视情况，但她的视线还是继续盯着眼前可能会出现危险的生物。

亚尔维斯面无表情，似乎并不意外会发生这个状况，但他也没有为自己解释什么。

因为他确实可能只是短暂的保持理智状态，虽然现在觉得周围已经非常安静了，看着其他东西也暂时没有破坏的想法，亚尔维斯并不能给出自己绝对不会失控的保证。

但看着刚把拉着他的手放开的青年，亚尔维斯在这时动了动他的尾巴。

冰冷的银灰色尾巴轻轻蹭过顾淮的手，没有做出任何圈住的动作，只是缓慢蹭碰了一下顾淮的几根手指。

自从知道冬天的气温会让顾淮觉得寒冷，亚尔维斯就很少让自己的尾巴碰到对方。

隔着衣服还好，直接接触到皮肤就不行。

顾淮的手指是暖的，垂放着的手指被亚尔维斯用尾巴轻轻蹭碰的感觉当然就非常明显。

顾淮低头去看那条蹭了蹭他手指的银灰色尾巴，再抬头就对上了亚尔维斯微垂下来的眼睛。

像一只银色大猫在无声地对他说，它会很乖的，不要把它丢掉。

于是顾淮下意识地就用双手去抱住那条在轻蹭完他的手指以后就准备缩回去的冰冷尾巴。

这条尾巴在冬天抱着的感觉实在不太好，十分冰凉，顾淮用手一抱，手心顿时被冻了一下。

打个比方，感觉就像在冬天去摸室外的铁栏杆。

但顾淮对亚尔维斯这样垂眼望着自己的表情有点没辙，为了不让这只“大猫”感觉自己会被丢弃，顾淮只好用行动来表示自己没有这个想法。

焐一焐，抱着的尾巴应该会变暖一点？

“不用离开。”顾淮抱着尾巴对参谋长摇摇头，在布艺沙发上坐下，还分一只手去扯一扯旁边被他抱住尾巴的亚尔维斯，示意对方也一起坐下来。

后者很听话地坐下。

在亚尔维斯坐下以后，顾淮把手里抱着的银灰色尾巴放到腿上。

一直抱着手会有点累，但面对一只在自己面前表现得这么乖的“大猫”，顾淮又不忍心冷落对方。

以上场景到底对周围的虫族士兵造成了多大的冲击，顾淮没有这个意识，他只是不希望亚尔维斯被这么多同族用戒备惊慌的眼神望着。

明明这只“大猫”是很乖的。

这么想着，顾淮又安抚地摸了摸被他搁在腿上的银灰色尾巴，至少让对方知道他不会害怕。

亚尔维斯微眯起竖瞳，在以前还没将眼睛蒙起来的时候，他的这个表情通常意味着一种危险姿态。

那是在战斗时才会流露出的、好战的神情，看见他这个表情的敌人多半活不了多久。

然而对他这个表情有记忆的参谋长和其他虫族此时却只看到亚尔维斯稍微动了动被青年抚摸的尾巴尖，像被摸顺了毛的猫科动物一样，眯着眼表现得异常温顺。

大厅里的紧张气氛只持续了一会儿，很快在顾淮的这一系列行动中被冲散。

亚尔维斯在摘下眼罩后没有失控陷入狂态，在场虫族慢慢接受了这个事实，他们在这时终于放下自己提起的心。

“您传唤属下是为了什么事情呢？”卡帕莉娅冷静地跟了过去，在询问顾淮时低垂下她的头，表现出近似于臣服的态度。

因为是严肃的、关系到整个虫族的事情，顾淮马上坐直了身体，望着对方说：“我希望军团之间能够结束像现在这样的对立状态，四个军团的对立会导致虫族分裂，我不想看见这个情况继续发展下去。”

“所以，你能不能让你的军团不要再和图瑟这边对立了？”顾淮说着，抬手挠了挠脸颊，他知道自己一开口就提了个很大的要求。

假如对方不肯同意，顾淮也做好了继续劝说的准备。

被问的女性虫族冷若冰霜，用冷而平稳的声音说：“您期望的事情，属下都会去做。”

顾淮一下子没反应过来，过了两秒才后知后觉，眨了眨眼。

这事就这么轻易解决了？

虽然顾淮在这之前觉得，另外三个军团的虫族对他应该也会是差不多的态度，但面对这样无条件对他好的行为，他心里还是会受到触动。

事情解决的速度超出了顾淮的预计，顾淮本来以为他把内部分裂成了四支的虫族统一起来要花不少时间，但现在看来，也许很快就能完成了。

顾淮在卡帕莉娅和其他第二军团的虫族身上感知到的情感和图瑟星上的虫族一样，这让顾淮忽然产生一个想法。

他觉得搞不好只要他在四个军团的虫族眼前都晃一晃，虫族马上就会统一了。

这个突然冒出的想法让顾淮不禁沉默了一秒，但这似乎是最接近现实的情况。

“那你们要不要在图瑟星待一段时间？要参观图瑟星的话，我可以当你们的向导。”虽然自己也才刚熟悉这个星球几天，顾淮此时还是弯着眼，非常主动地提出了这件事情。

后续相处很重要，顾淮想让两个军团的虫族多熟悉接触。

“您选择居住在图瑟，那么图瑟以后就是唯一的首都星，属下理所当然会待在这里。”卡帕莉娅低眸回答。

这是要定居下来的意思了，参谋长迅速反应过来了。

多一名军团长在图瑟，图瑟星的守备力量会大幅上升，从保护顾淮的角度，在场的图瑟高层都马上认可了这件事情。

“属下也一起留下。”同行的第二军团士兵纷纷亮着眼睛，迅速把握机会。

跟王居住在同一个星球，是只虫都希望能拥有这样的机会，他们得趁现在还有位置，赶紧定下来。

顾淮很快读懂这些虫族士兵的想法，他坐着眨了眨眼：“欢迎你们加入图瑟。”

统一虫族的事情进行得相当顺利，这样就已经完成二分之一了，剩下的另外两个军团，顾淮准备等这边稳定相处几天以后就去接触。

那么两个军团的虫族是怎么开始相处的，顾淮无意间看到这样的场景——

图瑟星的原住民们最近就喜欢把个人终端里的一份记录影像拿出来反复观看，怎么看都不腻的那种，而新加入图瑟星的第二军团士兵们没见过这份录像，一看到就走不动路。

“能不能把这份影像复制一份发送到我的终端？”盯着这份全息影像的第二军团虫族眼都不眨一下，脸上表情冷然，眼睛却亮着光。

图瑟星的原住民一看，这不就是跟他们一样喜欢王吗？于是非常干脆：“可以。”

现场弥漫着一股“只要你也喜欢王，那我们就是好朋友了”的气氛。

行吧。

这样也挺好的，至少这样顾淮就不用担心两个军团的虫族会相处不好了。

天空一副快要下雪的样子，顾淮今天待在室内没有出去。为了不让他感觉无聊，作为亚尔维斯副官的阿尔杰特地被扔到府邸里给顾淮讲一些有趣的事。

阿尔杰觉得自己这个副官当得真是不容易，什么都要知道，还像一块砖，哪儿需要往哪儿搬。

但被调到顾淮身边，阿尔杰当然是很高兴的，结果高兴过了头，他不小心说漏嘴一件事情。

“首领他有个小名，叫……”阿尔杰兴冲冲说到这里忽然顿住声音，姗姗来迟的求生欲让他把嘴巴闭上，不敢再说下去了。

“叫什么？”顾淮被吊起了胃口，马上好奇地追问。

阿尔杰只犹豫了一秒，一边是求生欲，一边是王对他的询问，但一对上顾淮的眼睛，他的嘴巴自己就动了：“叫啾啾。”

这个小名就算有人知道，也压根儿没人敢喊。

要不是因为跟在顾淮身边实在高兴，阿尔杰绝对不敢把这事拿出来说。他现在只能祈祷自家首领不要知道这事，否则他一定会死的！

顾淮一呆，确认自己是真的没有听错后，他的表情顿时变得微妙。

这么可爱的吗？

顾淮想了想亚尔维斯，这像一只银色大猫一样的高等虫族士兵平时总是神情冷淡，显得冷漠又难以接近，身高优势和强大的力量让他在看向他人时具备十足的压迫感。

而当顾淮把亚尔维斯和“啾啾”这个小名联系在一起时，在微妙的心情中，顾淮忍不住弯了弯嘴角。

“为什么会有这样的小名？”顾淮觉得不可思议。

“因为跟幼年期的叫声有关。”阿尔杰说着心一横，想着反正也是死和死得更惨一点的区别而已。在顾淮的目光注视下，他把自己的一部分记忆提取成影像。

这份影像以全息模式展现在顾淮眼前。

鲜少有外人知道，虫族在幼年期看起来其实是小动物的形态。

幼崽时期，虫族幼崽身上的绒毛还没褪落，看起来就会像一只小奶猫。

而在这份记忆影像里，顾淮就在好几只幼崽中一眼就看见了一只有着银灰色小尾巴的虫族。

这只虫族幼崽尾巴上的绒毛褪落得最早，身上还是毛茸茸的。

拖着一条银灰色小尾巴，幼崽圆乎乎的，看着特别可爱，可惜这份影像不是动态的，又刚好只能看见这只幼崽的背面。

要是能看见正面的话，顾淮觉得他应该能看见一双圆溜溜的金色眼睛。

而阿尔杰正准备解释为什么自家首领的小名跟叫声有关，亚尔维斯回到了府邸。

这份记忆影像还没来得及关闭，阿尔杰眼睁睁看着亚尔维斯冷淡地瞥了影像一眼，面无表情地继续走近。

有什么事情是比讲首领的秘密却被抓个正着更要命的事情，阿尔杰觉得没有了。

阿尔杰在虫族里算是相对活跃的一类，但这种活跃也很有限，他此时绷着脸，表情上看不出惊慌，身体却是微微僵住。

这时亚尔维斯已经走到两人跟前，阿尔杰企图把自己装成透明人，他溜也不能溜，只能继续在现场承受这份来自首领的巨大压力。

顾淮不知道阿尔杰的心理活动，他看着走近的亚尔维斯，再侧过头去看影像上那只毛茸茸、圆乎乎的虫族幼崽，嘴角弯起的弧度不由得更明显了点。

实在是差别太大了。

如果不是阿尔杰给他看这份记忆影像，他实在想象不出，眼前这气场冷漠、高大又俊美的银发虫族在幼崽时期会是这个样子的。

“很可爱。”顾淮带着笑意说，说完他又想到，男性大多是不喜欢被人夸可爱的，于是他匆匆补救，“是说你幼年期的时候，和现在没关系。”

其实现在的亚尔维斯有时候也会让顾淮莫名觉得有些可爱，这和对方的行为有关，比如之前亚尔维斯送花时候的样子，因为小心翼翼，拿着花的动作看起来太乖，以至于让他产生了这种感觉。

但这话，顾淮就藏起来不说了，这可关系到男性的自尊心。

然而顾淮不知道是不是他的错觉，在他刚说完“和现在没关系”的时候，他看见亚尔维斯好像抿了抿嘴角，将本来就没有几分弧度的嘴角抿成了一条更平的线。

“可爱？”亚尔维斯望着那份影像，声音冷淡而低沉。

顾淮看着对方不像生气的样子，于是点点头：“是啊，特别可爱。”

听见顾淮的这句话，亚尔维斯的侧脸略略紧绷，冷漠的神情仿佛出现了不易察觉的细微变化。

“不过只看到背面，没有正面的影像吗？”顾淮眨了眨眼，对站在旁边的阿尔杰问。

阿尔杰从几分钟前就在求生欲的驱动下开始努力降低自己的存在感，现在被顾淮询问，他张了张口，没能马上回答。

其实有正面的影像，但阿尔杰这短暂的沉默被顾淮误以为是肯定的意思，于是他表露出有点可惜的表情。

虫族在幼崽时期是毛绒生物，在成长期会逐渐褪去绒毛，然后长出虫族的坚硬外壳，而等到了成年期，有的虫族会进阶，保留部分种族特征的类人形态。

虫族的幼崽期不算长，因此虫族幼崽保持毛茸茸的时期是很珍贵的，可能只一两年就看不到幼崽像毛绒生物的样子了。

幼崽原本柔软的皮肤会从此覆盖上冰冷坚硬的甲壳，体形也迅速增长，在其他种族眼里变得危险而可怕。

这么说来，能看见幼崽毛茸茸的背部其实也不错了，顾淮很快又转换好了心态。

刚才没来得及听阿尔杰说亚尔维斯的小名为什么跟幼年期的叫声有关，顾淮看着在自己眼前的当事人，决定直接问对方。

“因为叫声就是那样。”亚尔维斯低下眼，没有回避顾淮的问题。

这个小名是谁取的，不知道是因为时间太遥远还是别的什么原因，亚尔维斯对这件事情记忆并不清晰。

是有人在幼崽时期给他取了这个小名，还是他因为自己的叫声产生了这种自我认定，他自己也记不清了。

“啾啾……这样叫？”顾淮随便想象了一下亚尔维斯在幼崽时期啾啾叫的样子，忽然有一秒没办法直视对方那双正注视着自己的淡金瞳眸。

这反差未免大得有点犯规了。

旁边的阿尔杰此时很想溜走，他没有忘记，曾经在亚尔维斯的幼年期模仿首领的叫声，还用这个小名来称呼首领的另一名军团长当时是被揍趴下了。

阿尔杰觉得自家首领当然不会对王做什么，但他就完了。

不过亚尔维斯此时并没有分眼神给自己的副官，只是轻哼出了个单音：“嗯。”

一般来说，虫族幼崽在叫唤时都是习惯发出低低嘶声，亚尔维斯在幼年期的叫声可以说非常特殊。

“幼崽时期确实很可爱。”顾淮止不住弯下眼。

顾淮这几句话里都只把“可爱”特指于幼年期，亚尔维斯闻言，冷峻侧脸上的表情就越发让人有点看不透。

“可爱”这个词语的意思是，令人喜爱。

虫族里其实并不存在这个词汇，但代换一下星际通用语，亚尔维斯能够大概理解这个词的意思。

所以青年是对他说，他在幼年期的样子令他喜欢，而现在就不令他喜欢了。

“只有幼崽时期才可爱吗？”亚尔维斯对顾淮微低下头。

顾淮有点没反应过来，而片刻后又见亚尔维斯垂眸问：“现在不可爱？”

顾淮呆了一秒，他看着眼前的银发虫族面无表情的样子，和问这句话时毫无情绪起伏的声音，一时间竟然不知道应该回答是还是否。

犹豫思考了一会儿，顾淮试探着回答说："现在也……可爱？"

把这话说出口，顾淮就仔细观察起亚尔维斯的表情，准备在观察到对方有任何一点不高兴的时候立马改口。

但在顾淮这么回答以后，他看见亚尔维斯将抿着的嘴角稍微放松，身后的银灰色尾巴也上下轻甩了一下。

见亚尔维斯没有不高兴，顾淮也就放心下来。发现对方并不介意被夸可爱，顾淮就不用担心自己以后会有不小心夸错词的时候了。

"今天感觉怎么样，去军部那边的时候还是觉得不舒服？"顾淮坐下来问。

"和之前差不多。"回应着，亚尔维斯低下头看了一眼左手腕上的绑带。

现在亚尔维斯在顾淮身边的时候会自觉摘眼罩，黑色的绑带被解下来后就系在腕上。

说是差不多，但体会过安静的感觉之后，再去经历吵闹和需要压抑的烦躁，这种痛苦就变得更加难以忍受。

顾淮思考了一下，说："那你在外边觉得烦的时候想想我？这样是不是也能好过点？"

虽然不知道这份安抚作用具体是什么原理，但能让亚尔维斯减轻痛苦的话，顾淮并不介意当对方的安定剂。

一说完这句话就被一双浅金色竖瞳盯着看了好一会儿，顾淮总觉得在这双眼睛里，他的倒影似乎越来越清晰，而半晌后，他听见对方低着声音回答："好。"

花是一种漂亮、美好但非常脆弱的事物，去诺姆星摘一朵花的过程中，亚尔维斯获得了这个认知。

心头上的花在开放以后，盛开得越来越艳丽，亚尔维斯不知道怎么拒绝这份美丽。

这是世界上最美丽也最珍贵的花，因为意识到珍贵，所以亚尔维斯不敢随意去触碰花瓣，只能守护在旁边，安静地注视这朵花的生长。

但实在太想触碰的时候怎么办？要怎么做才能在触碰时不伤害对方，也不被拒绝和讨厌？

亚尔维斯垂眸注视近处的黑发青年，片刻后他让自己移开眼睛，对在旁边的阿尔杰说："跟我去书房。"

阿尔杰的表情微微一僵，想着该来的总是要来，硬着头皮点了点头。

但阿尔杰提心吊胆地跟着自家首领去了书房，却并没有被追究任何事，只是被扔了一些需要处理的事务，一切照常。

在原来的世界里，顾淮就有睡午觉的习惯，这个习惯在来到这个世界以后也保持着。

没有回房间，顾淮在大厅的沙发上直接躺下来，找了个舒服的姿势就准备睡了。

"我睡一会儿。"顾淮对守在他周围的塔克虫族士兵们说，等听见低低的嘶声以后，他才闭上眼睛。

在顾淮睡着以后，有两个塔克虫族士兵用它们的锋利前臂小心地勾起旁边的小被子，然后一起把这层被子轻轻地盖在了顾淮身上。

顾淮的午觉睡得都不久，这次大概睡了三十分钟就醒来了。

醒来时发现自己身上多了一层被子，顾淮很快明白这是周围的塔克虫族给他盖上的。

因为刚睡醒，顾淮还没注意到被子有一处明显鼓起，以及腿上多了一份不轻不重的物体。

直到顾淮稍微动了一下腿，他看着被子鼓起的地方开始移动，同时他能感觉到压在他腿上的物体开始往上移动。

没过两秒，一只有着圆溜溜浅金竖瞳的不明生物从被子里钻了出来，正好压在顾淮的胸膛上。

顾淮这时恰好对上这只不明生物的金色眼睛，同时看见对方拖在身后的银灰色小尾巴。

顾淮愣了一瞬，这两个特征实在太过于明显，并且他在不久前看过相关影像。

“啾。”

没等顾淮反应，这只有着银灰色小尾巴的虫族幼崽对他叫了声。

这并不是全息影像。

听见叫声，还有感觉到身上压着的一份真实重量，顾淮确定了这一点。

顾淮发愣，好一会儿没有动，等回过神，他的第一反应是往这只正用竖瞳注视着他的虫族幼崽身上摸一下。

这一摸就摸到幼崽身上柔软的绒毛，摸起来手感相当好。

虫族在幼年期因为还没褪去绒毛，没长出冰冷、坚硬的外壳，幼崽的身体在被绒毛覆盖的情况下还是柔软的，并且幼崽的体温也比成年虫族要高一些。

“啾。”

被顾淮一摸，这只毛绒生物马上又对他“啾”了一声，然后把身体稍微伏下来一动不动，这是对顾淮表示愿意接受抚摸的意思。

尽管这并不是一只真正的虫族幼崽，但这个举动所表达的“喜欢”是相同的。

虫族在幼崽时期有时候会给另一只幼崽舔绒毛，为对方顺毛发，这是只对喜欢和想要亲近的对象才会做出的事情。

而反过来说，假如一只虫族幼崽愿意乖乖接受梳毛，一定也是因为喜欢对方。

这就是梳理毛发在虫族中的特别意义。

成年期没法像幼崽时期那样互相舔毛了，表达好感的方法就变成摸头发或者亲吻，不过由于缺乏感情的种族天性，以上情况的发生概率都很低，可以说是罕见。

一只毛茸茸的虫族幼崽伏着身体乖乖地让自己摸，顾淮一下子就没把持住，在动脑子思考事情以前，他的手已经在这只幼崽的背部摸了好几下，甚至在摸最后一下的时候，还用手指勾了勾幼崽拖在身后的那条银灰色小尾巴。

等意识到自己做了什么，顾淮匆匆顿住动作。

“亚尔维斯？”坐起身，顾淮把这只虫族幼崽放到他前边的位置上，然后低下头，试图平静地与对方对视。

然而他一低头就对上一双圆溜溜的浅金色竖瞳，因为实在很难把这双眼睛与亚尔维斯平时透着冷漠的双眼联系在一起，想着想着，他竟然悄悄弯起了嘴角。

“啾。”这是回应的声音。

啾声听起来还有点软，毕竟是幼崽的声音。

这情景怎么都严肃不起来，顾淮忍不住连眉眼也弯了下来：“为什么变成这个样子了？”

眼前的虫族幼崽不仅是毛茸茸的，身体还有点胖乎乎的，体形大概就比兔子大上一点，四条小短腿都快要看不见了，乍一望去，还以为看见一个白色毛球团。

只有尾巴褪了绒毛，那条熟悉的银灰色小尾巴在顾淮弯眼笑的时候动了动。

让顾淮有点惊讶的是，在这只幼崽背部还有一双小翅膀，虽然刚在影像里瞥见过，真正看见时还是会觉得意外。

翅膀在褪毛以后应该会变成像尾巴那样有着冰冷表层的银翼，亚尔维斯在类人形态保留下来作为种族特征的部位是尾巴，所以顾淮之前从来不知道亚尔维斯还拥有这样的身体部件。

而问完问题，顾淮才想起来亚尔维斯现在这个形态是没办法回答的，他能知道亚尔维斯应该是利用异能变回了幼崽形态，却不知道亚尔维斯为什么这么做。

顾淮此时正以有点懒散的姿势靠坐在沙发上，他望着这只正用浅金色竖瞳注视着他的虫族幼崽，看着看着，他忽然灵光一闪。

“是因为我说可爱？”顾淮不自觉稍放缓了声音。

“啾啾。”

背部那双小小的翅膀扑腾了一下，这只虫族幼崽圆溜溜的浅金色竖瞳像一块干净美丽的宝石，不需要任何打磨，本身就已经是非常纯粹的样子了。

听见肯定的回应，顾淮微微一怔。在这一刻，他不可避免、非常突然地被这份直率触动了。于是，他忍不住把眼前这只圆乎乎的毛绒生物抱了起来，然后伸手去摸了摸翅膀、摸了摸尾巴。

“你很可爱。”顾淮把这只根本不挣扎抵抗的虫族幼崽举高，非常诚实且发自内心地夸奖对方。

已经知道亚尔维斯并不介意被用这个形容词夸奖，顾淮就在后边又补充了一句：“平时也和现在一样可爱。”

试问谁会觉得一只表面傲慢冷漠、实际却非常听话的大猫不可爱呢？

在顾淮说第二句话的时候，被他举高的幼崽本来就已经很圆的浅金色眼睛顿时睁得像玻璃球一样，身后的银灰色小尾巴无意识甩动。

而顾淮把话说完以后，对着这只幼崽的眼睛，因为此时这副幼崽外表实在太具有欺骗性，他一时没考虑太多，想也没想就在幼崽毛茸茸的额头上亲了亲。

而顾淮的这一亲，让这只虫族幼崽原本正无意识甩动着的银灰色小尾巴停住，浅金色的竖瞳忽地收缩，一秒后，这只幼崽就从顾淮眼前凭空消失了。

这是一次空间转移，转移地点在异能使用者根本没有经过思考的情况下，下意识就定在了熟悉的地点之一。

那是在军部的会议室，亚尔维斯在进行空间转移的同时已经变回了成年形态。

“首领？”不知道自家首领怎么一声不响突然传送过来，正在会议室里开着会的图瑟高层们有点疑惑。

但这个疑惑在问出口以后，在场的图瑟高层就全消声了，因为他们发觉亚尔维斯的状态有点奇怪。

亚尔维斯看起来依然冷漠，浅金色的竖瞳不含情绪，让人难以解读他的真实心情。

但是从侧脸隐约能够看出是紧绷着的，嘴角微抿，而在没被军服衣领挡住的修长脖颈处，仿佛有一抹红色在缓慢爬上首领冷白的皮肤。

不过这个奇怪的状态并没有持续多久，在一众图瑟高层们眼中，亚尔维斯大概只是在主位旁边用这种令他们看不透的神情沉默了几秒钟，很快又恢复成平时面无表情的样子。

等恢复以后，首领又一声不吭地离开，徒留被打断会议的七名图瑟高层在会议室里面面相觑，摸不着头脑。

离开会议室以后的亚尔维斯其实还是回了府邸，只不过由于某种他自己都不明白的情绪，是隐了身形回去的。

亚尔维斯不知道自己刚才为什么突然用空间转移离开，他并不是想离开顾淮身边，只是突然之间某种情绪让他觉得自己不能再待在原地了。

可是离开以后又想回去，他还是想见到顾淮，但又不敢正大光明出现，于是只能偷偷地做这件事情。

当亚尔维斯想隐藏自己身形的时候，没有人能够发现他。

在府邸一楼大厅里的顾淮还保持着和亚尔维斯离开前差不多的姿势，要说有什么改变，那就是他把之前还半搭在身上的小被子掀开，挪到了旁边。

顾淮坐在沙发上，周围的塔克虫族士兵们正看着他，面对这些塔克虫族士兵，他一边思考一边抓了抓自己的头发。

顾淮在想，是不是因为自己刚才亲了幼崽毛茸茸的额头一下，让他觉得被冒犯了，所以生气地离开了？

因为面对的是一只毛茸茸的幼崽，顾淮去亲额头的时候根本没任何心理负担和顾虑，现在回过头想想，他觉得自己好像真是干了一件挺过分的事情。

顾淮是不至于觉得尴尬，但他不知道亚尔维斯是什么想法，要说生气，亚尔维斯离开前的反应又好像不是生气。

“害羞？”顾淮想到那条忽然停止甩动的银灰色小尾巴，莫名冒出这个想法。

发现这个想法似乎更加合理，顾淮没忍住脱口而出一句：“这么可爱的吗？”

隐匿身形回到府邸的亚尔维斯正好听到坐在沙发上的青年说这两句话，他无声地站在阴影里，在这个顾淮看不见的角落注视着顾淮。

亚尔维斯在接下来的一整天都保持着这个状态，直到顾淮晚上睡着以后，他才从黑色的阴影里悄无声息地走出。

看护着顾淮的塔克虫族士兵们对亚尔维斯并不陌生，身材高大的银发虫族走到床边，低头注视入睡的青年。

亚尔维斯用指节分明的修长手指碰了碰自己额头被亲吻过的位置，他的视线在顾淮身上巡了一圈，最后停在顾淮手上。

亲吻是表达好感的手段，亚尔维斯第一次有想做出这个举动的想法，但又记得不能随意触碰珍贵的事物，所以他最终只选择了顾淮的手指。

可能也不能算作亲吻，因为亚尔维斯只是将他的唇瓣在顾淮的尾指上轻轻碰了一下。

像一片雪花为了落在喜欢的人身上时，不让对方觉得寒冷，尽量只让自己轻轻擦过，不要完整地降落在对方身上。

第五章 雪人

顾淮见不到亚尔维斯的情况也就持续了一天，等他一觉醒来，亚尔维斯又照常出现在他身边了。

经过这两天的观察，顾淮感觉在图瑟星上的两个军团虫族相处挺友好的，互相也没有什么排斥表现，对彼此的接纳速度比他想象的要快。

顾淮想了想这件事情，决定往军部大厦走一遭。

“抱。”走出了府邸大门，顾淮回过身，对跟着他一起出门的塔克虫族士兵们张开手。

不是顾淮懒到不想走路，而是他发现这些塔克虫族士兵特别喜欢让他坐在肩上，载着他去看世界，所以他才这么做。

这些塔克虫族士兵现在都已经理解了，当顾淮对它们张开手发出“抱”这个音节的时候，是要它们将他抱到肩上的意思。

于是，为首的那个塔克虫族士兵稍微伏低身体，伸出锋利的前臂将站在近处的青年小心地抱起，放到自己的左肩上。

载着顾淮，这个身躯庞大、有着可怕外形的塔克虫族士兵从喉咙里发出低沉的嘶声，冰冷猩红的眼睛仿佛多了点亮光，这显然是高兴的样子。

军部大厦和亚尔维斯的府邸离得不是很远，顾淮就这么被塔克虫族士兵载着一路走过去。

在路上，顾淮看了一眼天空，然后对载着他的塔克虫族士兵说：“等下雪的时候，我们再出来看雪吧。”

这场雪迟迟没落下来，天看着酝酿了好几天。

之前生活在废弃星球上的塔克虫族并不是没有经历过下雪天，但它们不知道那就是“雪”。

废弃星球的冬季比图瑟星要寒冷得多，在守护着的幼崽还没破壳的时候，每到冬天，这些塔克虫族士兵都会提前去外边寻找一些巨大而柔软的树叶，然后把树叶带回到洞穴里，轻轻盖到那颗正安静躺着的大白蛋上。

它们不会觉得寒冷，可是它们本能地担心还在蛋壳里被孕育着的幼崽会受冻。

虽然不知道雪是什么，但听顾淮这么说，这些塔克虫族士兵还是发出回应的声音。

“到时候堆一个像卡鲁的雪人。”顾淮说着，拍了拍正在载着他的这个塔克虫族的肩，脸上漾出浅浅笑意。

听见自己名字的塔克虫族士兵微微收缩竖瞳，认为这是幼崽对它的呼唤，于是它从喉咙里持续发出一阵更加清晰的嘶声，避免顾淮以为它没有听见。

军部大厦一共有十七层，会议室在十六层，顶层是亚尔维斯的私人办公区域，不过把大部分工作都扔给了参谋长的亚尔维斯基本不怎么进出这个办公间就是了。

第二次走进这栋高耸的白色巨型建筑，顾淮一进军部大厦就受到了一圈高等虫族的注目礼。

所有虫族都停下了手头上的工作，有的甚至离开岗位，跟在他后边，然后越跟虫族越多。

等上直升电梯的时候，顾淮就无奈地看着一群想跟着挤进电梯的高等虫族在电梯门外边眼巴巴地望着他。

尽管这个直升电梯的空间很大，但顾淮身边的塔克虫族还是把位置给占满了，于是就有了这个场景。

顾淮来军部，是为了和亚尔维斯以及其他高层说，他想现在联络另外两个军团的事。因为拥有最高权限，顾淮一路畅通无阻地去到会议室。

而一进入会议室，顾淮就看见参谋长和其他高层冷肃的表情，然后就被悬浮在会议桌上的虚拟屏幕所展现出的内容给镇住了——第十届星际最可爱生物评选。

这似乎是一个投票页面，而顾淮赫然在目前排名第二的位置上看见了自己的名字，后边跟着一长串数字的票数。

顾淮的到来马上就被会议室里的虫族注意到，不只是亚尔维斯和图瑟星的高层，卡帕莉娅和她的几名心腹也在这里，他们第一时间把目光投放到顾淮身上。

“陛下，您怎么过来了？”参谋长询问着，迅速在原本只单独属于亚尔维斯的主位旁边再摆了一张靠背椅，让顾淮有位子能坐。

虽然顾淮是图瑟星的新主人，但星球事务这些麻烦事，参谋长是不会让顾淮操心的。

“我是来跟你们说，我准备联络另外两个军团。”顾淮说着，视线还是止不住往会议桌上的虚拟屏幕瞟，尤其看着自己的票数还在不断增长，顾淮的表情变得越来越微妙。

要是之前，参谋长肯定希望顾淮迟点去联系。一方面是不想其他军团的虫族分走顾淮的注意力，另一方面，他们也不知道其他军团的虫族在知道王的存在以后会做出什么举动。

但看了第二军团对待顾淮的态度，加上正在进行的投票，参谋长非常果断地说：“属下遵从您的意愿。”

亚尔维斯从一开始就放任顾淮做任何想做的事情，此时并不言语。而作为第二军团长的卡帕莉娅，在这时对顾淮低下头说：“属下正把精英部队调来图瑟星，大概一天后就能到，您不必担心任何事情。”

一开始是为了表达诚意，卡帕莉娅才只带了最低规模的舰队，现在图瑟星的高层们已经知道她对顾淮的态度，自然也就不介意她将精英部队调来图瑟。

用来保护王的守备力量越多越好，他们会把顾淮保护在最安全的地方。

卡帕莉娅这句话所表达的意思是，即使另外两个军团中有反叛者，他们也能够将之镇压，所以顾淮想做什么就做什么。

要同时往两个不同的遥远星球建立精神链接，顾淮现在已经能够做到这件事情。不过在建立链接之前，顾淮实在想先弄明白一件事。

“这是什么？”顾淮指着会议桌上的虚拟屏幕问。

参谋长推了推他的眼镜，回答说：“是隶属星盟的一个协会在星网上发布的评选，听说评选结果在星际里具有很高的认可度。”

对在这个评选里被投票出来的第一名，星际里各个种族的商家都会乐此不疲地推出与之相关的各类型周边。事实证明，销量也确实非常好。

由于星际里的生物有多样性，这个投票选项就设置为可以自行添加，添加后的选项其他人也可以选择，“顾淮”这个选项就是由一名虫族高层添加上去的。

顾淮沉默了两秒，他认认真真地看了一遍评选的标题，又看了一眼自己挂在第二名上的名字，一时之间竟然不知道说什么话好。

“每个星网账号每天能投票一次，现在的第一名总是在我们将您推到第一位的时候反超，属下刚才就是和其他人在商议这件事情。”说到这里时，参谋长冷肃的脸上罕见地皱起眉，他对这个结果显然并不满意。

星际最可爱生物，那当然是他们的王了。

在顾淮没进会议室的时候，坐在会议桌周围的图瑟高层们差点儿把虚拟屏幕给盯出一个洞。

“帕奇”是什么生物？

为什么能反超他们王这么多次？

两个军团的虫族这几天都在投票，但还是屡次被反超。这让两个军团的虫族士兵们都开始考虑，要不他们让这个叫“帕奇”的生物在星际里灭绝，那他们王不就是最可爱的了？

这么想着，这些虫族士兵完全不觉得自己这样的强盗逻辑有什么不对，甚至认真思考起了可行性。

虫族这边第一军团和第二军团的士兵们不高兴，但此时在星际里数量众多的帕奇爱好者和吃瓜群众也都很蒙。

“顾淮”是什么生物物种？他们怎么都没听过？

作为目前在星际各个家庭里最受欢迎的家养宠物，帕奇已经连续三届拿下这个评选的冠军了，而且都是以压倒性票数获胜。

结果，到这一次突然遇上这么艰难的情况，一副第一名不保的样子，逼得爱好者们不得不每天投票，这才勉强稳定名次。

而对于作为当事人的顾淮来说，在听完参谋长的回答后，一阵失语。

不是，你们为什么要在军部的会议室里严肃商议这种事情？

“其实你们不用这么在意这个投票，我……”顾淮刚想委婉表达一下他对这个评选的第一名并没有兴趣，但话没说完，他看见参谋长一下子把头抬起。

“不可以。”参谋长的表情更加冷肃，第一次在顾淮面前表现出坚决态度。

不只是参谋长，顾淮看着在场其他高等虫族同样严肃的表情。他沉默了，最后无奈地决定放任自家两个军团的虫族去做这件事情。

“我现在联络另外两个军团。”说着，顾淮勉强让自己的眼睛从那个评选页面移开。他闭上眼睛，让自己更快沉浸于精神领域，然后迅速找出领域中另外两个非常显眼的明亮光点。

选定、确认，建立链接。

此时，在两个环境差异巨大的星球，这两个星球的主人几乎同时做出收缩瞳孔的反应。

顾淮在这单向的精神链接中用了和上次差不多的开场白，也是表达想见面的意思，询问对方愿不愿意过来图瑟。

而两者的反应也和之前的卡帕莉娅完全一致，直接向图瑟这边发来了通信请求。

在接通的通信中，顾淮看见两个形象差距甚大的高等虫族军团长。

一个军团长几乎跟顾淮身边的塔克虫族士兵一样庞大，身上到处覆盖着坚硬外壳，长相看着有点凶恶。

而另一个军团长身形正常，样貌清冷隽秀，身上穿着样式颇为繁复的白色长袍，此时冷着眉眼，表情沉静。

“你们愿意过来见我吗？”顾淮问。

通信影像中，身躯庞大的虫族军团长几乎立刻向顾淮展现他的忠诚，毫不犹豫地对顾淮低垂下头，用沉浑的声音说：“悉摩多，听从您的命令。”

卡缪族群和其他族群相比，各项能力都很平均，但悉摩多认为，唯独对王的忠诚这一点，他们不会输给其他任何一个族群。

他们族群拥有以消耗生命力换取恐怖爆发的能力，且是唯一能将自爆作为杀敌手段的族群。而如果是为了保护王，他们不会吝惜自己的性命。

可以说，卡缪族群的虫族平时看着平平无奇，但一旦有人威胁到顾淮，他们会和进入狂暴状态的塔克虫族一样疯狂。

“遵从您的意志。”在另一个通信影像里，一道平静、冷冽的声音也随后传达过来。

声音的主人同样拥有着代表阶级的金色竖瞳，但这双眼睛的金色格外淡，映入对方眼中的事物仿佛都显得虚幻。

而至少在注视顾淮的时候，在这双眼睛里的虚幻事物变得贴近真实。

虫族的四名军团长刚好属于不同的族群，作为第三军团长的艾伊就出身于艾萨多族群。

出身于艾萨多族群的虫族精神力强大，这个族群的士兵们比起近身攻击，更擅长利用异能摧毁敌人，而艾伊拥有的特殊异能是预知。

这份预知能力让艾伊总能看见两秒后的未来，因此他的眼睛并不注视于现实。

但面对顾淮的时候，他希望能够看见现有的真实。

也是在看见的那一刻，艾伊明白了那个曾经让他不能理解的预知梦是代表什么。

除了相隔极短的预知，艾伊有时候也会通过梦境看见比较遥远的未来，而他曾经梦见过一个和顾淮相关的情景。

当时他在预知梦里看不清顾淮的脸，而现在，他将梦境里的青年形象补充完整了。

只要是虫族，无论归属哪一个族群、哪一个军团，都一定会深深喜爱着王——看着因为顾淮的出现而即将完成统一的四个军团，参谋长和其他几名图瑟高层都意识到并认可了这一点。

既然这样——

参谋长一推眼镜，马上把投票页面发送给这两位军团长。

他们两个军团投票投不过，四个军团一起投票还能投不过吗？

明明是这么严肃的种族统一画面，为什么画风突变？

顾淮再次陷入沉默，而大概十分钟以后，关注着这个年度评选活动的星际各种族人民就目瞪口呆地看着第二名的票数突然开始疯涨，没一会儿就超过了第一名，以几乎翻倍的票数登顶。

望着竞争对手突然一下子翻倍的票数，星际里的帕奇爱好者们无言了。

于是，结果可想而知。

第十届星际最可爱生物评选：

第一名：顾淮

第二名：帕奇

第三名：伊利斯龙

……

所以，谁来告诉一下他们，“顾淮”到底是什么生物？

在还不知道虫族诞生了王的时候，许多在这次评选中一脸发蒙的各族人们却已经先记住了顾淮的名字。

当知道自己的票数在那什么“星际最可爱生物”评选里遥遥领先的时候，顾淮的心情大概可以用一个省略号来形容。

在失语状态下，顾淮无言地接受了这个事实。

毕竟他又不能去阻止四个军团的虫族给他投票，因为看见这些虫族在给他投票的时候，眼睛里都像是缀满了明亮的小星星。

顾淮想想就觉得，算了算了，他们喜欢投就投吧。

顾淮上星网看了一眼，觉得被他挤到第二名去的“帕奇”是真的挺可爱。

像有着三条松鼠尾巴的短腿猫，用四只小短腿走路的时候，身后那三条毛茸茸的大尾巴就跟小扇子似的晃啊晃。

特别是晃着三条大尾巴的时候，还会用圆溜溜的琥珀色眼睛望着你，看起来特别讨喜。

顾淮甚至背着自家四个军团的虫族，偷偷给帕奇投了一票，只不过他的这一票对结果来说，毫无影响就是了。

而星际里本来正准备以这个评选为风向发行周边的商家们现在也在发愁，他们在星网上找遍了资料，把《星际生物大百科》都翻出来看了，愣是不知道今年评选的第一名是生活于哪个星球的物种。

在星网上问也没人知道，那这票数到底是怎么投出来的？

关注这个评比的人们全都陷入迷惑中。

要说刷票也不可能，投票的星网账号得绑定个人终端，所以这票数一定是真实的。

这是见鬼了啊！

此时满头疑问的星际各族人们就算想破脑袋都想不到，评选第一名的一百多亿票会是由虫族的四个军团一起投出来的。

当他们后来知道真相的时候，对这件事情只能无言以对。

虫族第三军团和第四军团的首都星和图瑟同样隔着相当的距离，顾淮在图瑟星等待着另外两个军团的到来。

而在他等待期间，图瑟星青色的天空降落下了他来到这个星球后的第一场雪。

“终于下雪了。”隔着窗户，顾淮感兴趣地望着外边缓缓飘落的雪花。

顾淮之前跟身边的塔克虫族士兵们说，等下雪了，他们就一起出去看雪和堆雪人，现在只要等外边的雪下得稍微厚一点，堆雪人这事就可以进行了。

顾淮坐在窗边，在手里把玩着一颗弹珠大小的浅金色玻璃球，玩了一会儿，他就将玻璃球塞回了自己的口袋里。

这颗玻璃球是亚尔维斯给的。在联络另外两个军团的那天，顾淮在军部会议室的桌上看见这颗被装在黑晶盒子里的玻璃球。

因为觉得这颗玻璃球和亚尔维斯幼崽时期的眼睛很像，顾淮就多看了两眼，结果这颗球就到他手里了。

这颗玻璃球颜色漂亮，顾淮挺喜欢，所以最近总拿在手上把玩。

而顾淮发现，在他每次把玩这颗玻璃球的时候，身边的塔克虫族士兵总是会用微微收缩的猩红眼睛盯着看，就好像很喜欢看他玩这颗玻璃球一样。

事实上，这是因为在这些塔克虫族士兵眼里，顾淮手上拿着的这颗玻璃球是他的玩具球，当他把玩这颗玻璃球的时候，就是幼崽在玩玩具，所以它们特别喜欢看。

雪还没在地面堆积起来，趁着雪小，顾淮带着身边的塔克虫族士兵和刚好待在府邸的亚尔维斯去庭院里。

刚刚到室外，顾淮头顶就笼罩一片巨大阴影，跟着他一起出门的一只塔克虫族把他挡在自己庞大的身躯下，猩红的眼睛盯着从天上飘落的雪花。

"没关系的，不用挡。"反应过来这个塔克虫族士兵是想给自己挡雪，顾淮凑近去伸手轻拍了拍虫族士兵的锋利前臂，然后从这片阴影里走出来。

"这个就是雪，但现在下得还不多，我们可能要明天才能堆雪人。"顾淮指了指一片落到塔克虫族前臂上的雪花。

被顾淮指着的这个塔克虫族士兵歪了歪头颅，把它承载着一片小雪花的锋利前臂抬起来，用竖瞳盯视着。

因为这个塔克虫族士兵的身体是冰冷的，所以落在前臂上的雪花并没有融化。

这个塔克虫族士兵记得顾淮在房间的窗台上摆了一朵花，认为顾淮喜欢花，于是用猩红的眼睛盯着落在自己前臂上的雪花一会儿，忽然把自己的锋利前臂往顾淮那里移了移。

顾淮眨了眨眼，思考了两秒，才明白这个塔克虫族士兵是想把这片雪花送给他。

顾淮没说话，而是伸手去接过这片雪花，收拢在手心，然后装作收进自己的衣服口袋里。

实际上，由于他的体温高，雪花很快就融化了，但他觉得，这份礼物他还是收到了的。

看见顾淮把那片雪花收进衣服口袋里，那个塔克虫族士兵顿时发出一阵低低的声音，声音大概持续了五六秒，这是它们在很高兴的时候才会有的表现。

“雪花也可以当成是一种花吧，那下雪的时候，在图瑟星就能看见花了。”顾淮对站在旁边的亚尔维斯说。

话说完，顾淮看见对方似乎想开口说什么，但最终又垂下眼，什么话也没说。

已经和其他高层人员商议过有关图瑟星土壤方面的问题，但事情暂时还没有明显进度，亚尔维斯不想现在就说。

“送给你。”学着塔克虫族刚才的动作，顾淮也伸手接住一片雪花，然后把这片冰冷的纯白色雪花放到旁边银发虫族的手心里。

虽然高等虫族的体温低凉，毕竟还是有温度，亚尔维斯看着这片雪花在自己手心里逐渐融化成水滴，他无声地抿起嘴角。

看见对方这样一直凝视着手心里的那点水滴，顾淮忽然有种自己欺负了这只大猫的罪恶感，他没想到亚尔维斯会这么认真。

“变成水滴就不要了吧。”顾淮低咳两声，他伸手去把对方手心里的那点水滴抹走，然后给了个承诺，“以后如果去别的星球，我再送你一朵不会融化的花。”

手心短暂感触到身边青年的体温，亚尔维斯用冷淡声音轻轻回应一个字：“好。”

这么容易就哄好了？

顾淮看着亚尔维斯的侧脸，实在觉得这只银色的大猫乖巧得过分。虽然好像只是在他面前才这样，但这也真是太讨人喜欢了。

地上的雪要积攒到能堆雪人的厚度还需要一段时间，在庭院里散步散够了，顾淮就回到了室内。

“有围巾的话就好多了。”顾淮坐在沙发上小声自语着，他摸了摸自己被寒风吹得有点透心凉的脖颈，忽然有些怀念围巾这种地球产物。

这时，卡帕莉娅刚好带着她的副官过来，顾淮抬眼望过去。

“那属下就先离开了。”低头说完这句话，跟着卡帕莉娅一起来到府邸的另一名女性虫族士兵马上转身离开。

顾淮看着后者来去匆匆，等看不见另一名虫族的身影了，顾淮犹豫了一秒，还是开口问走到他面前的卡帕莉娅："莉莎是讨厌我吗？"

并不是因为对方一过来就脚不沾地马上离开这事，而是顾淮这些天发现，这名女性虫族士兵在面对其他人时都是巧笑倩兮的模样，而每次到他面前就会彻底冷下脸。

这让顾淮不得不产生对方是不是讨厌他的想法。

听见顾淮的话，卡帕莉娅罕见地有一丝惊讶，但这点细微的变化在她冷若冰霜的脸上表现得并不明显，她低头回答说："这种事情是不可能发生的。"

如果讨厌，就不会在去审问监狱里的俘虏之前，特地跟着她来府邸这边看坐在沙发上的青年一眼后才离开。

本来图瑟星的俘虏是轮不到卡帕莉娅的副官来审问，但是他们两个军团现在算是合并了，莉莎擅长套取情报的工作，因此她去帮忙处理这件事情。

从府邸离开后，莉莎并没有走向图瑟星关押俘虏的监狱，而是走到一间被十几名虫族士兵看守着的小屋子里。

看见这名笑意浅浅、表情甚至能称得上温柔动人的女性虫族士兵走进屋子，被关押在这屋子里的两名人类将领的身体瞬间绷紧，心沉了下去。

又来，这次又搞什么？

这不是沈牧和哈默第一次见到这名女性虫族士兵，但每次看见对方，他们都不得不马上让自己打起十二万分警惕。因为一旦松懈，他们搞不好真的会被对方套走什么不该说的情报。

在他们眼前的这名女性虫族士兵根本不像一名虫族士兵，对方的表情和表现出的各种情感都实在是太具有迷惑性了，和一般虫族冷酷无情的表现完全不一样。

这是一种伪装，却真实到令人难以看破，因此才更加让他们觉得毛骨悚然。

“围巾是什么，你们知道吗？”在两名警惕着自己的人类将领面前坐下，莉莎微微笑着向他们询问。

两名人类将领愣怔了一下，好不容易建立起来的警惕又被打散一半，反应过来时他们赶紧让自己重新戒备起来。

说起最近的遭遇，沈牧和哈默就觉得这星际里大概没有比他们更倒霉的人。

他们的舰队压根儿没有要靠近虫族的领地，只是倒霉，在隔壁星系撞上了臭名昭著的黑砂星盗团伙，两人一起成了这些星盗的俘虏。

本来当星盗的俘虏也就算了，沈牧和哈默觉得他们大不了就是一死，结果这个黑砂星盗团伙之前不知道怎么的，作死捋了一下虫族的虎须，在俘虏他们没多久就被虫族的尤拉战舰群撞上，然后就遭报应了。

虫族的舰队没有将他们全灭，而是留了些活口当俘虏。他们俩稀里糊涂就被这些虫族士兵抓回图瑟星——虫族的大本营之一，又被关在监狱里，从星盗的俘虏成了虫族的俘虏。

听听他们这遭遇，简直是闻者伤心，见者落泪。

不过在图瑟监狱里的半个多月，两名人类将领发现虫族还真就是把他们单纯关着，也不知道是把他们忘了还是怎么的，根本没派人来审问。

于是，沈牧和哈默在图瑟星吃了半个多月平静的牢饭，而三天前，他们从监狱换到这个环境还算舒适的小屋子里，审问他们的虫族士兵也终于来了。

但说是审问，沈牧和哈默最近几天听见的问话都让他们觉得是自己耳朵有问题。

第一天，问他们知不知道营养食谱是什么。

第二天，问他们人类一般怎么宠爱家里幼崽。

第三天，没来。

等到今天，对方问他们知不知道围巾是什么，这是让他们放松警惕的策略吗？

两名人类将领根本不敢放松，沈牧让自己冷静下来，然后回答："是一种用来围在脖子上的纺织品，能起到保暖作用，你在星网上可以搜到。"

"谢谢你。"莉莎用礼貌的笑容道谢，然后打开了自己的个人终端，在星网上搜索。

很快搜索到想要的内容，莉莎在两名人类将领警惕的目光下，从手指放射出银色的丝线。

两名人类将领眼神一凛，他们知道这种丝线是什么。

其实眼前的女性虫族士兵，沈牧和哈默是认识的，对方是虫族第二军团首领的副官。

虫族第二军团首领的副官为什么会出现在第一军团的首都星图瑟，沈牧和哈默不清楚。

难道说虫族的两个军团联合在了一起？他们这几天也不是没有过这个猜测。

但就算是真的，他们现在也没办法把这个情报传回地球了。

从对方手指放射出来的银色丝线是一种含有神经毒素的毒丝，并且这种毒素非常可怕，只要他们身体的某个部位被这些毒丝捆住超过三秒，行动能力就会彻底丧失，没多久心跳也会跟着停止。

别看这名女性虫族笑容温柔的样子，沈牧和哈默知道这种笑容只不过是对方的伪装，是为了让猎物放松警惕才这样笑，实际对方和其他虫族一样冰冷，毫无感情。

既然对方在他们面前使用这种毒丝，那应该是说明他们已经没有利用价值，现在要杀死他们了。

沉着心看着这一幕，两名人类将领已经做好了以身殉国的准备。

“咔嚓——”

旁边的木桌子被他们眼前的女性虫族徒手掰下一部分，两名人类将领一愣，看着对方把掰下来的木头削成两根有尖头的棒子。

接着这名女性虫族把在他们眼里含有可怕毒素的银色丝线在这两根木棒上绕了几个针结，然后就这么坐在他们面前，用这两根木棒子织起了围巾！

眼前的现实让这两名人类将领呆愣在原地，在这一瞬间忽然都开始怀疑人生。

一名身上看起来什么武器都没带、身形也和普通人类女性一样纤细的女性虫族士兵，坐在旁边的沙发椅上，拿着两根现做的织棒在织围巾，被关押在这间小屋子里的两名人类将领却只能一边怀疑人生一边干看着。

虽然这名自顾自开始坐着织围巾的女性虫族士兵看起来对他们这两个活生生的人类毫无防备，但就算屋子外边没有看守，这两名人类将领也不敢轻举妄动。

假如是在人类社会，女性通常比较柔弱，这个认知并没有错，这是先天决定的，人类女性在没有经过锻炼的情况下，体格一般都没有男性健壮。

但在虫族里，这个认知是不成立的。

比如说，虫族第二军团的军团长就是一名女性，而对方的战斗能力足以让星际里任何一个种族的士兵都感到畏惧。

这织围巾的画面一看就是几个小时，两名人类将领逐渐从神经紧绷到相对无言。

他们现在真的是在虫族的大本营里当俘虏吗？沈牧和哈默不禁在心里产生这个疑问。

大概就在这个时候，他们眼前的女性虫族忽然停下了手上的动作。

这个时间，王应该是准备进食了。

莉莎抬头看了一眼旁边的两个人类俘虏，想了一秒就站起身，对两人微笑着说："还是下次见面再跟你们好好聊天吧，今天没时间了。"

本来莉莎今天确实是来审问这两人的，人类的舰队为什么靠近图瑟星的邻近星系？有什么样的目的？

虽然说这支人类舰队运气不好遇上了星盗团，但原本的目的也值得探究。

只是在进这间屋子的时候，莉莎突然想到自家王好像是想要"围巾"这个东西。她不知道这东西是什么，所以顺口询问了自己看见的两名人类。

织出一条围巾比审问俘虏重要得多，莉莎再看眼前的两个人类，又恢复笑容："对了，你们之前提供的营养食谱很好，非常感谢你们。"

按照那份营养食谱做出来的食物，顾淮挺喜欢吃。

凭这一点，莉莎打算如果在后边的审问里确认这两名人类没有什么不良企图，她会考虑去跟图瑟星的参谋长说可以把人放了。

"不客气。"两个人类将领沉默了一会儿，勉强挤出这句回答。

天知道他们两个人类为什么会跟一名虫族有这样的对话，是他们做梦没睡醒，还是这个宇宙变了？

等目送女性虫族士兵拿着织了一部分的围巾离开，两名人类将领才松了一口气。

也不知道对方拿毒丝织围巾是想做什么，这种毒丝，只细细的一根缠绕在身上都已经很要命了。

而对方现在竟然要把这些银色丝线织成围巾，两人有点不敢想象，戴上这围巾的人，恐怕连挣扎一秒的机会都没有，马上就会身体僵直吧。

从小屋子离开，莉莎先把没织完的围巾放好，然后赶到与军部不远的那座占地广阔的私人府邸。

顾淮的晚餐在这个时间，桌上依然雷打不动地放着一杯奶，而顾淮现在已经能够心情平常地在虫族的围观下喝奶了。

吃完正餐还有一份饭后甜点，顾淮看着那名平时都跟在卡帕莉娅身边的女性虫族士兵表情冷然地给他端来一份布丁，他想开口问对方，为什么一见他就冷着脸的这个想法顿时又强烈了几分。

但顾淮张了张口，考虑到现在周围的虫族太多，还是等后边找个能单独聊天的机会再问。

如果是对他有哪里不满的话，他想知道原因，不然他现在都不清楚自己是不是在无意间做错了什么事，才导致这个结果。

因为想着事情，顾淮的视线就不小心在莉莎身上多停了几秒，然后他看见莉莎的表情在他的注视下愈渐冰冷。

这个发现让顾淮迅速移开眼，这么盯着人看确实是他不对。

等他移开视线，女性虫族士兵的表情才缓和了一点。

顾淮这一晚上都没找到跟她单独谈话的机会，他揉揉眼睛叹了一口气，想着只好明天再找时机了。

在顾淮看不见的地方，被他误以为是讨厌他的女性虫族士兵回到自己休息的房间，打开了房间灯，坐在床边继续编织那条今天下午没织完的围巾。

其实并不像两名人类俘虏所以为的那样，莉莎用来编织围巾的这些银色丝线并不是什么毒丝。

含有神经毒素的毒丝是对付敌人时才会用，根据自身想法，莉莎也可以制造出不含毒素的普通丝线。

不过这种普通的银色丝线是她第一次制造，因为以前从来没有需要的时候。

要怎么把这条围巾织得更漂亮一点？

毕竟对织围巾这种工作并不熟悉，在认真学习了星网上的教程以后，莉莎花了一晚上时间进行编织。

第二天早晨，顾淮醒来后，从房间去一楼的时候，刚好看见昨天想找机会单独谈话的女性虫族士兵，就站在桌子旁边。

顾淮刚走到最后一级台阶，没等他朝莉莎走过去，就看见这名有着琥珀色竖瞳的女性虫族士兵先一步向他走过来了。

莉莎把手里拿着的物品递到顾淮面前，犹豫着稍微低下了声音："属下昨天听见您说想要围巾，不知道您说的'围巾'是不是这个东西？"

看见这条递到自己面前的银白色围巾，顾淮没能马上反应过来，而在他怔神间，这条围巾被他眼前的女性虫族士兵一直稳稳地递着。

这条围巾很明显是手工编织的，顾淮看着眼前似乎正在等待他反应的莉莎，忽然明白这条围巾应该是对方亲手织出来的。

"是要给我的吗？"顾淮问。

"是的。"莉莎点头，然后又低着头慢慢补充一句，"因为是第一次尝试，这条围巾做得比较简单，可能不够好……如果您不喜欢的话，属下练习几天再给您织另一条。"

顾淮马上摇了摇头，很快伸手把那条围巾接过来，说："这条就很好了，我很喜欢。"

而在顾淮说很喜欢这条围巾的时候，大概两秒后，他在莉莎冰冷的脸上看见了微笑。

看着莉莎脸上弧度极小的微笑，顾淮在这时不由得问："为什么你之前到我面前的时候就不笑了？"

送他围巾，那就不是讨厌他，这点他是能肯定的，但为什么莉莎一见自己就冷着脸，他现在还是想不明白。

似乎没想过顾淮会问这个问题，莉莎皱起眉："属下不能用那种虚假的表情面对您。"

在有必要的时候，莉莎会笑。

高等虫族的外貌大多数都很好看，所以对待某些会被这种外貌打动而降低戒心的敌人，有的虫族会不吝于利用自己的这项优势。

表情，甚至情感，这两样东西都是可以通过模仿表现出来的，并且能够让敌人信以为真。

莉莎是这一类虫族之中的佼佼者，可面对顾淮的时候，她只想用自身真实的一面。

顾淮花了几秒钟想明白莉莎所表达的意思，他眨了眨眼，弯着眼说："你现在笑着。"

听见顾淮这么说，莉莎明显愣了一下。她匆匆忙忙抬手去摸了下自己的嘴角，发现上边真的有一点弯起的弧度。

这不是她平时模仿表现出的那种笑，她对这种微笑很陌生，这个表情似乎完全不受她控制，就算她现在想把嘴角弧度压下去，却也莫名地做不到。

这是因为喜悦而自然流露出的表情。

"这种笑不是你说的虚假表情，所以就这样笑也没关系的。"顾淮现在能够理解对方是怎么想的，他迅速出言安抚。

莉莎闻言迟疑地放下手，对她来说，这是第一次真实的微笑。

经过一天时间，庭院里的雪已经下得够厚了。

顾淮收到新围巾，没舍得马上戴。他带着身边的塔克虫族到府邸外边宽阔到涵盖了一整片小树林的庭院里，准备履行承诺，和这些塔克虫族士兵一起堆雪人。

"这个是卡鲁。"镶嵌了两颗血红色的宝石当雪人的眼睛，顾淮指着他刚堆出来的雪人，抬头对在他旁边、正用猩红眼睛盯着他的塔克虫族士兵笑了笑。

其实这个雪人堆得根本不像这个塔克虫族士兵，可能也就只有眼睛像，但听见自己名字的塔克虫族士兵才不管这么多，很快就从喉咙里发出低低的嘶声回应顾淮。

而在顾淮身边的其他塔克虫族士兵一起用猩红色的竖瞳去盯着那

个雪人，它们对顾淮发出更低的声音。

“现在就给你们堆啊，马上就堆第二个了。”顾淮准备给每个塔克虫族士兵都堆一个雪人，说完这句话，顾淮往旁边走了一步，蹲下身去碰地上的雪。

这个时候，顾淮所在的位置忽然有一阵异能波动。这是空间转移的异能，从扭曲空间里掉下来的两个人类刚好就砸落在顾淮身边。

根本没看清人，空间转移完毕的两名人类将领在视线里捕捉到一道人形，他们马上将之判定为是虫族，于是立刻将对方制伏在地上。

但看清对方的脸，两名人类将领同时露出惊讶的表情：“人类？！”

眼睛跟他们一样是圆形的瞳孔，身上也没有虫族该有的种族特征，在他们眼前的黑发青年毫无疑问是一名人类。

空间转移要是遇上虫族，那只能算他们倒霉，可遇上一个同胞是怎么回事？

这个同胞还被一群塔克虫族士兵包围了。

面对这个场面，沈牧和哈默现在也是头疼得要命。

现在怎么办？

“呲——！”

虫群的嘶声在一瞬间变得极其尖锐，周围的塔克虫族用猩红竖瞳死死地盯住了两人。

不管他们想怎么办，亲眼看见自己看护的幼崽被两个人类欺负了的塔克虫族士兵已经集体暴躁了。

关于现在这个场面到底是怎么发生的，事情还得从十来分钟前说起。

空间转移这个异能放在整个星际都是颇为稀少的，而沈牧刚好是少数的拥有者之一。这类异能每次使用都需要消耗大量的精神力，并且转移的距离越远，精神力消耗也就越大。

被黑砂星盗团抓着当俘虏的那段时间，沈牧和哈默接受了连续好些天的审问，光是应付审问就已经筋疲力尽了。反而是在图瑟星监狱里的半个多月牢饭的这段时间，他们有了休养生息的机会。

恢复体力并且积攒了足够的精神力以后，被关押在小屋子里的两人想到的第一件事情当然就是逃跑。

虽然说这半个多月，他们既没受到严刑逼供，也没遭受什么虐待，牢饭吃得很平静安稳，但他们毕竟是人类啊。

人类和虫族之间没有什么友好关系，这些虫族又不可能好心地把他们给放了，甚至也不会和地球联邦谈交换条件。

他们在这个星球当俘虏的下场，除了被关到死就是直接被虫族杀死，既然都没什么好下场，那就不如拼一拼运气了。

因为从来没踏足过图瑟星，被关在屋子里，又看不见外部环境，沈牧的空间转移只能转移到一个随机地点。

这就是拼运气的时候了，要是在随机传送到的地点没有遇上虫族，他们就能顺利进行下一步逃跑计划。

然而这次空间转移的结果表示，他们两个人好像还是有点倒霉。

现在在他们眼前，一、二、三……大概有二十多个塔克虫族士兵将他们团团包围着，而且这群塔克虫族士兵还不知道因为什么，被彻底激怒，此时它们以肉眼可见的速度进入了狂暴状态。

难道就因为看见他们这仨人类？

就算他们两个种族的关系不好，但这至于吗，刚一见面就狂暴？

当哈默发现自己制伏的青年并不是虫族而是一名人类的时候，很快放松了按住对方的手，虽然眼下场面极度紧张，他还是忍不住骂一句：“有没有搞错，什么时候遇见同胞不好，偏偏在这个时候——”

他们随机的空间转移，竟然在虫族的大本营之一的图瑟星上遇见一个人类，这运气简直是绝了！

可他们并没有什么遇见同胞的喜悦，因为他们现在所处的星球是虫族的地盘，在这里见到同胞完全不是一件值得高兴的事情，因为他们可能都得死在这里。

从顾淮的视角去看，他倏地被从扭曲空间里掉下来的人按倒在地上，事情来得实在太突然，这让他花了一点时间才反应过来。

顾淮也没想到，他来到这个世界以后第一次见到人类，会是在这种场面下。

“你是怎么越狱的？你也是空间异能者吗？”问出这个问题时，哈默已经迅速用异能在周围建立了一道防御屏障。他扣住旁边青年的手腕把对方从地上拉起来，询问时双眼紧紧地环视着围在四周的塔克虫族。

虽然是疑问句，但哈默其实已经基本认定了这件事情，因为这件事情不可能有第二种解释。

“唔……”顾淮含糊应了一声。

知道眼前这两人是把他当成人类，他迅速考虑了一下事情的利弊，他没有否认对方的猜测。

他们把他当成人类的话，就不会主动攻击他，这样能更方便他处理这个场面。

这两个人刚才砸落下来的时候，其中一人刚好就砸在顾淮刚才堆好的那个雪人身上。雪人被当场砸得看不出原型，原本镶嵌在上边、被当作眼睛的两颗红色宝石也掉到雪地上看不见了。

而被对方拉起来以后，顾淮在自己脚边看见了从自己衣服口袋里掉出来的玻璃球。

现在这个场面对顾淮来说还是很安全的，这颗玻璃球他很喜欢，所以他第一反应是弯下身想去捡。

“都搞不好要死在这里了，你还有心情捡什么东——”用眼角余光看见旁边青年捡起来的东西是什么后，哈默的声音戛然而止，并且在一秒后变了个调，“能源水晶？！”

听见这句话，顾淮疑惑地看了自己手上的玻璃球一眼。

这东西不是一颗普通的玻璃球吗?

顾淮记得自己当时是多看了这颗玻璃球两眼，亚尔维斯就不声不响地把这颗玻璃球放他手里了，他一直以为这最多是宝石之类的东西。

大概因为顾淮的眼神有点明显，他旁边那名有着金发蓝眼的人类军官也无语了。

“这些塔克虫族士兵围着你，就是因为你偷了它们守着的这颗能源水晶吧？”哈默把那颗能源水晶从顾淮手里拿过来看了一眼，表情顿时变了变。

这颗能源水晶的纯度不是一般高，这种品级的能源水晶在全星际也找不出几颗，一颗恐怕价值一个 A 级星球，这显然不是一个普通人能够拥有的东西。

虽然说人为财死，鸟为食亡，但哈默现在真的也是服气的。怎么有人能在成功越狱以后，不先想着怎么逃离这个星球，反而跑去偷一颗能源水晶?

尤其对方竟然还不知道这是一颗能源水晶，估计就以为是一块宝石之类的。哈默觉得旁边这位同胞就是他见过最要钱不要命的人。

而就在这个时候，哈默看见被自己用防御屏障隔开的几十个塔克虫族士兵在一瞬间都用暴戾的眼神盯着他手上的能源水晶，它们仿佛是被进一步激怒了一般，从喉咙里发出威胁的低吼声。

这两个人类不仅把它们看护的幼崽按倒在地上，现在还敢在它们眼前抢走幼崽手里的玩具球!

这两件事情中的任意一件都足以令这些塔克虫族士兵暴怒不已，可因为敌人实在靠顾淮太近，这些已经进入了狂暴状态的塔克虫族才没有轻易攻击。

果然是这样。

看着这些塔克虫族士兵的反应，哈默更加肯定了自己的想法。

尽管明白现在是他们自身难保的状态，在地球联邦的军事学院里受了多年教育，哈默此时还是挺身站出来，把在他旁边的黑发青年拉到身后去挡着。

身为军人，就要保护民众。

但这不挡还好，一挡，原本只是发出威胁声音的塔克虫族们的竖瞳就猩红得要滴血。

“你快点把我放开会比较好。”就算不去感知情绪，顾淮也知道周围的塔克虫族现在一定非常生气，是那种连他都很难安抚下来的愤怒。

手腕还被拽着，顾淮现在只能从挡着他的人身后走出来一些，尽量让他的“家长们”能看见他，希望这样能让它们不那么生气。

其实顾淮不是没办法自己解决这个场面，在旁边人对他毫无防备的情况下，现在如果用他的精神力直接攻击拽着他的这个人的精神领域，应该能够顺利得手。

但顾淮没有这么做。原因是，他从这两个人在这种危险情况下还想保护他的表现看，他觉得这两个人至少不会是什么坏人，甚至身上还有值得敬佩的品性。

顾淮现在还不能太准确地认知自己所拥有的精神力，他要是随随便便攻击一个对他完全没有防备的人，搞不好会让对方再也恢复不了意识。

“别动！”要维持防御屏障已经很费力了，对身后青年瞎捣乱的行为，哈默立刻厉声呵停。

一用严厉语气对青年说完这句话，哈默马上看见眼前的那一群塔克虫族士兵对他张口露出尖锐锋利的牙齿，用比他更大的嘶哑声音吼了他一下。

哈默被这一声吼得愣了一下。说实话，他觉得这群塔克虫族士兵有点奇怪，包围着他们却迟迟不攻击，就像是在顾虑着什么事情一样。

理论上来说，低阶虫族在面对敌人的时候并不会思考太多事情，它们只会马上进入战斗，也根本没有在战斗前发出这种威胁低吼的习惯。

这个人类先是按倒幼崽，抢了幼崽的玩具，现在又这样呵斥它们看护的幼崽。

如果顾淮没被眼前这名人类拽着，这些塔克虫族士兵就会立刻蜂拥而上，用它们锋利的前臂割裂那道防御屏障，然后用牙齿将对方的身体撕咬成碎块。

“沈牧，你好了没有？”哈默神经紧绷地维持着屏障，他不知道这些塔克虫族为什么迟迟不攻击，但这对需要争取时间的他们来说是一件好事。

人类用两条腿不可能跑得过虫族，所以当发现被这群塔克虫族士兵包围的一刻，哈默当机立断建立防御屏障，为沈牧争取进行下一次空间转移的时间。

随机传送遇上一群塔克虫族确实倒霉，但这不算最糟糕的情况。

因为有一点非常幸运，这些塔克虫族士兵都只是低阶虫族，没有太多智慧，只要他们再用一次空间转移离开，这些失去了目标的塔克虫族士兵就不会再管他们了。

“再给我三秒。”沈牧在后边回答。

顾淮没看见后边发生了什么事，听见这句话的时候，他被挡在他跟前的人忽然一把扛到背上。

然后三秒倒计时，等近处空间被撕裂的声音响起，哈默毫不犹豫地扛着人跳进了这道扭曲着的空间裂缝。

当防御屏障里的三个人都进入这道空间裂缝以后，这个人为制造的扭曲空间刹那间消失，现场只剩下被留下的一群塔克虫族士兵。

第二次空间转移完成。

在间隔这么短的时间内两次使用空间转移，还是超负荷地多带了一个人，沈牧此时的脸色有点苍白难看。

“这个地方暂时是安全的。”确认周围没有任何虫族，哈默稍微放松长时间紧绷的神经。

沈牧也跟着扫视了一下周围，他冷静地思考着说：“接下来要确认航空港的方向……”

通常来说航空港附近会有一座非常高耸的塔形建筑，他们可以以这个建筑为指向标，找出航空港的位置。

一般来说，驻扎在航空港的士兵身上都会携带有机甲钮，这是为了随时应对战况，而他们这次逃跑计划的最终目标就是从一个落单的虫族士兵身上抢一个机甲钮过来。

假如说给任务评定一个难度，那他们的这次逃跑任务一定能被划分为SSS级别的噩梦难度，更别说他们现在还要带着一个没什么能力的普通人逃跑。

面对这个意料之外的情况转变，顾淮是失语的，他刚才只想着怎么和平调解问题，却没想到会被对方直接带着一起空间转移。

顾淮还被扛着，在这个姿势下，原本戴在脖颈上的项链就从衣服里垂落到了外边。

“这是机甲钮？”哈默惊叹了，他扛着的这个人身上到底有多少宝贝，这机甲钮不就是他们现在做梦都想要的东西吗？

有了这个机甲钮，他们马上就能离开这个星球了！

顾淮身上的这个机甲钮依然是亚尔维斯给的，但他基本一直当项链挂在身上，到目前为止还没有使用的机会。

不难理解两人想驾驶机甲逃离图瑟星的想法，但顾淮觉得他恐怕不能满足两人的这个愿望了。

再怎么说，这个机甲钮是亚尔维斯送给他的，他不能随随便便给别人，而他也不可能和这两个人一起离开图瑟星。

然而，就在顾淮准备建立起精神链接的时候，一阵熟悉的困倦感在这极不合适的时机来找他了。

顾淮想让自己维持清醒，但就和过去的每次一样，他没有办法抵抗这种本能的睡意。

“睡……睡了？”哈默一脸震惊，他这扛着的到底是什么神一般的人物啊？

这心简直堪比一个星球那么大，在虫族的大本营里逃着命的时候，竟然能这么睡了？

旁边表情冷静的沈牧也一起愣住。

没等震惊完，必须争分夺秒的紧迫感让哈默赶紧召出那部在机甲钮里的银色机甲，一秒也不停歇地打开驾驶舱，三个人一起进入到驾驶舱里。

这部银色机甲给了沈牧一点微弱的熟悉感，就好像他曾经在什么地方见过一样，但当前紧迫的境况没时间让他去考虑这个。

“太好了，这部机甲能够进行迁跃！”哈默几乎是惊喜地说着这句话。

拥有迁跃能力的机甲，那是非常高级的造物了，普通机甲都没有迁跃功能，这下他们百分百可以从这个星球上逃脱！

用机甲钮作为钥匙启动机甲，在这片覆盖着白雪的偏僻森林里，被顺利启动的银色机甲周围发生着力场扭曲。

再下一秒，这部外形冰冷而美丽的银色机甲消失在了森林里。

第六章

乌龙

被留在府邸庭院内的塔克虫族们几乎在一瞬间就彻底丧失了理性，它们看护着的最珍贵最重要的宝物就在它们眼前被人偷走了，这让它们无法接受。

这些塔克虫族站在原地，从喉咙里发出近乎是尖啸般的声音。这阵音波很快扩散至颇为广阔的范围，不一会儿就让听见这个声音的其他虫族士兵都收到了所传达的信息。

于是军部大厦的会议室里，价值不菲的黑契石长桌又迎来了它的灾难。

“砰”的一声巨响，这张本该是无比坚固的长桌就在会议室里直接碎成了粉末，而在会议室里的每一名虫族表情都冷得能冻住空气。

“封锁全境。”从主位上站起来的亚尔维斯面无表情地开口。

亚尔维斯的眼睛被一条黑色绑带蒙着，但即使不看眼神，从声音也能听出是毫无温度，侧脸看起来冰冷得可怕。

星球开启了最高等级的警戒模式，响彻星球的警报声让刚驾驶着机甲成功离开图瑟星的两名人类不由得心一跳。

搞什么鬼？

这警报总该不会是因为他们吧？

星球最高等级的警戒模式又不是说开就开的，这个模式一旦开启，代表这个星球进入了完全的备战状态，这时这个星球上的所有军力都会毫无保留地出动。

难道就因为不见了三个俘虏，虫族就搞这么大阵仗？

他们何德何能啊？

发蒙归发蒙，跑还是得继续跑的，趁着还没被发现行踪，哈默赶紧驾驶着机甲进行数次迁跃，他们至少得离开好几个星系才能稍微放下心。

虽然很想回地球联邦，但他们现在得找个星球给这部机甲补充能源，毕竟机甲比不得战舰，多次迁跃会让能源消耗得非常快。

到底还是被虫族之前过分夸张的阵仗给惊吓到了，哈默谨慎地选了一个和图瑟星隔了足足六个星系的小星球落脚。

他们都跑这么远了，那些虫族肯定不会再费功夫来追他们了吧。

他们这三名俘虏，说实话又没什么特别重要的价值，正常来说，跑了就跑了。这么一想，哈默又安心下来。

而在图瑟星，因为丢失了最珍贵的宝物而无比愤怒的虫族，现在已经全面备战。无数的尤拉战舰集结于星球上方，数量多到足以彻底遮蔽天空，在地面投下一片巨大的阴影。

而这只是一个军团的军力。

“我的部队马上就到。”卡帕莉娅冷冷地说。她看起来很冷静，但利刃形态的左手将地面毁坏得不成样子，这足以说明实际情况。

这一天本来刚好是虫族另外两个军团到达图瑟星的日子，第三军团和第四军团的虫族士兵们都满心高兴，他们能在图瑟星见到王。大家还在航行中，还没到达图瑟，就已经亮着眼睛在期待了。

然而他们到达图瑟星以后，却发生了以下对话。

他们：“王呢？”

图瑟星的虫族：“被两个人类绑走了。”

多余的话不必说，第三军团和第四军团的虫族士兵自动加入了队伍。

放在整个星际史来说，这大概是虫族第一次真正意义上的全军出动。

黑色的尤拉战舰群集结在图瑟星外，数量庞大到能将星球遮挡，远远观察，会让看着的人误以为这是一个可移动的巨型黑洞。

图瑟星所在的整个诺德拉星系都是虫族的地盘，要说全星际里有哪些势力最关注虫族的动向，那无疑是居住在相邻星系的种族。

拥有一个危险的邻居就像居住在地震带一样，虽然明知道有潜在危险，但大多数人又不愿意离开这个家园。那他们就只能对邻居多加关注，万一发生什么事情也能提前预防。

而就在这本该是风和日丽的一天，居住在诺德拉星系隔壁、作为虫族邻居的三个种族恍然惊觉，他们的邻居可能要给他们来一场十级地震。

无数尤拉战舰聚集，这些冰冷可怕的黑色战舰的数量甚至还在上升，数量早就远远超出了一个军团的规模。

当发现这一点时，这几个种族的高层领袖全体神经紧绷，马上召开紧急会议，随时准备开启星球最高等级的警戒模式。

虫族四个军团的舰队有不一样的标识，通过标识，隔壁星系的几个种族很容易能知道聚集在图瑟星上空的战舰群是虫族四个军团的。

被派遣到星系边界的侦察舰传回了以上讯息，这让这几个种族的高层领袖头皮一紧，喉咙也在紧张感下开始发干。

虫族的四个军团不是对立状态的吗，怎么会突然之间一起集结在他们隔壁的图瑟星？

这件事情足以让星际中的任何一个种族震惊，而作为离这支恐怖军队最近的邻居，这三个种族的人们都已经把心给提了起来。

虫族是想做什么？

不仅四个军团有了交流，现在还直接集结起了军队。

作为邻居的几个种族可不会乐观到，以为虫族在图瑟星集结起这样规模的一支军队只是单纯摆着看看，这支军队的规模已经符合全面开战的标准。

虫族光是一个军团的军力都已经相当可观，假如四个军团联合，他们实在难以想象星际里有哪个种族敢和这样一支军队硬碰硬。

不仅仅是军力的问题，还有虫族士兵对命令的绝对执行，对上级绝对服从的种族天性使虫族军队拥有其他任何种族都无可媲美的团队力量，这在无形之中提升这支军队的可怕程度。

但问题是，他们最近也没听说星际里有哪个种族招惹了这帮虫族，还是惹到让虫族四个军团都联合起来的程度。

还是说，这些虫族决定不管不顾地在新纪元里准备侵略了。

这个猜测让住在隔壁星系的邻居齐齐头皮发麻、焦急万分。他们离图瑟星最近，虫族要是想侵略，那最先倒霉的一定是他们。

他们只是一些弱小种族，在星际里没什么地位，要不是没别的星球居住，他们也不想住在虫族的核心领地隔壁啊！

对抗是不可能的，三个种族的高层领导已经开始着手安排人民撤离，尽量让更多的人能够坐上逃生舰，随时准备逃离星球。

不一会儿，图瑟星上的尤拉战舰就集结完毕。此时这些尤拉战舰的舰灯都亮起了红色，这是尤拉战舰心情状态的表现。

隔壁星系的居民们单方面紧张着，但紧张了没多久，就发现这支虫族大军对他们的星球压根儿没有兴趣。

数量庞大到恐怖的黑色战舰群用连续的迁跃快速掠过他们所在的星系，似乎目标明确地往某个方向而去。

这黑压压的战舰群路过的每一个星球，那里的居民都受到了同样的惊吓，现在这件事已经成了现在星网上热度最高的事。

他们主要的疑问可以归为：虫族的这支联合军队到底是打算去找谁的麻烦？

而一天后，虫族告诉了他们答案。

数量多到足以遮天蔽日的尤拉战舰群来到了一颗蔚蓝星球面前，这如同一片巨大乌云般的黑色战舰群甚至将这颗星球与太阳隔开。战舰的身影出现在星球的防卫圈外，虽然还没进行突入，这毫无疑问已经是大军压境的场面。

说实话，面对虫族突然大军压境的紧急情况，地球这边第一反应是进入紧急备战状态。但在备战的同时，地球联邦对眼前这种情况感到莫名其妙。

虫族跟他们人类的关系是不友好，但现在又不是旧纪元那种战争频繁的时代了。

新纪元整体来说算是一个和平时代，他们虽然还和虫族有摩擦，但那基本是小打小闹，他们两个种族在新纪元基本没有再爆发过大规模战争。

虫族并不是一个盲目进行侵略的种族，权衡利弊，就算虫族真的要在新纪元开展侵略，那第一个找上的也不该是人类，怎么也该是从邻近的弱小种族开始下手。

再说，人类这边最近完全没去招惹过虫族，这群虫族突然联合四个军团跑过来跟他们开战，完全是没道理的。

虫族要跟人类开战了！

这个消息只短短几秒就在星网上火速传开，星际所有种族的目光都在关注地球这边，这个气氛过于紧张的大场面，让只是旁观着的其他种族都忍不住把心提着。

虫族虽然大军压境，但并没有马上展开攻击，而是停在了地球的防卫圈外，这让备战中的地球联邦察觉到沟通的机会。

不过不等他们进行任何沟通，虫族那边进行了单方面的发言。

“一天之内，如果不把王完好无损地还给我们，这将视为是人类对虫族的全面宣战。”参谋长说出这句话。

从图瑟星逃走的两名俘虏是人类，而从俘虏的衣着看，是两名人类将领。

对那两人而言，什么样的威胁手段最直接有效？亚尔维斯认为是整个地球联邦的安危。

虫族这次出动的军队分了两部分，主力军来到地球这边，而第三军团和第四军团的舰队分散到各个星系寻找。

来不及震惊虫族诞生了王，地球联邦的高层现在都有点想打人。

你们虫族的王不见了，你们去找啊，开战舰来我们地球干什么？

这又不关我们人类的事！

这个时候，待在一个小星球上的两名人类将领还不知道他们被无声无息地开除了人类籍。

关于犯人的影像，虫族这边当然是掌握着的。不过，在虫族将要把这份影像向地球联邦公布的前几秒，顾淮醒来了。

顾淮这一觉睡得特别久，在他睡着的时候，跟他待在同一间屋子里的两名人类将领是处于一种惊异状态。

因为在睡着的青年身上，他们感受到对方无意识乱放出来的异能，这甚至让周围空间都产生了些许波动。

虫族开发出异能一般是在幼崽完成初步成长的时候，但顾淮比较特殊，他一出生身体就已经是成年体，并且已经拥有异能了。

他只有精神力还在幼崽阶段，因此，对一般虫族幼崽来说的“完成初步成长”，放到他身上就成了精神力的进阶。

而在进阶时，他会被动进入睡眠状态。

这个初步成长对顾淮来说，需要经历两次精神力进阶才算完成，顾淮正在进行他的第一次进阶。

虫族的幼崽因为对异能的掌握不熟练，有一定概率会发生异能暴动，而顾淮在睡眠状态下进行进阶，他的异能就处于一种乱放状态，这是一种非常彻底的暴动。

于是，屋子里的两名人类就被动遭受了一些无差别攻击，比如屋子里浮空的桌子和椅子向他们砸过来，天花板出现清晰可见的裂痕，吊灯晃了几下就砸落下来。

正在进行精神力进阶的顾淮在熟睡中微皱着眉，这种暴动状态对他来说并不舒服。

终于，顾淮在完成进阶后醒来了。在清醒的那一刻，他就感知到了虫族的愤怒情绪，即使不在同一星球上都可以感知到，这足以说明这个情绪有多激烈鲜明，并且是所有虫族的心情完全一致。

顾淮没去想任何事情，第一反应是立刻建立精神链接。

“我在这里。”

这不再是单独或者只对少数几个虫族传达的精神链接，完成第一次精神力进阶的顾淮，现在能够建立起沟通整个种族的精神链接。

虽然链接时间还不能太长，比起顾淮之前只使用单独链接以后也要睡着，已经成长很多了。

并不需要顾淮描述具体地点，接收到这道精神链接的虫族会自动知道他所在的位置。

于是下一秒，本来正处于无比紧绷的对峙局面、已经做好了全面备战准备的地球联邦就眼睁睁看着，包围在他们星球防卫圈外的庞大战舰群忽然掉头，几个迁跃又消失得一干二净。

地球联邦：虫族在搞什么鬼？

“你睡了一天多，没事吧，现在要不要吃点……”看着终于醒过来的青年，沈牧本来想开口问要不要吃东西，但话没说完，就又听见了对他们来说还挺熟悉的警报声，这个声音他们两天前听过。

星球开启最高等级的警戒模式。

沈牧和哈默一起愣住，现在星球最高等级的警戒模式难道是街上的白菜，说开就开吗？

在过去二十多年的人生里，一次都没听过，而最近短短几天，他们都听见两回了。

两人想出门观察情况，刚出门，还没来得及看这星球到底发生了什么，近处空间被强大力量撕裂开的剧烈轰鸣声，让两人齐齐顿住脚步。

然后从这道被撕裂开的扭曲空间，就看见一道让他们内心发冷的身影。

银发、蒙着的眼睛，身后还有一条质感冰冷的银灰色尾巴。

这样的特征，如果沈牧和哈默还认不出眼前的银发虫族是谁，那他们也不用当军人了。

亚尔维斯，虫族第一军团的军团长。

两名人类将领露出难以置信的表情，这名银发虫族军团长为什么会出现在他们面前，他们实在不能理解。

同样是空间异能者，从刚才感受到的异能波动看，沈牧已经深刻意识到他和眼前这名银发虫族在能力上的差距。

这名虫族军团长恐怕是从别的星球直接转移过来的，这样的空间操纵能力已经到了要用恐怖来形容的程度。

空间异能本身极罕见，而就算能力上限制只能一个人传送，对方的这份能力依然令人感到畏惧。

有没有搞错?

就只是跑了三个无关紧要的俘虏，虫族至于紧追不放吗?连军团长都亲自来抓捕他们?

两名人类将领对人生怀疑得很彻底。

而紧接着，沈牧和哈默也明白，为什么这个星球也要开启最高等级的警戒模式了，这是因为虫族的军队压过来了。

天空出现了尤拉战舰的身影，无数黑色的尤拉战舰很快就将这个城市，乃至这个星球的天空都彻底遮蔽。

越来越多的虫族士兵登上了这个星球，并且往他们所在的这个地方包围过来，宛如汹涌得无穷无尽的虫潮，这样可怖的光景让沈牧和哈默一时间说不出话来。

这样的可怕景象对两人来说，其实只存在于历史教科书中的旧纪元史中。书本上以文字描述的画面变成现实展现在眼前是一种什么样的感受，沈牧和哈默此时已经浑身僵住，心像发病一样快速跳动。

但他们不知道这一部分军力只是虫族第三军团和第四军团的搜寻部队，虫族真正的主力军队还在后头，正在赶来。

他们连逃跑的机会都没有。

身体被绝对压制的异能威压直接钉在了原地，沈牧和哈默现在根本无法挪动脚步。

这份异能威压在不断加重，动弹不得的两人甚至开始有点呼吸困难，他们的身体仿佛是被某种无形的力量在挤压着。

从眼前的银发虫族出现到现在其实只过去了短短几秒，两人却觉得像是过了一个世纪那么漫长。

这个时候，顾淮也已经从屋子里走了出来，他的身影几乎立刻被不远处那名表情冰冷的银发虫族捕捉，而不等对方过来，他赶紧靠了过去。

“你疯了吗，别过去！”好不容易能稍微恢复呼吸，哈默看着自己的同胞竟然主动往那名银发虫族身边靠近，他简直头皮发麻。

再走近一点就到对方那条尾巴的攻击范围了，哈默不用想象都能知道，走过银发虫族军团长旁边的青年，一定会被对方用尾巴刺穿身体，或者直接拍碎脑袋。

顾淮还是继续靠近，不过他没多走几步，亚尔维斯动了。

在两名人类将领眼里，这个行动是亚尔维斯想主动攻击，而果不其然，到达攻击范围的时候，两名人类看见银发虫族的那条尾巴动了。

沈牧和哈默屏住呼吸，不忍地想要别过眼，他们不想看见同胞在他们眼前被残忍杀害的画面。

然而，接下来出现的画面却和他们的想象完全不同。

那条冰冷的银灰色尾巴并没有做出任何伤害青年的动作，几乎是小心翼翼地圈住青年，然后尾巴的主人将青年抱了起来。

亚尔维斯从来没有在顾淮清醒的时候做过这种举动，但他现在只想这么做，只有这样，他才不至于控制不住内心深处积攒的破坏欲望。

接着沈牧和哈默看见，他们眼前的银发虫族主动解下了自己蒙在眼睛上的遮挡物，显露出一双情绪冷漠的浅金色竖瞳，然后把这条黑色绑带放到被他抱着的青年手里，一副交给对方保管的意思。

围观全过程的两人一脸发蒙。

等一下，就算脑子难拐弯，看见的东西有多难以置信，观看这一幕场景的两名人类将领，现在也不可能意识不到问题所在。

看着眼前的银发虫族对怀里的青年表现出明显的保护姿态，沈牧和哈默现在几乎怵得想倒吸一口冷气。

一个难以置信的可怕猜测在他们心里逐渐成形……

他们是不是搞错了什么非常要命的东西？

两人的视线往上一点。

军装、银发、金眸，俊美冷漠的一张脸加上那一条明晃晃的银灰色尾巴，这确实是那名虫族第一军团长的 α 虫族没错。

然后他们视线往下一点。

柔软的黑色头发，瞳孔是圆形的黑色眼睛，皮肤是正常的白皙，也有温暖的体温，这也确实是一名人类没错。

是人类啊！

但看看对方被亚尔维斯护着的样子，沈牧和哈默在满头问号下意识到，至少他们眼前的人类青年并不是他们所以为的俘虏，而有可能是这名银发虫族军团长的首领？家人？朋友？

哈默也是真的很佩服自己，为什么在这种生死关头，还能不由自主地脑补一通。

关于亚尔维斯蒙着眼睛这件事情，作为上过联邦军事学院且成绩优秀的尖子生，哈默对虫族的了解绝对不少，其中当然也包括了那副黑色眼罩的禁忌。

那是一件绝对不能碰的东西，碰了就要命。

亚尔维斯非常好战，战斗对他来说似乎是一件具有愉悦感的事情，他平时面无表情，但在战斗中偶尔会露出一点嘲讽的笑容。

大概是微微勾唇的样子，高大挺拔的身影显得冷漠又充满压迫感，银灰色的尾巴不时会有点不耐烦地甩动，像一只正处于狩猎状态的危险野兽。

假如说亚尔维斯平时会为了让战斗时间能稍微长点而不一下子动用全力，但在被碰了眼罩之后，他就不会继续摆出那种仿佛漫不经心的样子了。

眼罩一旦摘下，他似乎就会失控，而他一旦失控，他的敌人将无法承受。

但在他们眼前，这名银发虫族军团长不仅主动解下了自己的眼罩，还对被他用尾巴圈住的青年低下了他的头，似乎他这样做，只是为了看见对方，亲眼确认对方的存在。

并且亚尔维斯现在仍然保有理智，除了表情冷了一点，并没有失控的迹象。

这怎么看都是他很喜欢那个被自己圈着的人类青年，否则他怎么会把解下来的那条黑色绑带交给青年？

这个举动说明，他的禁忌对那个青年来说，是例外的。

两人的脸上表情一阵风云变幻，他们已经不知道该先震惊眼前这令人难以置信的现实，还是先找个坑把自己体面点儿埋了比较好。

在虫族大本营之一的图瑟星上强行拐走这个星球主人的王，星际里还有什么比这更可怕的事吗？

就算死也死得不冤了，他们进棺材的理由在棺材板上写得清清楚楚、明明白白。

而顾淮这边，在清醒的状态下被这么圈抱着，他其实还是有点不习惯，但想到自己让大家担心了，也就安安分分地让亚尔维斯抱着他。

亚尔维斯并不急着处理两个无法逃跑的人类，先垂眸用视线把顾淮从头到脚扫了一遍，然后停留在顾淮手臂上的瘀青上。

哈默顺着亚尔维斯的视线，也看见了那处瘀青，心里头咯噔了一下。

这可能是他之前把对方按倒在地上的时候，不小心磕碰到的，还是怎么弄到的。其实这道瘀青并不算明显，但也足够了，足够令亚尔维斯微眯起眼，当他抬头望向面前的两名人类时，浅金色的竖瞳毫无感情。

他对和这两个人类战斗没有兴趣，他空出一只手，准备伸手直接捏碎两人的脑袋。

亚尔维斯做出伸手的动作时，速度是不紧不慢的。原因是，比起快速了结两人的性命，他也想让这两个人感受一下恐惧。

被强大的异能威压直接钉在原地的两个人，就这么眼睁睁看着眼前银发虫族的手朝他们伸过来。如果从审美角度看，对方的手指骨节分明又修长好看，应该是极具美感的。

但在遭受生命威胁的两人眼里，这只向他们伸来的手非常可怕。

近了。

更近了。

两名人类将领动不了，也没办法闭上眼睛，他们的瞳孔随着这只手的接近而急剧放大。

而就在这只手快要碰到他们的时候，沈牧和哈默忽然看见，被银发虫族圈着的青年按住了这只手。

可能也不能算按住，可以看出青年根本没用力气，就只是把手搭在了对方的手背上，表现出了一点制止的意思。

但只是这样，亚尔维斯的手确实就不动了。

在他们眼前的银发虫族面无表情，侧脸的轮廓线条并不柔和，看起来尤为冷酷，可对方却顺从了青年的要求。

没过多久，天空先后撕裂了，出现了三艘尤拉战舰。同时，站着的两名人类将领彻底僵住身体，连脑子也一起木了。

三艘外形看起来格外突出的尤拉战舰，这是属于虫族军团长的战舰，加上已经站在他们眼前的亚尔维斯，这三艘战舰同时出现在这里说明的是，虫族的四个军团一起跑来了这个星球。

虫族军团长的尤拉战舰上有已经提前架设好的传送装置，启动一次这个传送装置需要消耗的能源水晶在价值上能换算成一到两个星球，并且用完以后，又要花很多时间重新架设装置。因此，这样的定向传送轻易不会使用。

但问题是，现在天上的这三艘尤拉战舰很明显都是定向传送过来的。

这到底是什么情况？

难道他们以为的剧本还是不对？

一天内遭受了太多心灵冲击的两人张了张口，他们什么声音也发不出来，几乎是目瞪口呆地望着天空。

紧接着，三名形态不一的高等虫族出现在他们眼前，都是 α 阶级的虫族，是虫族的另外三名军团长。

骨翼和尖刀形态的左手，这很好认，是虫族的第二军团长卡帕莉娅。

旁边一名脸上有着两道浅灰色面纹，面容清冷，穿着一身繁复长袍的高等虫族，也不难认，是虫族的第三军团长艾伊。

最后是一名身形十分庞大，几乎有两个人那么高，身上多处覆盖着坚硬外甲的高等虫族，这是虫族的第四军团长悉摩多。

别说头皮发麻，被迫待在现场的沈牧和哈默简直感觉自己的头皮都要炸起来了。

卡帕莉娅到达现场后先确认顾淮的安全，然后看了一眼顾淮的脖颈，上边空空如也。

而因为这个星球是夏天，顾淮现在也没穿着之前的厚衣服。于是，肉眼可见地还缺少了一样东西。

发现这件事情，卡帕莉娅一瞬间就靠到被压制着不能动的两名人类身边，然后她冷着脸把那个金发人类的手给拽了起来。

哈默真的以为自己的手臂要被对方直接扯断了，结果只是被掰开手指，从他手里拿走了机甲钮，然后又从他衣服口袋里搜走了一颗能源水晶。

这两样东西，哈默本来是准备等顾淮醒来当面还的，却没想到顾淮醒来的时候，刚好又突发紧急事件，所以这事才耽搁了。

再接下来的一幕就更令人难以置信了，两名人类将领看见，这名从他们这边拿走了机甲钮和能源水晶的女性虫族军团长靠近青年，明明表情冷若冰霜，却轻柔地把那条串了机甲钮的项链戴到青年的颈上。

戴好项链以后，她再把那颗能源水晶也放回到青年手里。

“您还有什么丢失的东西吗？”卡帕莉娅表情冷然地问着，她看着两名人类的眼神很冷，询问时的声音却尽可能地放柔。

她绝对不允许有人从自家王身上抢走东西，更别说是抢走幼崽喜欢的玩具球这种事，在任何一个虫族士兵眼里都是不可饶恕的事情。

您？

耳朵捕捉到这个词，在场的两名人类愣了愣。

“没有了。”顾淮摇头，他本来身上也没带多少东西。

作为卡帕莉娅的副官，莉莎当然乘坐同一艘战舰过来，此时，莉莎迅速跳下战舰赶过来。

“好久不见，很高兴再见到你们。”莉莎微笑着说。

假如不看此时的场面，沈牧和哈默可能真会觉得，眼前这名女性虫族士兵在高兴地跟他们打招呼。此时莉莎的微笑比他们之前见过的任何一次都要温柔。

然而这种温柔非但不让他们感觉放松，反而是浑身凉飕飕的。

他们翻译了一下对方的话，感觉真实含义是这样的——

好久不见（抓到你们了），很高兴再见到你们（你们安心等死吧）。

“王。”

“陛下。”

虽然他们的第一次见面是在这种糟糕的场面下，但艾伊和悉摩多依然选择要在见到王的那一刻，向王献上他们的忠诚。因此，两人对顾淮单膝下跪。

看着这一幕画面，两名人类将领简直心跳都停了。

他们感觉自己有点晕。

什么王？

什么陛下？

他们以为人类的青年是虫族的王，两个人把虫族的王强行拐到了另一个星球上？

这个现实是这样的吗？

在这一刻，知道事情真相的两人目光一下子放空了，事情的刺激太大，他们的表情开始变得飘忽。

原来在这个星际里，真的有比在虫族大本营之一的图瑟星上强行拐走这个星球主人的王更可怕的事情。他们两个人，是直接在虫族的地盘上拐走了对虫族来说最珍贵也最重要的宝物啊。

刚才沈牧和哈默还想找个坑把自己体面点埋了，可现在他们觉得，也别找坑了，他们就地挖一个，随便埋了就算了吧。

王找到了，那么接下来就是处置犯人的时候了。

具体要怎么处置呢？

体形让人感觉像山一样庞大的虫族第四军团长悉摩多，用他的竖瞳盯视眼前的两个人类。要不还是把头拧下来算了，或者先把这两个人类的四肢扯断，然后再拧掉脑袋。

悉摩多审视两名人类的身体时，就像在看两条砧板上的鱼。他用本来就已经很凶恶的脸对这两名人类露出凶煞的表情，并且也已经忍不住对两人龇牙。

想到就做，悉摩多准备把这两名人类的脑袋拧下来，作为礼物献给自家王时，衣服忽然被轻扯了一下。

这一下扯动让悉摩多顿了一下，他反射性收敛起自己的凶煞表情，然后回过身，对扯了他衣服的青年询问："您有什么吩咐？"

因为长相本来就凶恶，悉摩多做不出温和的表情，当他刻意收敛起表情时，整个人看起来会有点呆呆的迟钝的样子，这让顾淮想到最开始看护着他的塔克虫族。

"他们没对我做什么……"顾淮斟酌着合适的说法，思考怎么说能让自家的虫族稍微消消气，"他们应该是把我当成了人类，以为我也是被抓到图瑟星的俘虏，所以才会把我带到这里，他们并不是想对我做什么不好的事情。"

这算是一起乌龙事件，因为在整个过程里，这两名人类将领只是想保护他这个"同胞"的心态，顾淮还是希望这两人能够活下来。

虽然这种保护心态是在误会了他的身份的前提下，单从两人的行为来说，危急时刻还想着保护民众的军人确实值得敬佩。

但站在虫族的立场，顾淮也明白，这两人无意的行为对爱护着他的虫族们来说造成了多大的影响，顾淮完全可以想象自家虫族是以什么样的心情在寻找他。

"对不起，我让你们担心了。"顾淮放低声音说。

如果他没有因为精神力的进阶而被动睡过去，这件事情本来可以不发生的。

而听见顾淮这么说，在场的虫族表情基本微变。

"您不需要道歉。"艾伊屈膝跪立并低垂下头，头上被灰色头发遮掩了部分的两只黑色的角就暴露在顾淮眼前，他表情沉静地说，"保护您是我们自身的愿望，而没能保护好您，出现错误的也是我们，您没有做错任何事情。”

当艾伊这么说时，在场的其他虫族士兵都是认同的态度。

“王是想留下这两个人吗？”悉摩多询问。

顾淮看了被定在原地的两人一眼，轻点了点头。

“那就留下吧。”像在点评什么不重要的物品，看见顾淮点头，悉摩多很快就顺着应下了。

这名长相凶恶的第四军团长表现出一副顾淮说什么就是什么的样子，因为他觉得自己出身的卡缪族群和其他族群相比起来较为平庸，他在四名军团长里没有某项突出的能力，他向顾淮表达忠诚的方式也就更加直接。

其他方面比不过的话，他至少要献上毫无保留的忠诚才行。

这两个人的性命算是保住了。

顾淮看了看两人，既然有意让虫族扩展外交，那人类总有一天也会接触到。

虫族和人类的关系不好，这是旧纪元的历史遗留问题了，要解决起来不容易。

顾淮想通过这两个人先了解一下星际时代的人类。

“请他们到图瑟星做客一段时间吧。”顾淮想了想说。

顾淮话音刚落，把尾巴圈在他身上的亚尔维斯面无表情地瞥了前边的两个人类一眼，对自己的副官下达指令：“把他们带上，回图瑟。”

说完这句话，亚尔维斯就抱着被他找回来的青年往战舰方向走，步调沉稳，维持着一贯的冷淡从容，仿佛心情并没有在这次事件里受到什么影响。

从亚尔维斯看不出表情的侧脸，顾淮还是挺容易察觉到对方生气了。

顾淮这么一动不动任由亚尔维斯抱着他，本来在正常清醒的时候，他肯定会要求自己走路的。

顾淮观察了亚尔维斯一会儿，决定在回到图瑟星之前，他就这么安安分分不动，而大概是察觉到他的视线，亚尔维斯忽然停下脚步，低下了头。

顾淮对上那双漂亮的浅金色竖瞳，这双眼睛情绪冷淡，让眼眸里这片浅金色的冷色调变得更加明显。

被亚尔维斯这么一看，顾淮忽然又觉得自己不能不哄哄对方。

于是顾淮悄悄摸了摸那条圈在身上的尾巴，然后试探地喊了一下亚尔维斯的小名："啾啾？"

顾淮喊这个小名时的声音压得特别低，他感觉这个名字还是不能让其他人听见。

亚尔维斯在听见这个称呼时垂了垂眸，他一声不吭，尾巴却不由自主地动了动。

"我们快点回图瑟吧，我饿了。"因为精神力的进阶而睡了一天多，顾淮在这期间什么东西都没吃，现在是真的饿了。

"好。"听见顾淮这么说，亚尔维斯很快低应一声。

顺从是顺从，但这不妨碍亚尔维斯再给那两名人类多记一笔。

他稳妥地抱着怀里一动不动的青年，走到战舰舱门的时候回过身，对那两名被带着走近战舰的人类微眯起眼。

这是狩猎者看待猎物的眼神，只不过由于顾淮的要求，亚尔维斯就把自己的行为理解为看一看。

顾淮对虫族的听觉能力还是没有正确的认知，他刚才和亚尔维斯的对话完全一字不落地落在在场虫族的耳朵里。

知情的虫族先是惊异于亚尔维斯竟然不介意被喊那个名字，但听到后边，他们一致的反应就是，对盯着的两个人类露出了更加不善的眼神了。

这两个人类在拐走了他们的王以后，竟然不给他们王吃东西！

按出生时间来算，他们的王还是破壳出生没多久的幼崽啊，蛋壳都没吃完的那种，这两个人类竟然就让幼崽饿肚子了。

一想到这事，在场的虫族就生气得想磨牙，有的甚至已经磨出了点咯吱声响。

被一群虫族士兵用这种眼神盯着的沈牧和哈默，到现在也还是蒙的。他们还在消化自己拐走了整个虫族的王的这个事实，并且对后续的发展更加蒙了。

低阶虫族没办法在战舰降落到地面前直接跳机，好不容易等战舰落地了，在亚尔维斯的这艘战舰里的那二十多个塔克虫族士兵几乎马上到达顾淮面前。

而看见这些塔克虫族士兵，原本打算安分地让亚尔维斯抱着的顾淮就不得不动了。

顾淮靠近这些塔克虫族士兵，先是摸了摸几个塔克虫族士兵的锋利前臂，然后非常认真地安抚道："我没事，没有受伤，什么事都没有。"

对这些塔克虫族士兵来说，没有什么是比眼睁睁看着自己看护的青年在它们眼前被带走更刺激的事情了。这群塔克虫族士兵一直没有脱离狂暴状态，就算看见了顾淮，它们还是处于极端的愤怒中。

可是再怎么愤怒，幼崽是最重要的，这些塔克虫族士兵在看见顾淮的一瞬间，就在他身边形成了一个护卫圈，然后用它们的猩红眼睛死死盯视着不远处的两名人类。

顾淮见自己安抚不下来，又想了一下，去抱了抱这些围着他的塔克虫族士兵。

以这些塔克虫族士兵过分庞大的身躯，顾淮张开手可能也就只能抱住它们的前臂，看起来活像兔子在抱比它身体大很多倍的巨型胡萝卜。

而当顾淮这么做，这些原本正狂暴愤怒的塔克虫族士兵似乎终于被安抚下来，向青年低下头颅发出低低的嘶声。

比起拥有类人形态的高等虫族，低阶塔克虫族的外形看起来无疑更加恐怖。可是这个画面看起来竟然透露着某种温情，这让当面观察到这一点的两名人类感受到了一种直击心灵的震撼。

虫族也会拥有这样的感情吗？

简直像家长在爱护着自己的幼崽，在这个画面里，这些塔克虫族对被它们围着的青年的宠爱几乎一目了然。

发现这一点，沈牧和哈默张了张口，忽然感觉自己做了非常过分的事情。

不是从这件事情的严重性来说，而是从人性的角度。

假如这些低阶的塔克虫族士兵是家长，那他们两个人就相当于是当着人家家长的面抢走了幼崽，这实在不能怪这些虫族会疯。

“抱歉，这件事情是我们的错。”虽然自己并不是有意，但沈牧和哈默两人现在还是选择诚恳道歉。

虫族和人类的种族立场不同，可是有些事情是能用同一个标尺去衡量的。两人只要想一想在人类社会里的家长如果被坏人抢走小孩会是什么心情，他们就能够理解这些塔克虫族士兵现在的心情。

这句诚恳的道歉勉强让周围的虫族士兵看起来消了一点气，不过差别也不大，毕竟依然还是愤怒。

当顾淮带着这些塔克虫族士兵，走到属于亚尔维斯的那艘尤拉战舰面前的时候，尤拉战舰马上亮起温暖的天蓝色舰灯。

“咔嗒，咔嗒——”

在后边的两名人类第一次这么近距离看见虫族的尤拉战舰，他们一直听说虫族的尤拉战舰是有自我意识的活物，可真正见到时还是惊讶了。

紧接着，还有更惊讶的事情等着他们。

他们一靠近，这艘尤拉战舰就给他们来了个灯光转换。

“咔嗒——”红灯。

巨大的舰身发出一阵响动，然后不知怎么动了一下舰身，这艘巨大的尤拉战舰扬起地上的尘土，盖了面前的两名人类一身。

凭空接了一堆沙尘的两名人类将领陷入沉默中，现在连战舰都不待见他们。

总之，就是惨。

顾淮看着这个画面低咳了两声，他在战舰里摸了摸这艘尤拉战舰的舱门，放缓声音说："让他们进来吧。"

感受到顾淮的抚摸，这艘尤拉战舰又微微震动了一下舰身，然后面对这两名人类，勉勉强强给他们亮了个绿灯。

被一路看守着进入这艘尤拉战舰，沈牧和哈默看着他们眼前这名轮廓柔和、看起来特别柔软无害的黑发青年，还是有点不敢相信对方竟然会是这群残暴的虫族的王。

但这确实就是事实。

在进入这艘尤拉战舰的时候，两名人类将领的反应也不是哀悼他们又要被抓回图瑟星这件事，而是在想，他们在经历了当星盗的俘虏、虫族的俘虏、把虫族的王拐跑到另一个星球，并且遭受整个虫族的全军追杀之后，竟然还奇迹般地存活着。

对两名人类将领来说，今天是他们人生中最跌宕起伏的一天。

而对这个无缘无故地被虫族的无数尤拉战舰包围的小星球来说，则是这个星球的居民受到了莫大惊吓的一天。

在天空被黑色的尤拉战舰群遮蔽的时候，在这个星球上的人们祈祷的祈祷、默哀的默哀，悲观点的甚至都已经和家人抱在一起，开始诉说离别话语了，星球上的气氛一片低沉。

可这沉重气氛没有持续多久，包围星球的尤拉战舰就撤离得一干二净，天空又恢复成蔚蓝色，星球风平浪静。

难道虫族就只是专门来吓一吓他们的吗？

心情大起大落的小星球居民不知道该做出什么反应，只能愣愣地看着天上的那些黑色战舰离开。

“我们回去之后应该向这个星球的领袖道个歉。”战舰已经启动了，顾淮透过透明隔窗看着在视线里变得越来越小的星球，思索着说出这句话。

毕竟他们让这个小星球上的人们担惊受怕了，不跟主人打招呼就包围星球的行为也有点说不过去，是该道歉的。

参谋长在旁边推了推眼镜，低头应下：“那么等回到图瑟，属下会正式给这个星球发送一封致歉函。”

既然顾淮在亚尔维斯的这艘战舰上，另外三名军团长当然就默契地舍弃了自己的战舰，也都跟着登入了这艘尤拉战舰。

和虫族的四名军团长待在同一艘战舰上，而且还活得好好的，被带上这艘战舰的两名人类将领在想，他们这个经历，放到整个地球联邦，估计都是前无古人后无来者了吧。

“战舰里只有营养剂，虽然口味不好，但还是请您先稍微用一点吧。”作为亚尔维斯的副官，阿尔杰当然也在这艘战舰上，他在物质储藏间取来了好几支营养剂。

“这几支的味道好像是比较甜一点的。”阿尔杰把他特地挑出来的几支营养剂都摆在顾淮面前，希望顾淮肯挑一支食用。

因为知道顾淮不怎么喜欢营养剂的味道，阿尔杰的表情隐隐有点着急。

顾淮看着营养剂轻“唔”了一声，不过还是坐下来，拿起一支营养剂。

顾淮之前好奇地喝过一小口营养剂，因为味道实在让他感觉怪怪的，所以当时只喝了一口就放弃了。

但现在确实饿着，他也就不纠结这么多了，打算先凑合着吃吃。

顾淮打开这支营养剂，然后试探般地喝了一小口。

发现味道没上次吃的那么奇怪，甜甜的，还有点像苹果汁，顾淮很快把这支营养剂喝完了。

正常来说，一支营养剂能解决一整天的进食需求，但顾淮把这一整支营养剂喝完以后，他发现还是饿。

从顾淮的表情观察到这一点，阿尔杰问："您是还觉得饿吗？"

顾淮有些迟疑地点了点头，而他一点头，在他周围的虫族马上用冷得刺骨的眼神盯着旁边的两名人类。

被一群虫族士兵盯着的沈牧和哈默不敢动也不方便开口辩解，他们可没有故意不给对方吃东西啊。

顾淮这边很快理解了自家虫族的脑回路，他出声帮两人解释说："不关他们的事，不是他们不给我吃东西，是我因为进阶睡了过去，一直没醒，才会这样。"

"那您再选一支？"阿尔杰放轻声音，尽量让自己不要在顾淮面前皱眉，"等回到图瑟，马上就能吃您喜欢的东西了。"

王饿着肚子。这件事情只要想想，在这艘尤拉战舰上的虫族就都不可避免地处于一种着急心态。

顾淮看了看摆在眼前的另外几支营养剂，感觉就算自己把这些都吃完也还是会饿，就好像这些食物里缺少了什么他需要的东西。

在饥饿感里衍生的本能很快就让顾淮知道自己想要什么东西，只有那个东西才能最快补充他需要的物质。

"蛋壳。"顾淮摸了摸肚子，一脸纠结地说出答案，"其他东西吃不饱。"

虫族幼崽的蛋壳里包含足够让这只幼崽完成初步成长的能量，而对顾淮来说，他所需要的这份能量是非常庞大的，其他食物都难以代替。

他的精神力已经完成第一次进阶，距离完成初步成长还差一次。在完成成长之前，顾淮还是需要以蛋壳为主食。

"我让尤拉加快航行速度。"亚尔维斯垂着双眼，面无表情。

顾淮眼看着在他旁边的银色大猫又不高兴了，他刚才本来就没能把对方彻底哄好，现在不得不故技重施一下。

“啾啾。”两人离得比较近，顾淮特意放低声音去喊对方的小名，声音里透露着安抚。

虽然不知道为什么他喊这个小名能有哄对方的效果，但既然发现有效果，那就毫不吝啬地用了。

结果确实挺见效，亚尔维斯不易察觉地抿了抿嘴角，尽管还是面无表情，可侧脸给人的感觉仅止于冷淡，没有那种若隐若现的危险感。

造成这个影响的原因是什么，其实事情是这样的。

顾淮以为压低声音，在场的虫族就听不见他说什么，可事实是，大家都能听见。于是他的行为在亚尔维斯和其他虫族眼里就是，他在这么多虫族士兵在场的情况下，有意喊了亚尔维斯在幼年期的小名。

这能称得上是一种亲昵举动了，因此亚尔维斯被安抚得这么轻易。

顾淮完全不知道自己无意间干了什么，在这个时候，他甚至因为这只大猫表现得太听话，没忍住伸手去摸了摸亚尔维斯的头发。

而这个举动在其他虫族士兵眼里，也是一种表达好感的方式。

“其实也不是很饿，等回到图瑟就好了。”顾淮想了想，迅速找了另一个话题，“你上次送给我的花快枯萎了，我想要新的。”

亚尔维斯听着，微抿嘴角，无声地点点头。

“给我带一朵一模一样的吧，我觉得你上次送我的花很好看。”顾淮说着，对待在他旁边的银发虫族笑了笑。

“好。”亚尔维斯答应了。

这样的对话似乎算不上什么，可是对于对亚尔维斯有所了解的人来说，无论是虫族还是既倒霉又幸运的两名人类将领，都对他的态度感到奇异。

亚尔维斯对顾淮应该是缺乏臣服欲的，只要对比一下自身和对方在面对顾淮时的言行和态度，其他虫族就会察觉到这一点。

可即使如此，他对顾淮依然称得上顺从，这是一个矛盾点。

而两名人类将领则是从各种传闻事件里了解过亚尔维斯的性格，冷漠是毫无疑问最突出的一点，还有一点应该是高傲。

这是由于对方强大的力量和在虫族中与生俱来的高贵地位。即使亚尔维斯并不是有意表现这份傲慢，他在政治决策和战斗中面对对手的那份漫不经心也会将这一点表露无遗。

但在他们两人眼里，亚尔维斯在面对顾淮的时候，无论是冷漠还是高傲都有所收敛，甚至允许顾淮对他随意提出要求。

就算亚尔维斯不下达指令，这艘尤拉战舰也已经多次提速了，终于在顾淮小憩了一段时间以后回到了图瑟星。

明明已经逃跑了，却没多久再次被带回虫族的大本营。沈牧和哈默互看了对方一眼，心情竟然都有点诡异的平静。

可能因为该受的刺激都已经受过了，从被他们强行拐走的黑发青年的态度知道自己现在暂时还死不了，两名人类将领也就接受这个现实了。

不就是到虫族的图瑟星做客吗？他们浓墨重彩的人生不差再添这一笔，接下来他们走一步算一步就是了。

其实沈牧和哈默考虑过，他们被这么抓回来，就算死罪可免，活罪应该也难逃，指不定得被大刑伺候，身上多半得脱层皮。

可两人没想到的是，图瑟星上的虫族并没有对他们做什么，只是给他们手腕戴上了个金属环。

这个金属环能够实时监测能力指数和追踪位置，紧贴在皮肤上。

金属环无法自行摘取，里边还藏有收缩的毒针，假如操控者按着按钮，毒针就会扎入穿戴者的皮肤。

“毒素是我提供的，希望它没有和你们进行亲密接触的机会。”莉莎微笑着说，表情温婉。

两名人类将领抽了抽嘴角，这种神经毒素就连通过毒丝附着接触都这么可怕，直接扎进皮肤里的话，想也知道会当场去世。

不过，他们本来就没想过再逃跑或者做什么不好的事，他们并不傻，不会看不出在“王”出现以后，虫族整体的势力改变。

至少虫族内部原本分裂的四个军团统一了，这是可以确认的事实。

虽然接触时间很短，那名黑发青年给他们的感觉确实是温和无害的存在。因此当顾淮说邀请他们在图瑟星做客一段时间的时候，沈牧和哈默就想着既然跑不掉，那他们干脆就待在这里观察一下虫族的具体变化。

虫族的四个军团统一，对星际里的其他种族来说不算是好事，但如果主宰他们意志的王真的和表现出来的一样无害，那也许会有所不同也说不定……

短短时间里，两名被带回到图瑟星的人类就思考了一堆事情，他们本来正严谨考虑着观察计划，却在观察第一件事情的时候就卡壳了。

“泡好了，请您快些进食吧。”一回到图瑟星，参谋长就火急火燎地去找装顾淮蛋壳粉的罐子，和普巴诺树汁搅拌混合，把杯子塞到同僚手里要求对方用异能加热，然后才急匆匆把这杯奶摆到顾淮面前。

只要知道顾淮还饿着肚子，在场的虫族就都着急忧虑得不行。直到顾淮拿起杯子开始喝第一口的时候，虫族冰冷且紧绷着的脸才稍微放松。

蛋壳、奶……

看着为了泡个奶连异能都用上的虫族，还有旁边正在安分地喝宝宝奶的顾淮，两名人类将领蒙了。

他们后知后觉地意识到，在他们眼前明明外形上已经是成年体的黑发青年，可能从时间上来讲还是出生没多久的幼崽。

那他们两个人岂不是犯了一件在整个星际里都能算是重罪的事？

拐带幼崽。

按《星际联合法》第一百二十七条规定：无论是对任何种族，拐带幼崽的行为一旦确认，犯罪者都会被法庭判处至少二十年以上的有期徒刑。

没被送进星盟监狱，算他们运气好了。

而等青年进食完以后，沈牧和哈默接到的第一个要求也只是陪对方一起到庭院里。

庭院里仍然堆着厚厚的雪，纯白的雪把图瑟星装饰成了一个银装素裹的雪色星球。

顾淮是想通过这两个人了解星际时代的人类，顺便看一下有没有办法寻找到人类和虫族的关系突破口。但在做这件事情之前，他得让看护着他的塔克虫族士兵不要对这两个人再抱有这么大的敌意。

“可能要麻烦你们跟我一起堆雪人，因为之前你们从天上掉下来的时候，把我给卡鲁它们堆的雪人砸坏了，所以它们现在对你们两个人还是有些生气。”其实还不止这一个生气点，顾淮没把话说完。

沈牧和哈默当然可以感受到周围这些塔克虫族对他们的强烈敌意，要不是顾淮安抚阻止，这些塔克虫族士兵搞不好都已经直接涌上来撕碎他们了。

可是想想自己在这些塔克虫族士兵面前做了什么事情，两名人类将领就相视无言，再怎么不被待见也认了。

堆雪人这工作虽然不困难，但毕竟要堆二十多个，三个人一起还是花了一些时间。

顾淮把这二十多个雪人摆成一个圆圈形状，可惜他没办法让这些雪人看起来像是手拉手的样子，但这样也不错了。

“堆好啦，是给你们的雪人。”顾淮轻拍了一个塔克虫族士兵的锋利前臂，又特意说，“他们两个人也有帮忙一起堆。”

听顾淮这么说，这些塔克虫族士兵稍微对前边的两名人类减轻一点敌意，但也只有一点，它们可没忘记这两个人把它们看护的幼崽按倒，还抢走幼崽玩具球这两件事。

但是现在看着顾淮给它们堆的雪人，这些塔克虫族士兵在继续对两人表达敌意之前，它们看着眼前的雪人，总觉得缺少了点什么。

没一会儿，几只身躯庞大的塔克虫族靠近这些雪人，它们伸出自己的前臂，在这围成圈的二十多个雪人中间再堆了一个小雪人。

因为并没有灵活的双手，这个小雪人堆得并不如围在外边的大雪人那么好看，但由于体形小，看起来也还挺可爱的。

围成一个圆圈的大雪人脸上镶嵌的都是红色的宝石，那好像是代表着它们的眼睛，这些塔克虫族看了看顾淮的黑色眼睛，忽然有一个塔克虫族士兵开始往府邸内移动。

对其他种族来说，黑契石颇为珍贵，但在图瑟星上，黑契石到处都是，而在图瑟星居住的虫族甚至已经奢侈到用它来做家具。于是，这个塔克虫族士兵去屋子里，在桌角割了一点黑契石。

把石头带回来以后，这个塔克虫族士兵把切割成两小颗的黑契石镶嵌到中间那个小雪人的脸上。看着这个完成的小雪人，围在顾淮身边的塔克虫族似乎因为高兴而发出了一阵低低嘶声，猩红色的冰冷竖瞳都由于这样的情绪而出现细微光亮。

大雪人是它们，被它们围着的小雪人是它们看护的幼崽。

这样就不缺什么了。

一圈有着红色眼睛的大雪人围着一个有着黑色眼睛的小雪人，顾淮从他身边的塔克虫族把黑契石镶嵌到雪人脸上的时候，就知道这个小雪人代表的是他了。

顾淮看着那个堆得并不算好看的雪人，他看了几秒，也没动手把这个小雪人再弄得精致一点，只是抬起头对着围在他身边的塔克虫族问：“这是给我堆的吗？”

虽然是显而易见的事情，顾淮还是有意这么问。

用猩红眼睛盯着那个小雪人的塔克虫族在这时发出了低低嘶声，这是肯定的意思。

于是顾淮眨了眨眼，他没说话，但对这些塔克虫族士兵微弯眼梢。

这个表情是说明顾淮喜欢这个小雪人，已经明白这个含义的塔克虫族士兵们更加高兴了。

而无论是这些塔克虫族士兵堆小雪人，还是它们对顾淮表现出明显宠爱的样子，都让在旁边看着的两名人类感觉心情复杂。

在他们眼前的这些虫族士兵的各种表现，都和他们固有印象里的凶暴冷酷差别有点大，让他们心里都不禁产生了矛盾和疑惑，长久以来的认知受到了某种动摇。

两名人类将领没把这种复杂感受表现得太明显，他们看了看镶嵌在这些雪人脸上的宝石，实在又忍不住抽了抽嘴角，特别是在看见黑契石的时候，两人一阵无言。

对他们人类和其他种族来说都算是稀少资源的黑契石，在图瑟星上竟然已经沦落到给雪人当眼睛了，这简直奢侈到了一定境界。

顾淮没让两人闲多久，完成第一件事，马上让两名人类做第二件事情。

“雪人堆好了，谢谢你们的帮忙，接下来需要你们其中一个人把另一个人按倒在地上，动作最好是夸张一点的。”顾淮正色着说。

听见顾淮这句话，两人面面相觑了一下。最终，沈牧冷静地问：“你来还是我来？”

“当然是我来。”哈默毫不犹豫地做出选择，下一秒就用和之前制伏顾淮差不多的方式，把在他旁边的年轻军官按倒在雪地上。

宛如大型金毛犬扑倒主人般的架势，哈默压制着沈牧，这动作确实够夸张了。

顾淮看着感觉差不多，他走过去：“我现在来按倒你，你意思意思地趴到雪地上就好。”

说着顾淮过去推了推这个金发人类的背，而后者几乎在顾淮刚轻轻碰到他的时候，就马上从善如流地倒了下去。

顾淮：这会不会有点太浮夸了？

这个想法在心里一闪而过，顾淮在把人按倒以后，一本正经地跟围在他身边看着他的塔克虫族士兵们说：“这是在做游戏，不是认真的。”

这些塔克虫族士兵并不能马上理解顾淮的话，它们冰冷的猩红眼睛在被按倒的两名人类身上盯了好一会儿，终于在其中一个人被顾淮按倒第二次的时候，几个塔克虫族士兵歪了歪头颅，有点明白了，它们看护的幼崽是在玩闹着。

那之前这两个人类把它们看护的幼崽按倒，也是在和幼崽玩闹了？

确认顾淮身上没有受伤，顾淮之前也没有跟它们表达疼痛，它们用仅有的智慧思考了一会儿，总算接受了这件事情。

看见顾淮对他们示意可以了，沈牧拿手肘碰了一下同伴，把自己从被“金毛犬”压着的情况里解救出来。

能察觉到附近的这些塔克虫族士兵对他们的敌意又减了几分，两名人类将领现在只能庆幸，还好看见他们把顾淮按倒在雪地上的是这些塔克虫族士兵，要是被其他高等虫族看见，现在根本不会相信他们之前是和顾淮在玩闹，那他们这个时候多半已经有半个身体躺进棺材里了。

而且搞不好因为这个把青年按倒的举动，他们两个人就直接成了引发人类和虫族在新纪元全面战争的罪人。

一想到这个可能性，两名人类将领的后背冷汗马上就唰唰淌下来了。

没发现两人的突然紧张，顾淮从衣服口袋里拿出他喜欢的那个玻璃球，然后朝两人扔了过去。

“接一下。”顾淮说。

站在对面的两人有点没反应过来，但他们毕竟是训练有素的军人，反射神经自然十分敏锐，沈牧轻易就伸手接住了这颗能源水晶。

这也等于是接住了一颗 A 级星球，沈牧脸上的冷静表情变成一愣，他没太明白顾淮的用意。

“现在你把它丢回给我。”顾淮把双手并在一起，一副等着接球的姿势。

沈牧虽然弄不懂情况，但他还是准确地把这颗能源水晶扔回到顾淮的手心里。

“好了。”接住球，顾淮把这颗玻璃球装回到自己的衣服口袋里，然后对两人笑了笑。

“因为你们之前在我手里拿走了这颗玻璃球，卡鲁它们就觉得你们抢了我的玩具……”说到“玩具”这两个字的时候，顾淮微顿了一下，“现在让它们知道你们只是和我在玩抛接球就没关系了。”

这颗玻璃球在这些塔克虫族士兵眼里就是顾淮的玩具球，最开始发现这一点的时候，他的心情也是有点微妙。

听见顾淮这么说，两名人类将领一起愣了几秒。

一颗价值一个 A 级星球的能源水晶是玩具球？

那这恐怕是全星际最奢侈的玩具了。

“王”对于虫族来说到底是什么意义的存在，尽管时间短暂，沈牧和哈默对这个问题也已经有了非常清楚和深刻的认知。

珍贵、独一无二、至高无上。

是站在金字塔的顶端，对整个虫族拥有绝对的支配权，只要王一个命令，虫族就会为此奉献所有。

之前受到激怒的生气点都被解开了，原本对两名人类抱有极强烈敌意的塔克虫族士兵们，现在总算没有攻击前边两人的想法了。

由于观念改变，这两名人类将领的身份在这些塔克虫族士兵眼里也有了变化。

它们对这两个人的身份判定从敌人变成了顾淮的玩伴，于是态度就好转了许多。

这些外形可怕的塔克虫族士兵把锋利的前臂垂了下来，对面前的两名人类发出了一点低哑嘶声。

因为看见顾淮在和这两个人玩抛接球的时候是笑着的，这些塔克虫族把这个画面自动理解为，两个玩伴让顾淮玩闹得很高兴。

这几乎能说是一种友好表现了，沈牧和哈默怎么也没想到，他们居然会因为这种事情而获得虫族的友善对待，尤其这还是虫族里被公认为最凶悍残暴的塔克虫族。

成功地让看护着自己的塔克虫族不再敌视这两个人类了，顾淮准备进屋子和这两人面对面坐着谈谈。

“我们回去了。”顾淮对身边的塔克虫族士兵们说。

一般来说，这些塔克虫族士兵对顾淮说的话都无比顺从。不过这个时候，它们低低应声着，猩红眼睛似乎有点不舍地盯着不远处堆好的二十多个雪人。

特别是对中间的那个小雪人，这些塔克虫族士兵担心外边会再下雨还是下雪，这个小雪人会被雨雪破坏。

“就这样放着也没问题的。”很容易明白了这些塔克虫族士兵在想什么，顾淮缓下声说。

这里还是冬天，在这个府邸庭院里的雪人暂时不会融化，还能这么摆放好一段时间。

不过这个星球的春天总会到来的，顾淮想了想，在这时又补充一句：“今年的冬天过去也没关系，等明年图瑟星再下雪的时候，我再给你们堆一样的雪人就好了。”

面对着顾淮的塔克虫族士兵们有几秒一动不动，喉咙里却发出了更清晰的声音。而离顾淮最近的那个塔克虫族士兵用前臂把他抱起放到肩上，载着顾淮往屋子里走。

顾淮已经配置了个人终端，现在从这个终端接收到了由参谋长发送给他的、关于这两名人类的身份资料。

以顾淮现在的精神力，他只要快速扫看一遍资料就能清楚掌握需要的信息，过目不忘也不是什么困难的事情了。

“我请你们两个人来图瑟星做客，本来是因为想通过你们两个人了解一下现在的地球联邦。不过，在我通过你们的身份资料知道了你们的所属家族之后，想法有了些改变。”顾淮坐在座位上，大方而直接地向对面两人说出他的思考。

顾淮想让虫族打破零外交的现状，人类和虫族之间有许多旧恩怨，并不适合作为第一个外交对象，但这不妨碍顾淮提前寻找双方关系的突破点。

在人类那边，地球联邦的决策层是联邦议会，而联邦议会的成员首先是各大家族的家主，其次是从普通阶层推选出来的优秀人员。

在顾淮眼前的这两名年轻的人类军官，就分别属于地球联邦里不同的两个大家族，而且还是家族里的直系。

“我有让虫族开始和其他种族建立外交，甚至是加入星盟的想法，如果这个目标能够实现，那我们总有一天也会跟你们人类接触。”顾淮坐直了身体，屋子里头所有的虫族高层都在，此时都并不反驳他的话。

星盟的成员种族非常多，顾淮为什么想让虫族加入星盟，主要是因为在加入以后，无论是在贸易还是其他方面，他们都能获得极大的便利跟好处，以及万一以后遭遇什么突发事件，也不至于没有援助。

但虫族想加入星盟并不那么容易，他们现在一个外交对象都没有。一个种族是否能够加入星盟需要经过星盟成员的投票，以虫族的现状，想获得多数同意票非常困难。

听着顾淮说这两段话的两名人类将领陷入愣神状态。虫族向来是冷酷而残暴、独来独往，根本不跟其他种族有所交流，怎么看都是不可能加入以和平为宗旨的星盟的。

而且要说星际里哪个种族最不可能跟虫族建交，那估计就是人类了。现在他们眼前的青年竟然说虫族有一天也会跟人类接触，这让沈牧和哈默难以想象。

“如果真的如您所说，那您是想让我们做什么呢？”沉默了一会儿，沈牧出声询问。

顾淮看着对方，坦然说：“也不算是让你们做什么，只是想让你们待在图瑟一段时间，让你们通过自己的眼睛确认我们种族的改变。”

这样，等未来某天，虫族和人类到了需要接触的那一刻，双方的关系也许就能有一个突破口了。

虫族的改变？

两名人类将领顿了一下，他们看向坐在对面那名看起来温和无害的黑发青年，片刻后郑重地点下了头。

在拥有了王以后，虫族会被对方带领着走向什么样的发展，他们也想知道。

第七章 花环

顾淮对星盟的了解来自他待在废弃行星时接收到的传承信息，来到图瑟星，他在空闲的时候，也让参谋长讲了星盟的现状。

无论是有意让虫族脱离零外交的现状，还是加入星盟，顾淮都是再三考虑过的，他也并不是自顾自做了决定。在真正表达这个意图之前，他询问了包括参谋长在内的图瑟高层以及亚尔维斯的看法。

从他们那儿得到的反馈是，虫族往这个方向发展确实能有不少便利与好处，虽然也需要承担相应的责任，总体来说还是好处更多。

至于为什么在顾淮提出这个想法之前，整个虫族都完全没有跟星盟接触的意思，这就得从虫族自身说起了。

因为本身强大，即使一直以来都保持绝对独立，虫族的自我发展也进行得很顺利。

虫族有着冷酷的掠夺天性，在旧纪元各种族战争频繁的时代里，虫族可以说是表现得最凶狠的种族。

等到新纪元，一部分势力强大的种族一起联合组建了星盟，并且陆续有其他种族加入，星盟开始致力于维护星际的整体和平。

总体来说算是进入了和平时代的新纪元，即使是虫族也不可能随意发动战争，一下子对战整个星盟。虫族在旧纪元已经占领了非常多的星球，建设这些星球需要时间，因此也相对安静下来进行发展。

自己能够发展，虫族完全没有主动和其他种族打交道的意愿，更别说是加入星盟。

而因为虫族身上从旧纪元就牢牢贴上的冷酷残暴标签，星际里也没有任何种族尝试与虫族建立外交关系，他们对虫族都是保持忌惮三分的态度，能不招惹就不招惹。

如果不是顾淮有接触其他种族的想法，虫族的绝对独立状态大概会一直持续下去。

顾淮是觉得，即使是强大的种族，有时候也不可避免会遇上灾难或者困境，甚至宇宙中可能存在着还未出现的危险敌人，所以他们也需要盟友。

在确认虫族和其他种族建交以及加入星盟都只有益而无害之后，顾淮才正式做出了这个决定。

目前，星际里的大多数种族都认为虫族十分危险，顾淮可不想自家虫族跟在他原来世界的科幻作品里似的，总被放到宇宙反派的位子上，然后人人喊打。

顾淮邀请两名人类在图瑟星做客，虽然这份邀请是半强制性质的，但他们已经接受了这个状况。

在戴着金属环的情况下，他们的可允许活动范围和图瑟星上的普通居民差不多，并且获得了可以浏览星网的终端的权利。

当然仅限于浏览，其他任何权限都是封锁的。

但也不错了，沈牧和哈默很知足。他们现在迫切地想知道图瑟星外边都发生了什么事情，特别是地球联邦的近况。

可一上星网，看见在星网上的那些讨论，他们两个人就石化在了原地。

D47（诺尔兹星系）：从地球联邦那边传出来的，说虫族诞生了王，这事到底是真的吗？

z571（索帕星系）：虫族四个军团的联合军队总不是假的吧，他们路过我们的星球，吓了我们一大跳。

一（克托星系）：虫族不就是因为人类把他们的王抢走了，之前才会整支军队压到地球的防卫圈外吗？

Yuzi（太阳系）：哇，那我们就真的无辜，不关我们人类的事啊！干这事的肯定不是人类，但虫族以为是我们干的。

不，这事还真关人类的事……

两名人类将领痛苦地捂了捂脸，对自己可能要被开除人类籍这事感到愁苦。

因为他们干的事情，不仅星际里好些星球受到了惊吓，地球还受到了虫族的一次全军压境，差点就真打起来了。

要是让这些星球的居民，还有地球上的同胞知道这事是他们两个人搞出来的，他们觉得自己以后很可能会被写入地球联邦的历史教科书——专门写进去批判的那种。

对虫族诞生了王这件事，星际里许多种族都产生了忧虑。分裂的虫族竟然因为王的出现而统一，统一后的虫族对他们来说，已经变得更加危险。

虫族的王会是什么样子，这估计是现在星网上议论最多的话题了。而被星际各族人们热烈讨论的顾淮，此时正在和另外两个军团长会面。

由于之前的乌龙事件，他和另外两名军团长的第一次见面实在太仓促了，连话都没来得及说几句，他现在要好好接触。

“你们之后也在图瑟星住下吗？”顾淮轻声询问，因为卡帕莉娅就是这么做的，所以他问这句话时用了“也”字。

由于身躯太过庞大，悉摩多根本没办法坐在普通座椅上。这名长相凶恶的虫族第四军团长对顾淮低了低头，不假思索地说：“您在哪里，悉摩多就在哪里。”

悉摩多并不喜欢做太复杂的思考，作为虫族拥有着强大的力量，他也习惯粗暴地解决问题。

比如说现在，悉摩多认为自己必须保护顾淮，那么对应的问题就是如何保护，而悉摩多选择了非常简单粗暴的方式——保护就是时刻跟随，无时无刻不守护在旁边，这是最万无一失的保护。

为此悉摩多可以放弃其他所有事情，他只需要专注于保护顾淮就足够了，其他事情都不是他需要思考的。

悉摩多的眼睛也是虫族所拥有的那种浅金竖瞳，此时毫不移动地注视着顾淮。这双眼睛不知怎么的，让顾淮觉得和在他身边的塔克虫族有点像。

加上悉摩多这同样庞大的身形，就让顾淮感觉更像了，可悉摩多明明是一名卡缪虫族的士兵。

“那就在图瑟星定居下来好了。”顾淮点了点头说。

在顾淮面前身躯庞大的虫族稍微动了一下眼睛，身体没动，随即用十分沉浑的声音回答：“悉摩多听从您的命令。”

只要是顾淮的话，悉摩多就会听从。因为这份忠诚的强烈，长相凶恶的悉摩多在面对顾淮时会有点呆呆的，通常是一问一答的模式。

顾淮问什么，他答什么。

而在旁边的艾伊表情像一汪湖水，他的长相清冷而秀致，注视顾淮的时候，无波无澜的眼微有浮光。

“属下也会在图瑟星定居下来。”艾伊声音平静地说。

虫族一般穿着便于战斗的装束，比如说军装，但艾伊是例外的。艾伊穿着样式颇为繁复的长袍，长袍的袖口和衣领都绣着金色暗纹，看起来有种庄重感。

艾伊从来不进行近身战斗，出身于艾萨多族群，他充分利用了族群的特性优势，无论什么样的战斗都会选择用异能去解决。

“嗯。”顾淮弯下眼，他很乐于见到这个结果。

完成和另外两名军团长的接触后，顾淮也没急着着手外交方面的事。在接下来的几天里，他先确认整合了自家的四个军团，再拉着参谋长，把星际的各方势力给研究了一遍，找出容易建交的对象。

首先应该从他们的邻居着手，顾淮看着星图，在图瑟星所在星系隔壁的一个星球上画了一个圈圈。

就在顾淮做这件事情的时候，听见从身后传来的脚步声。

脚步声非常轻，他转过头去看时，看见亚尔维斯步调沉稳地向自己走过来。

这个脚步声是亚尔维斯有意让顾淮听见的，原本可以一点声音都不会有，他只是不想自己无声无息地出现吓到对方。

亚尔维斯缓步走到顾淮前边，向顾淮伸出手，然后摊开他的手心，把那朵原本被他虚拢着的花呈现在顾淮眼前。

“你要的花。”亚尔维斯陈述着，俊美的脸庞看起来情绪十分冷淡。

这是亚尔维斯特地去隔壁星系的星球摘取的花，愿意答应顾淮对他的要求去做这件事情，本身就说明了他对顾淮的态度并不冷漠。

顾淮说要和上次一模一样的花，于是亚尔维斯带回来了和之前相同的纯白色花，甚至花瓣的形状都几乎完全一致。

顾淮也发现了这一点，他从亚尔维斯摊开的手心拿过那朵花，抬起头说：“其实只要是同一个品种的花就可以了。”

“你之前跟我说要一模一样的。”亚尔维斯垂眸。

顾淮一时间无法反驳，他对上亚尔维斯微垂下的浅金竖瞳，对眼前这只银色大猫在某些方面的认真感到无奈。

但这种认真又很容易让人觉得可爱，虽然说这个形容词和眼前穿着肃冷军装、高大而又俊美冷漠的银发虫族本身格格不入。

“那如果有下次的话，不用一模一样，只要长得差不多就可以了。”顾淮开始纠正自己说过的话。

“嗯。”亚尔维斯低沉应声。

经过这几天，顾淮还发现了一件事情，是关于四名军团长的。

这个发现可以简单概括为，另外三名军团长对亚尔维斯抱有不同程度的戒备。

这是由于亚尔维斯的不安定性，他们认为亚尔维斯对王缺乏臣服欲，并且容易失控，因此，在亚尔维斯接近顾淮时，他们都保持着戒备的态度。

“你会失控伤害我？”顾淮忽然问站在面前的银发虫族。

亚尔维斯抿了抿唇，嘴角弧线被抿平：“不会。”

顾淮点点头，轻易表示相信了。

“在你要求我离开之前，我会保护你。”亚尔维斯用冷淡的声音说。

顾淮看着眼前这只表现得十分听话的银色大猫，他是不希望亚尔维斯陷入失控的，因此，他想了想，说：“那就一直保护我吧。”

亚尔维斯的浅金竖瞳忽地收缩了一下，他依然面无表情，侧脸看起来却似乎略略紧绷着。

亚尔维斯微垂眉眼注视着眼前的黑发青年，过了一会儿，他再次应了个单音词：“嗯。”

顾淮想着第一个外交对象应该从邻居着手，而不等他考虑怎么传递友好讯号，他在星图上打了个小圈圈的星球第二天就遇上了事。

有一批对这个星球来说挺熟悉的星盗过来抢掠，但这一次，这批星盗却不满足于抢贸易船了，而是把主意打到了星球上。

因为居住在这个星球上的种族并不强大，加上靠近虫族地盘，其他种族都不怎么会靠近。

这对星盗来说就很方便了，一部分星盗团伙隔三岔五过来打劫一次贸易船。之前是抢完就撤，绝不逗留，但抢了这么多次一点事都没有，他们的胃口就逐渐变大了。

被星盗围住的这颗星球是诺姆星，居住在这个星球上的种族是波波尔特人。

尽管在被星盗的舰船围住的时候，波波尔特人就向星盟发出了求援讯号，但星盟的维和部队并没有驻扎在虫族地盘的附近，赶过来需要花一些时间，而他们的防御就要抵挡不住星盗的进攻了。

邻近星系也没有哪个强大的种族能赶过来帮助他们，虫族就不用想了，波波尔特人自动放弃这个希望。

虫族不来侵略他们就不错了，哪能指望虫族肯来救援他们，这事恐怕做梦比较快。

然而，此时在图瑟星的航空港，一艘艘黑色的尤拉战舰静静地停摆在天空，数量极多，是极具压迫感的战舰群。

虽然知道虫族是去救援，可看着这无比夸张的阵仗，两名人类将领各自抽了抽嘴角。

按这个阵仗过去吧，别说那群星盗要吓死了，估计那颗星球上的居民们也得吓死了，多半以为虫族是要把他们两边给一锅端。

你们这样出门是会吓到别人的，你们知道吗?

要救援也不能随随便便上，以一个比较自私的角度，顾淮并不想让自家虫族出现伤亡，假如说帮助他人会伤害自己的种族，顾淮大概会选择袖手旁观。

“要将隔壁星系的动乱镇压下来是很轻易的事情，您不需要有任何担心。”参谋长对顾淮低下头说，表情十分严肃认真。

在知道隔壁星系的邻居因为遭受星盗侵略，而向星际各方发出求援信号以后，顾淮对跟在身边的亚尔维斯表达了他们是不是能救援邻居的想法，然后就有了现在的结果。

参谋长这边并没有事先去了解敌人，因为图瑟的高层们很清楚他们隔壁星系的种族很弱小。连攻打这样弱小种族的星球，都没能马上占下来，可见这批星盗的舰队能力并不值得他们关注。

但即使图瑟星上的虫族都在战略上藐视敌人，调集在图瑟星航空港的尤拉战舰数量依然十分庞大。

这不是因为他们选择在战术上重视敌人，而是顾淮会跟着救援部队一起前往隔壁星系。

虫族确实没把星盗放在眼里，可顾淮要是一同出行，那对他们来说意义就不一样了。

首先，他们得保证自家王的绝对安全，那护卫队是必须有的。

其次，他们不能让自家王为他们担心，那就必须得用最快速的方式解决敌人。

最后一点，对四个军团的虫族士兵来说，他们此时都有一个类似的想法，那就是想在自家王面前好好表现一下。

虽然顾淮为他们担心这件事情让这些虫族士兵高兴不已，但另一方面，他们又不希望顾淮有任何忧虑。

他们希望看见顾淮一直是微笑的，这样他们在看着顾淮的时候，也会因为喜悦而做出有表情的样子。

于是乎，这个救援部队的规模就非常夸张了。

顾淮对这个部队规模暂时还缺少概念，他只觉得这支救援部队的规模比之前去小星球寻找他的联合军队小了不少，甚至现在心里还是有些担心自家虫族。

“这个星盗团伙的名声比黑砂星盗团还要凶恶，我们不需要再多调集些军力吗？”虽然参谋长已经和他说过能够轻易镇压，但他还是态度谨慎。

黑砂星盗团之前惹过图瑟星的虫族一次，后来不走运，被图瑟星的尤拉舰队撞见，结果当然是虫族这边赢了。

现在对方还有几名俘虏关在图瑟星的监狱里，顾淮是在了解两名人类将领可歌可泣的人生经历的时候才知道这个星盗团的。

而此刻出现在隔壁星系的星盗团，据顾淮所知，是目前星际里悬赏排名第六的犯罪团伙，黑砂才排在第十几位。

“如果您希望的话，也可以再多调一支舰队。”参谋长推了推眼镜。

听见这番对话，本来就因为看见虫族救援部队的夸张阵仗而微微抽着嘴角的两名人类，简直想抬手捂住自己的眼睛了，他们甚至有点可怜在隔壁星系的那个星盗团伙。

而且说到“凶恶”，全星际里哪还有比虫族更凶的存在？

两名人类将领在旁边沉默了好几秒，张了张口，没能说出话，只好默默地把这句话憋在肚子里。

整军完毕，顾淮还是乘上了亚尔维斯的那艘尤拉战舰。他摸了摸这艘尤拉的冰冷舱壁，对它说：“我们现在要去救我们的邻居。”

这艘尤拉战舰回应了一整串“咔嗒”声，舰身轻微震动着。

无论是要载顾淮去宇宙的任何一个地方，尤拉战舰都很兴致高昂，确切地说，只要能载着顾淮，尤拉战舰就非常高兴了。

图瑟星这边的救援部队开始出发，而此时在隔壁星系，在星盗舰队的进攻下苦苦支撑着的波波尔特人已经越来越恐慌和绝望了。

星盟派过来的救援部队还和他们隔着好几个星系，就算全速行进，也不可能在一天之内赶得过来，而他们现在可能连半天都要防不住了。

他们面对的是克里芬星盗团，这个星盗团会以像他们一样守备薄弱的弱小星球为目标，直接干一票大的，攻占下来后就在星球上开始烧杀抢掠。

因为这个星盗团每次的攻占和撤离都极其迅速，且舰队战斗力优秀，星盟派出的部队一直没能顺利抓捕到这个星盗团伙，只有悬赏金一路上升。

假如他们星球的防线真的被突破，他们就会遭遇和那些被星盗侵略的星球一样的下场。

己方战舰一艘艘被击沉，星球的防线正以肉眼可见的速度崩溃，诺姆星上的居民在响彻星球的警报声中战栗恐惧着。

此时此刻，除了祈祷以外，他们也不知道自己还能做什么。

但祈祷是没有用的。

“防护层已经被击破了！”

在诺姆星作战会议室里的高层决策者们满脸悲戚，包裹着星球的防护层消失，接下来假如这些星盗再对着星球开火，他们星球上的无辜民众马上就会出现死伤。

“邻近星系也没有种族愿意回应我们的求援吗？！”会议室里的

一个人说。

整个作战会议室里没有人回应这个问题，因为这是显而易见的事情，要对上的是克里芬星盗团，不是什么种族都肯好心到这种程度来帮助他们。

星球的防护层一突破，这些星盗就更加嚣张得意了。他们才不在乎这个星球民众的死伤，爱死多少死多少，只要他们抢掠得高兴就行了。

“继续开火。”星盗团的首领对手下指挥道，“往居民区多开几炮，让这些波波尔特人知道他们从一开始就不应该抵抗。”

通过侦察卫星，诺姆星的决策者们几乎马上就知道了这些星盗的意图。

他们眼睁睁看着敌人战舰上的轨道炮继续瞄准他们的星球，然后光束一闪，轨道炮启动了！

世界上没有什么比这更绝望的时刻。

在这道代表着毁灭的光芒闪烁的那一瞬，诺姆星上的波波尔特人在想，如果有什么人能在这个时候赶来救援他们，那一定是他们这辈子最大的恩人。但这不可能了，没有人能够拯救他们。

轨道炮在外太空发射，大约只需要几秒钟时间就会抵达星球地面。当在侦察卫星传回的画面中看见那道光芒，诺姆星作战会议室里的高层决策者们都选择闭上了他们的眼睛。

然而紧接着，时间过去一秒、两秒、三秒……

星球地面被轨道炮轰炸的场面并没有发生，无论是诺姆星的决策者还是发射轨道炮的星盗，都对这个意外场面愣了一下，没马上反应过来是怎么回事。

而当他们仔细一看，才发现原来是在星球和星盗的战舰之间多出了一道巨大的防御矩阵，而制造出这道防御矩阵的是什么人？

在发生着力场扭曲的迁跃位置，双方的人都找到了他们的答案。

那是一艘冰冷的、无比庞大的黑色的尤拉战舰。

不，并不止一艘。

仿佛只是一个眨眼，数量繁多到恐怖的尤拉战舰就布满了整个诺姆星的外围。这冰冷可怕的尤拉战舰群就这么充满压迫感地出现在诺姆星和星盗中间，将两者直接分隔开。

和这黑压压的一片尤拉战舰群相比，在它们面前的星盗舰队顿时仿佛弱小可怜又无助。

双方的军力根本不能比较，非要形容的话，这些星盗的舰队就像被洪水围住的小蚂蚁，别说对抗，他们可能连挣扎的机会都没有。

虽然双方是敌对的，但诺姆星的人民和这些星盗的反应却是十分一致的。

诺姆星的人民被彻底吓蒙了，被星盗攻击星球，和被这么多尤拉战舰包围星球，他们哪一个都不想要啊！

难道他们的星球被星盗侵略还不够，现在虫族也要选同一天来侵略他们吗？

而直面这片尤拉战舰群的星盗受到的惊吓只会比诺姆星的人们更大，几秒钟前的嚣张气焰几乎马上就被浇灭了，这么近距离面对虫族的尤拉战舰群，这群做事不考虑后果的星盗一时间竟然感到头皮发麻。

顾淮这时待在中心的那艘尤拉战舰里，他看着那支和己方对比起来无比渺小的星盗舰队，不由得抬手挠了挠脸颊。

敌人只是这种程度的话，那自己这个阵仗是不是搞得太大了点？

有了直观对比，顾淮现在终于后知后觉意识到了这件事情。

然后洪水淹没了蚂蚁，根本没花多少时间，被虫族的尤拉战舰群包围起来的星盗舰队很快就被尽数击沉，他们确实连逃跑的机会都没有。

这其实根本不能称之为战斗，只是虫族单方面的碾压。

而通过侦察卫星旁观了这一幕景象的诺姆星人民现在看着替他们

消灭了星盗的尤拉战舰群调了个头，直直向他们星球靠近过来。

诺姆星的人民满脸惊恐，你们不要过来啊！！

但对方在靠近以后，他们接收到了虫族传递过来的一个友好招呼。

“你好。”

由于这个友好招呼，诺姆星的人们此时受到了另一种意义上的惊吓。

直到这个时候，居住在诺姆星的波波尔特人才终于反应过来虫族是来救援他们的。

在星盟的派遣部队都没能赶过来的这个时候，在邻近星系的其他种族都不愿意援助他们的这个时候，虫族来救援他们了。

虫族在他们星球被星盗攻击的时候，开着尤拉战舰过来救他们了。

虫族在把那群星盗全部消灭以后，开着尤拉战舰到他们家门口，跟他们打招呼说“你好”了。

这两件事情无论哪一件都很魔幻，对居住在这个星球上的波波尔特人来说，他们上一秒还以为虫族这么大军压境是要把他们和那些星盗一起端了，却没想到他们在下一秒会经历全星际最不可思议的事情。

虫族向你打招呼，就问你害怕吗?

诺姆星上的波波尔特人表示他们现在很慌张，劫后余生的激动变成了惊吓，但这份惊吓和以前又有所不同。

星际任何一个种族直面这样数量庞大的尤拉战舰群，都会被吓到。这种惊吓是与恐惧相关的，而此时诺姆星的居民虽然也受到惊吓，害怕的成分却并没有以前那么高。

不管怎么说，虫族确实是从星盗手里救下了他们。

只要想到他们在星球的防护层被攻破以后，面对星盗战舰的轨道炮时有多么绝望，那突然出现在他们星球面前，把轨道炮挡下，还把这个星盗团伙歼灭的虫族形象就有多光辉伟大。

像从天而降的英雄一样，简直在他们眼里都闪闪发光了。

一旦加上这一百层光辉滤镜，那虫族的可怕形象顿时就模糊了不少。

面对着虫族的友好招呼，诺姆星的高层决策者们战战兢兢，只好也试探着回应了一个相同的友好讯号。

“你……你好？”

这么黑压压的一片尤拉战舰群停在他们星球面前，星球上的波波尔特人此时都很紧张，生怕这些尤拉战舰会突然向他们开火。

但在他们发送完这个友好讯号以后，从侦察卫星传输回来的画面上，诺姆星的高层领袖看见停在他们星球面前的那些尤拉战舰忽然对他们星球亮起了一盏盏天蓝色的舰灯。

起初只是最中心的那艘尤拉战舰这么做，但在那一盏舰灯亮起后，其他尤拉战舰也陆续跟着给他们亮起了漂亮的天蓝色灯。

像一颗颗明亮的小星星，忽然在他们星球面前就多了一片星星的海洋。

“咔嗒——”

载着顾淮的那艘尤拉战舰发现在诺姆星的波波尔特人向他们回复友好讯号以后，顾淮表现出了高兴的表情，所以它向这个星球亮起了天蓝色的灯。

这个星球上的人做出了让顾淮觉得高兴的事情，所以这艘尤拉战舰主动对他们表达友好。

其他的尤拉战舰也是因为知道了这件事情，才齐齐做出相同的举动。

天蓝色，毫无疑问是代表善意的。

尽管亮起这些天蓝色灯的尤拉战舰看起来都无比冰冷且具备强大的压迫感，诺姆星的人们还是因为这片美丽的星星海洋而愣了愣。

诺姆星的人们现在忽然有一种很奇幻的感受，他们有种邻居上门拜访的感觉。

虽然这个邻居很可怕，可是这个可怕的邻居二话不说就帮忙打倒了欺压他们的强盗，那他们就不能不欢迎这个来拜访他们的邻居了。

不仅欢迎，还得主动迎接。

诺姆星的高层决策者们在会议室里紧急讨论了一番后，最终做出一个其他种族可能会认为他们是疯了的决定。

他们亮起了航空港塔楼上的灯，三道晶能光束互相缠绕着垂直升起，穿透了大气层，一直抵达星球外部。

这是波波尔特人对其他星球的访客表示最大欢迎的礼仪形式。

请虫族来自己家里做客，还是开着无数艘尤拉战舰的虫族，在目前的星际里，这件事情绝对没有其他种族敢做。

但作为一个在星际中势力非常弱小的种族，波波尔特人现在做出了其他所有种族都不敢做的事。

“这是对我们表示欢迎的意思吗？”顾淮指了指那道冲破了星球大气层的晶能光束，偏过头问站在他旁边的亚尔维斯。

这道晶能光束非常耀眼，顾淮一眼就看见了。

亚尔维斯瞥了一眼，然后对顾淮应声：“嗯。”

人人畏惧而避之不及和受到正常的欢迎对待，顾淮怎么也是希望自家虫族能成为后者的。

现在他们得到了第一份欢迎，虽然说暂时也只有这一份，顾淮也觉得是不错的开展。

去邻居家做客有利于增进彼此关系，顾淮很快接受了波波尔特人对他们的邀请。

庞大的黑色战舰逐渐出现在天空，一艘接着一艘，没一会儿就占据了整个天空。

这些尤拉战舰超过半数都是毁灭者级的规格形态，哪怕静止不动都非常吓人，别说它们现在还是行动状态。

毁灭者级的规格形态是个什么概念？

战舰的规格等级分为五种，分别是轻量级、远航级、黑曜级、无畏级、毁灭者级，这是在星际中受到广泛认可的战舰规格划分。

毁灭者级的战舰代表着目前星际里在军事方面的最高科技水平造物，只不过虫族的尤拉战舰是属于黑科技。

此时许多从家里走出来，或者从窗台探出脑袋望着天空的波波尔特人，忍不住吞咽下口水，这场面实在太大，他们有点缓不过神来。

这是诺姆星的航空港第一次接待数量如此之多的星舰，因为种族弱小，加上星球离虫族地盘近，一般也没有多少访客会拜访他们。

诺姆星中心城市的航空港规模不大，根本不可能容纳下这么多尤拉战舰，即使这些尤拉战舰都把自己的规格缩小到轻量级的探索舰形态，这个航空港也实在挤不下了。

顾淮从战舰里下来以后，载着他的这艘尤拉战舰等其他虫族也登上星球了，才用拟态变形的能力把自己的体形尽可能缩减到最小。

不知道多久没有用这样的探索舰形态了，原本该是毁灭者级的规格，或者至少也该是黑曜级战舰的尤拉们，此时都仿佛变得小巧，让顾淮看着不自觉微弯嘴角。

“委屈你们啦。”顾淮轻轻拍了下面前这艘尤拉战舰的舰身。

对虫族来说，没有把拥有的力量收敛起来的道理。

本来这些尤拉战舰该是永远只会以自身最强大的形态出现，现在却不得不缩减规格，某种意义上来讲确实是有点委屈了。

“咔嗒！”

“咔嗒，咔嗒——”

温暖的天蓝色舰灯像是这些尤拉战舰的眼睛一样，它们对顾淮亮起这个颜色的灯，就像是用和这暖色灯一样的眼神在注视着顾淮，表现出一种非常单纯的喜爱。

诺姆星的高层决策者们已经急匆匆地赶到了这座航空港，然后一眼就看见了亚尔维斯。

虫族的四名军团长都在场，为什么他们会第一眼先看见亚尔维斯，主要是对方身上的气场实在让人无法忽视。

那种与生俱来的掌控者特质太过突出，就算亚尔维斯只是冷淡地站在某个地方不动，也没有人能够忽视他的存在。

对于自家星球中心城市的航空港不够大这个问题，诺姆星的议员们此时有点着急又窘迫。

他们的首席外交官走到亚尔维斯面前，用试探的语气询问："这座航空港的位置不够，有一部分战舰需要移动到邻近地区的航空港，请问您觉得这样可以吗？"

亚尔维斯垂眸看了对方一眼，冷淡不语，只是往旁边走一步，把被他挡住的青年身影让了出来。

亚尔维斯走到的位置是顾淮的左侧稍后一些，这个站位能够充分表现他的态度。

亚尔维斯把位置一让开，在诺姆星的议员们眼里，一名有着柔软黑发、样貌看起来相当好看的青年就出现在眼前。

然而第一眼看见顾淮时，诺姆星的议员们齐齐愣住。

人类？

本来就着急的高层们视线一顿，对在一群虫族里看见一名人类在那儿好端端地站着的情景不禁发愣。

以人类和虫族的关系，这个场景就很不可思议。

但不等他们愣神多久，发生在眼前的下一个画面让他们彻底瞪大眼睛——图瑟星参谋长在这名被他们以为是人类的黑发青年面前单膝跪下了，低着头问："陛下，您想在什么时候进食？您觉得饿了的话，请一定要告诉属下。"

自从不久前经历过让顾淮饿肚子的情况，参谋长对顾淮的进食需求就盯得更紧了。

他甚至吸取了教训，把顾淮的蛋壳粉分了一部分装在另一个小罐子里随身带着，当然还有普巴诺树汁，也一起准备着，随时能让顾淮进食。

“再晚点吧，现在还不饿。”顾淮想了想，说。

鉴于之前观察到虫族四个军团的联合军队，诺姆星的高层们对虫族的四名军团长一起出现这事不至于毫无心理准备，但他们对顾淮的出现是完全猝不及防的。

遭受星盗纷扰的波波尔特人没空关注虫族具体发生了什么，他们并不知道虫族诞生了王这件事情。因此，眼前场景对他们造成的冲击就更加巨大。

在他们眼前这名从外形上无论怎么看都是人类的黑发青年，是虫族的王？

头脑有点转动不过来，在场的波波尔特人卡壳了好几秒，好不容易才让自己理解现实。他们的首席外交官绷紧了背脊，此时硬着头皮上前，把他刚才问过的话又对顾淮说了一遍。

这些波波尔特人很担心顾淮会因为他们疏忽而发怒，但顾淮并没有任何不高兴，他在听见问题后只是点点头，很好说话地同意了。

但对于因为这座航空港没位置而要移动去邻近地区的尤拉战舰来说，要去别的航空港就代表着它们会离顾淮远一些，于是这一部分尤拉战舰就表现出了一点不怎么愿意走的情绪。

直观表现为舰身震动，战舰上的天蓝色舰灯一闪一闪地闪烁着。

“咔嗒……”

“也没有离得很远。”顾淮过去摸了摸其中一艘尤拉战舰的舰灯，眨了眨眼说，“等回图瑟的时候，我过去找你们。”

顾淮的安抚很容易就让这些尤拉战舰雀跃起来，被顾淮摸着舰灯的这艘尤拉战舰轻微震动下舰身，像是回蹭了一下顾淮的手，然后它们闪烁着的舰灯又稳定亮起来。

虫族是救了他们星球的恩人，虽然内心紧张，但主动对虫族发出欢迎邀请的波波尔特人现在其实还是想对虫族表达他们的感激。

不过他们的星球并不繁荣，发展甚至是落后的，现在要招待一个比他们强大那么多的种族，这些波波尔特人不免感到局促。

“实在非常感谢您对我们星球的这次援助，我们不知道该怎么报答这份恩情。如您所见，我们的种族并不强大，但是如果虫族以后有什么需要我们种族的地方，我们一定会尽力帮忙的。”思来想去，诺姆星最高议会的首长现在只能想到这一句表达他们真诚感激的话。

顾淮选择救援诺姆星的时候，并没有想过要对波波尔特人索取什么回报，但他当然不会嫌弃自家种族的助力多，盟友总是越多越好，所以他点了点头。

“如果您不介意我们的星球有些落后的话，我们想招待您几天。”诺姆星的首长说道。

对于自身种族弱小和星球发展较为落后这两点，波波尔特人虽然有点局促，但并不感到自卑，他们尽力给出最好的招待，这样就不会有任何羞愧了。

“不会介意的，我觉得你们的星球很好看。”顾淮在这个星球的中心城市看见了他熟悉的花，是亚尔维斯送给他的那种。

“这是什么花？”顾淮伸手指了指不远处的白色花，对他面前的几名体形看着都像小叮当一样矮矮胖胖的波波尔特人询问。

首席外交官马上回答：“是埃莉诺花，这种花是我们这个城市的标志物，大街小巷基本都能看到。不过开得最漂亮的埃莉诺花是栽种在城市的中心庭院，您如果想要观赏的话，我之后可以带您过去。”

这么说着，首席外交官忽然想起一件事情，匆匆补充了一句：“不过庭院内环有一片区域的花，不知道为什么被人摘得快秃了，路过那片地方的话，可能会影响您的观赏兴致。”

摘秃了？

顾淮在心里想了一下这三个字，不由自主地把目光移到身边的亚尔维斯身上。

察觉到顾淮的视线，亚尔维斯垂了垂眼，轮廓冷峻的侧脸似乎有一丝紧绷。

破案了，是他们家这只大猫干的。

发现了这个事情真相，顾淮这时默默不说话了。

“可能是因为埃莉诺花的寓意，最近快到塔桑节了，很多人就会跑去摘花。”外交官继续说着。

“什么寓意？”

顾淮随口一问，然后很快听见了对方的回答：“纯洁的感情。”

顾淮想了想那朵插在玻璃水杯里、摆放在房间窗台上的纯白色花，不得不承认这种花的样子确实很符合这样的寓意。

花的颜色纯白无垢，花瓣形状漂亮，并且也不像玫瑰那样有刺，轻轻摇曳时显得十分柔软而美好。

顾淮快速看了一眼走在旁边的亚尔维斯，侧脸依然没什么表情，显得漠然又冷静自若。

亚尔维斯似乎无论什么时候都是这样的表情，即使内心有澎湃汹涌的破坏欲和化作痛苦需要忍受的烦躁感，但他表面看起来仍是一副丝毫不受影响的样子。

因为这样的忍耐对他来说已经习惯了，除非理性彻底崩塌的那一刻。在这之前，几乎没有人能够察觉到他的异样。

顾淮当然知道亚尔维斯不清楚这朵花的寓意，毕竟一开始亚尔维斯还问他花是什么，但他收下了花，后来还让亚尔维斯给他送一模一样的，这搞不好就要被亚尔维斯认为是一种戏弄了。

路上不方便解释，所以顾淮也只是往旁边看了一眼就把头转向正前方。而在顾淮没看见的地方，他没发现亚尔维斯的视线先是冷淡地瞥过路边的埃莉诺花，然后停留在他身上。

比起其他情感丰富的种族，虫族本来在天性上缺乏感情，而亚尔维斯对这些情感也没有理解的欲望。

感情会影响理智判断，他并不需要理解这些多余的东西。

亚尔维斯只是觉得，这种纯白色的花和顾淮很相配。

在紧张的情绪下，波波尔特人的首席外交官把顾淮带领到一座宫殿，这座宫殿是他们种族招待尊贵客人才开放的地方了，现在只有虫族入住。

“欢迎您来我们星球做客，但是宴会没来得及筹备，会推迟到明天，请您见谅。”外交官对顾淮低下头。

诺姆星几分钟前都还在遭受星盗侵略，星球危在旦夕，谁也没想到接下来会是这样的发展。

招待重要的客人兼恩人，欢迎宴会总不能随随便便凑合，诺姆星的高层决策者们之前紧急商议，觉得推迟总比简陋要好。

波波尔特人本来就是长得矮矮胖胖的样子，还头大身子小，眼睛也大大的，让顾淮总以为看见什么 Q 版人物，有种怪可爱的感觉。

“没关系。”顾淮点了点头表示理解。

“那在这之前，您需要我当向导带您游览我们星球的中心城市吗？还是您想先在这里休息一下，无论您需要任何服务都请直接告诉我们。”首席外交官继续谨慎地说。

顾淮看了外边一眼，想了想说：“向导就不用了。”言下之意是想自行外出。

而在顾淮面前的外交官也很快应下：“好的。”

随行的波波尔特人离开了宫殿，让顾淮有任何需要的时候直接通信传呼，虫族士兵也被安排了各自的住所，有的是在宫殿外边的府邸。

等屋子里终于没了外人，顾淮侧过身面对在他旁边的亚尔维斯，向对方解释说：“花的寓意，其实我也不知道，没有故意戏弄你的意思。”

亚尔维斯略微低头，没被绑带蒙住的浅金色眼睛也微垂下来，平静地注视着顾淮的脸。

“等下一次，你给我摘别的花就好了。”顾淮说到这里，尽量也表现得若无其事。

让亚尔维斯给他送了两次埃莉诺花什么的，虽然说是双方都不知情的误打误撞，可他还是想捂一捂自己的眼睛。

亚尔维斯闻言，透着冷淡情绪的双眼没有移动视线，他用低沉声音平静地说：“白色的花，很合适。”

不管寓意是什么，单从花的形态外貌来说，亚尔维斯认为这种花很适合顾淮。

顾淮思考了一下才从亚尔维斯简短的话语里明白他的完整意思，他大概并不在意花的寓意，只是单纯觉得这种花适合自己。

既然他不在意，也没觉得被戏弄，那顾淮就放心了。

顾淮觉得不要向导，他自己观览这个星球会更有意思，但他出门是一定会有护卫的，除了看护他的塔克虫族以外，还被卡帕莉娅请求从四名军团长里选一个当近卫跟着。

经过上次顾淮被两个人类带到另一个星球的事件，并不擅长保护的虫族现在对顾淮的看护可以说是越发严密了。

但他们不希望顾淮有被看守的感觉，所以明面上跟随的护卫不会很多。

比如说，他们现在让顾淮在四名军团长里选一个近卫，其实另外三名军团长等一会儿还是会远远地跟着。

做这种选择题很让人头疼，因为不管选哪一个，顾淮都会觉得另外三个人会有点失望。

“就亚尔维斯吧。”视线在四名军团长身上转过一圈，顾淮最后还是做出这个选择。

听见顾淮的答案，悉摩多“唔”了一声，艾伊虽然表情沉静，但也轻微皱了皱眉，而卡帕莉娅冷冷地看了亚尔维斯一眼。

这并不是因为失望或者别的什么，会有这样的表现，是因为他们三个人都对亚尔维斯怀有一定程度的戒备。如果只是因为没被顾淮选而有点失望的话，他们最多只会面无表情。

顾淮带着他身边的塔克虫族士兵先一步出门，等差不多走到门口的时候，还留在屋子里的卡帕莉娅才冷声开口说："如果你因为失控伤害了王，我不会放过你的。"

虽然说亚尔维斯最近的情况看着还算稳定，但卡帕莉娅不能忽视那份潜在的危险。

亚尔维斯依然是那副冷淡表情，但在不是面对顾淮的时候，他身上的攻击性就会变得明显。

亚尔维斯微眯起眼，在这时嘲弄般地哼了一声："前提是你能做得到。"

这么说完，亚尔维斯也不理三人，面无表情地跟在顾淮后边出门了。

失控。

这个词语在亚尔维斯心里打了个转，让他望着走在前边的顾淮时，一时间没有习惯性跟上去，而是远远地跟随着。

应该不会失控——应该这个词本身就存在不确定性，因为明白这一点，亚尔维斯对卡帕莉娅的话并不是毫无反应。

但亚尔维斯之前已经答应了顾淮，自己会一直保护他。

接受了观察虫族的变化这个日常任务的沈牧和哈默两人此时也到了诺姆星，他们可以自由活动，于是两人此时刚好看着亚尔维斯远远跟随着顾淮。

这样的跟随就像是受到什么强烈吸引，想要靠近，却又因为顾虑着什么事情而保持距离。

当经过两人身边的时候，亚尔维斯步伐一顿，冷漠地瞥了两人一眼才继续前行。

被这充满压迫感的视线扫过的两人，都身体一僵。沈牧和哈默很清楚，亚尔维斯这是还记着他们之前做的事，顺便警告他们一下。

顾淮带着一群塔克虫族士兵出门，二十多个塔克虫族士兵一起出现，对诺姆星的居民来说，视觉冲击不小了。

星际中所有种族的人都知道，塔克虫族是虫族里最凶悍残暴的族群，尤其低阶的塔克虫族很容易被激怒。因此，刚一看见的时候，居住在诺姆星中心城市的波波尔特人还是有些害怕。

但远远观察了一会儿，诺姆星的居民发现，这些塔克虫族士兵并不会随便攻击。它们一路走过去，没有伤害任何东西。虽然比较缺乏智慧，但确实拥有着正常的理性。

顾淮这次出门没坐在塔克虫族的肩上，他被塔克虫族围在中间。当他带着这些塔克虫族走到靠近中心庭院的街道的时候，一个波波尔特人向他们小跑了过来。

这名波波尔特人是个只有两三岁大的小女孩，成年的波波尔特人都只有顾淮的一半高，小孩子就更不用说了，一双小短腿跑得极其费劲。

“谢谢大虫虫。”年幼的波波尔特人奶声奶气地说着，然后蹲下身体，把一个小小的花环挂在一个塔克虫族士兵垂放下来锋利前臂上。

虫族是救了他们星球的恩人，因为虫族的救援，他们的星球才没有被星盗侵占抢掠。家长是这么对小女孩说的，但家长没有想到自己的孩子会在听完这个话以后做出这个行动。

看见这名年幼的波波尔特人接近身躯庞大的塔克虫族，不远处的其他大人都不禁有点紧张，心都提起来了，但接下来的画面让他们愣住了。

前臂挂上这个小花环的塔克虫族歪了歪头颅，猩红的眼睛盯着眼前幼小的身影，从喉咙里发出一点低低嘶声。

这是一只幼崽，这个塔克虫族士兵是这么判断的。

这些塔克虫族士兵虽然只会宠爱它们看护的幼崽，但对其他幼崽，态度至少也还是比对大人要温和一点点的。

塔克虫族似乎也并没有传言中的那么残暴，看见这一幕场景的波波尔特人不由得产生这样的想法。

顾淮是以中心庭院为目标前行，这座城市的中心庭院是占地面积相当宽阔的温室花园，许多巨型树种经过设计，成了花园里的高耸建筑，品种繁多的美丽花卉盛开着，还有一道道人工制造的瀑布。

这座中心庭院能算是诺姆星的一大景点，顾淮进入庭院内环，果然看见有一片区域的花被摘秃了。

真的就是字面意义上的“秃”，整个树枝都光秃秃的，一朵花都看不见了。

顾淮看着这些光秃秃的树枝，不知怎么的，竟然有点想笑。

明明他现在应该是要有负罪感的，如果不是他说要一模一样的花，这几棵树就不会这么惨了。

因为知道顾淮到了什么地方，原本只是远远跟随的亚尔维斯不易察觉地抿起嘴角，最终还是出现在顾淮面前。

而当他到了顾淮面前，看见顾淮望着这些光秃秃的树很明显笑了一下的时候，银灰色尾巴不由得用力甩动了一下。

注意到那条银灰色尾巴的甩动，顾淮很快把嘴角弧度压下来，然后说：“并不是在笑你。”

顾淮以为亚尔维斯的尾巴会这样甩动是因为不高兴，便迅速解释了一下。

听见这句话语的亚尔维斯没说话，他的尾巴之所以忽然这样动一下，是因为他看见顾淮的笑容，然后尾巴就不受控制地动了。

在这时，顾淮记起来一件事情，之前图瑟星下雪的时候，他送了亚尔维斯一片雪花，结果没想到亚尔维斯的反应很认真，于是他承诺以后去别的星球的时候，会送亚尔维斯一朵不会融化的花。

庭院内环的花有一小片区域是可供摘取的，顾淮走过去一看，发现那片区域的花都是埃莉诺花。

想了想，亚尔维斯反正也不在意花的寓意，顾淮很干脆地就摘了一朵，然后拉起亚尔维斯的手，把这朵花直接放到他手里："之前答应送你的，不会融化的花。"

手心里的花很轻，几乎没有重量，亚尔维斯迟迟没做出收拢手指的动作，他垂了垂眸，片刻后问出一个问题："你刚才为什么选择我？"

他的保护，本身就存在危险性，选择其他三名军团长中的任何一个，都比选择他好。

顾淮对上亚尔维斯那双冷冽得让他人不敢直视但非常漂亮的浅金色眼睛，说："因为希望你有更多时间看见这个世界，要是在我旁边，能让你觉得安静的话，你就多待在我身边好了。"

亚尔维斯沉默不语。

"来得迟了一些，抱歉，没能早点出现。"虽然当亚尔维斯的安定剂并不是自己的义务，但顾淮还是觉得，如果自己能更早出现的话，亚尔维斯也不用辛苦忍受痛苦这么久了。

听到这里，亚尔维斯终于缓慢且轻轻地收拢自己那只放着花的手，为了不伤害这朵脆弱的花，他尽力克制着自己的力度。

以前在忍耐着内心肆虐的破坏欲望和烦躁感所带来的痛苦时，亚尔维斯都觉得，就算有一天他的理性彻底丢失了也无所谓。

他有时候甚至是放任自己失控的，当理性消失的时候，他不会再清楚地感受到那些烦躁和痛苦了。

正常人会不想让自己变成疯子，竭力维持理智，但亚尔维斯却不觉得陷入疯狂有什么不好。

那为什么还要将眼睛蒙住继续忍耐，亚尔维斯望着眼前青年温柔的黑色眼眸，他忽然找到了答案。

他应该就是为了等待这个人的出现，才会忍耐了这么久。

而在终于等到对方以后，他再也不能放任自己的失控，因为从这一刻开始，他必须永远保护对方。

诺姆星的这座中心庭院是居民非常喜欢过来散步游玩的地方，在走到庭院外环的另一片可摘取区域的时候，顾淮看了一眼那个正挂在一个塔克虫族士兵锋利前臂上的小花环，它往那片区域走了进去。

那片区域的花就不是埃莉诺花了，而是另一种鹅黄色的花。

顾淮走到目标树下的时候，刚好看见一个年轻的波波尔特人苦恼地抬头望着一颗卡在树枝上的小球，顾淮伸手轻松地把那棵小球拿了下来，转身递给对方："给你。"

在诺姆星上和波波尔特人待在一起，总会让顾淮有种自己的身高简直优秀得不行的错觉。

但只要一面对自家虫族，特别是面对亚尔维斯的时候，顾淮就又回到现实了。

这段时间喝着蛋壳奶的时候，顾淮本来以为自己在这个世界的身体还能再长高几厘米，然而这个愿望并没有实现。

这名年轻的波波尔特人刚想道谢，就看见了后边跟过来的虫族，表情马上变了变，对顾淮说："你快点躲到树后面。"

帮他捡球的青年很明显是人类，人类和虫族的关系不好，这是星际各族人们都知道的事情，这个波波尔特人不希望顾淮受伤。

顾淮疑惑地看了对方一眼，他为什么要躲起来?

而在顾淮这么想的时候，本来就离他不远的亚尔维斯和塔克虫族都已经靠近过来了。

因为看见顾淮刚才在抬头望树，这些塔克虫族士兵自动理解为顾淮对树上的东西感兴趣。因此，其中一个塔克虫族士兵移动到顾淮面前，动作已经能称得上是熟练地稍伏低身体，用前臂把顾淮抱起放到了自己肩上。

年轻的波波尔特人呆住了。

顾淮看见对方的表情，终于大致明白了，他好心解释说："我不是人类。”

这个波波尔特人一时间还是没能缓过神来，而顾淮已经伸手去摘树上的花了。

坐在塔克虫族的肩上，树上的花对顾淮来说就触手可及了。摘了好几枝花以后，顾淮低着头开始一阵捣鼓。

捣鼓了许久，顾淮编出一个勉勉强强还算是成功的花环，然后把这个鹅黄色花环戴在载着他的这个塔克虫族士兵头上。

被戴上花环的塔克虫族士兵微微收缩猩红的眼睛，但没有做出歪一下头颅的动作，而是忽然像被定住身体那样一动不动，因为怕把这个花环从头上弄掉下来。

这个塔克虫族士兵对顾淮发出低低的沙哑嘶声，从它小心翼翼的动作看，可以看出它非常重视顾淮送给它的花环。

在看见波波尔特人的小孩送花环的时候，顾淮就冒出了给看护他的塔克虫族都编一个花环的想法，于是就这么做了。

“这种东西叫花环，虽然没有什么实质性的作用，但是挺好看的……”说到这里，顾淮瞅了一眼他编的几个花环，不得不稍微改个口，“我编得不好，编得好的就会很好看了。”

现在顾淮身边的每个塔克虫族士兵头上都顶了一个鹅黄色的花环。有这样一个花环在头上，这些外形可怕的塔克虫族给人的危险感仿佛都弱化了几分。

听着顾淮的话，这些塔克虫族士兵开始思考和尝试理解，它们不一定能够完全听懂顾淮的话，但每次都努力思考顾淮向它们表达的意思，然后给出回应。

低阶虫族是缺乏智慧的，它们的智慧和能够进阶出类人形态的虫族有着明显差异，但这种情况似乎也不是完全不能改变。

顾淮发现，自己身边的塔克虫族现在可以理解比之前更多一些的东西了。

虽然总体来说还是欠缺智慧，但已经是有一点进步了。

所以，顾淮总是有意地告诉它们某件事物是什么，他想让这些塔克虫族士兵能够理解越来越多的东西。

完成了第一次精神力进阶以后，顾淮现在的精神力比之前多了不少。从载着他的塔克虫族士兵肩上下来，然后站在这些塔克虫族士兵面前，对它们建立起精神链接。

精神链接能够起到引导作用，作为王，顾淮天生知道该怎么运用他的力量去引导低阶虫族。

这是顾淮做出的尝试，他希望经过引导，低阶虫族在未来能够拥有正常的智慧，甚至是进阶出类人形态。

这件事情毫无疑问是需要很长时间才能看出效果，并且也不一定能够成功，但顾淮还是想努力一下，就从现在开始。

接收到精神链接，对这些塔克虫族士兵来说，就是顾淮在呼唤它们。

被看护着的幼崽呼唤，尽管幼崽没说出任何要求，这些塔克虫族士兵现在还是非常认真地注视着顾淮，冰冷的猩红竖瞳紧紧盯视着他。

“好了。”在能力范围内建立持续了好几分钟的精神链接，顾淮将身边的塔克虫族都笼罩在他的精神领域里，等结束后，他弯起嘴角对这些塔克虫族士兵点了点头。

虽然这些塔克虫族士兵并不太清楚顾淮做了什么，但它们还是发出了回应的声音。

“那我们回去吧。”出来逛得也差不多了，顾淮侧过头对安静跟在身边的亚尔维斯说。

亚尔维斯略微颔首，表情冷然，但明显表现出顺从的态度。

超过半个头的差距，顾淮对比自己跟亚尔维斯的身高，忍不住就轻叹一口气。

他怎么就没这么高呢？

“为什么叹气？”亚尔维斯垂着眼问。

“这个……”顾淮纠结了一下，要说出原因就感觉怪不好意思，但不想眼前这只大猫误会什么，他想了想还是实话实说了，“因为也想像你这么高，但是不可能再长高了，就有点失望。”

顾淮说完就抬手捏了捏自己的耳朵，每当他觉得不好意思的时候，耳朵尖就会有点发红。

而亚尔维斯没立刻说什么，只是把身后的银灰色尾巴移过来。顾淮本来以为自己要被这条尾巴圈住还是怎么的，没想到一个恍神，他就坐在这条冰冷的尾巴上边了。

顾淮侧坐着，双脚离地，还没反应过来这是什么情况。这条银灰色的尾巴往上抬了抬，于是顾淮的视线就超过了亚尔维斯。

“比我高了。”亚尔维斯说着，把自己的尾巴移回身后，然后开始往回走。

亚尔维斯的步调向来十分沉稳，不快也不慢，即使面对敌人的时候也是这样。

这样的步调在无意间让人感受到一种游刃有余的高傲和危险，只是在银灰色尾巴上坐着一个人的时候，那种危险感觉就被迫消散了。

别人碰了会要命的银灰色尾巴，顾淮现在坐在上边。

刚开始，顾淮没反应过来，还愣了一下。直到被这样载着走了好几步路，他才匆匆回神。

这只大猫想出来这种让他“长高”的方式，未免也太可爱了点。

亚尔维斯对他非常顺从，他能够清楚感受到这一点，也是因为亚尔维斯在他面前实在表现得太听话了，所以亚尔维斯因为某些事情而明显表现不高兴的时候，他甚至都忍不住主动去哄一哄。

像现在被亚尔维斯用尾巴托着，顾淮想了一下亚尔维斯做这件事情的认真态度，就安分地坐着不动了，任由亚尔维斯这样托着自己回去。

当顾淮被这样托着回去的时候，刚好回到宫殿附近的沈牧和哈默两人看见了这个画面，都沉默了，而这一次亚尔维斯没有理会他们，径直从他们身边走过。

波波尔特人为虫族准备的欢迎宴会很隆重，在这个欢迎宴会快要结束的时候，顾淮正式和波波尔特人的领袖缔结了双方种族的友好盟约。

虫族获得了在星际中的第一个盟友。

而在这期间，星际里也不是什么事都没发生。比如说，就在昨天半夜里，又有一个规模比较小的星盗团跑来诺姆星。

这个星盗团是之前收到诺姆星被克里芬星盗团攻打侵略的消息，打着想分一杯羹或者捡点漏的主意过来的，结果刚过来想干点什么，就被冒出来的尤拉战舰吓个半死，然后被无情歼灭。

星盟的救援部队终于姗姗来迟，他们来到诺姆星附近，却发现这个星球好像无事发生，星盗什么的根本就没有。

星球防护层也正常开着，并不像遭受侵略的样子。

还是说，星盗已经完成攻占了，现在已经占据了星球内部？

如果是这样的话，那他们的救援部队就不能轻易深入，不然一不小心就全军覆没了。

为了想怎么招待虫族，波波尔特人的高层决策者们根本没空想别的事情，直到星盟的救援部队来了，他们才想起来自己忘了向星盟撤销求援。

而在这个时候，星网上也有许多种族的人们在议论着诺姆星是不是已经被星盗占领了的事。

星盗团伙一直是星际各个种族的人民烦恼的东西，强大的种族还好说，对星际里一些比较弱小的种族来说，这些四处找目标抢掠的星盗团伙就像头顶的一片阴影，让他们时不时就需要担心一下。

—（乌帕兹星系）：以诺姆星的守备力量，肯定撑不到星盟的救援部队赶过去，现在多半是被星盗抢掠完，或者直接被占领星球了。

—（克托星系）：波波尔特人也向邻近星系求援了吧？都没有人肯去救援。

—（埃索星系）：诺姆星又不是什么发达的星球，救援他们得不到什么大的好处，而且他们遇上的是克里芬星盗团，哪个种族会愿意在这种情况下去帮他们，没人肯去才是正常的。

星网上的议论一片倒。

但在这个时候，一条来自潘多拉星系——即诺姆星所在星系的评论让刷星网的所有人都愣了一下。

kk（潘多拉星系）：虫族过来救援我们了，他们现在正在我们的星球上做客。

做客？做梦吧？

在星网上刷到这条评论的星际各种族人民都是一百万个不信，他们甚至觉得，是有人专门跑到潘多拉星系，然后发了这条虚假言论。

首先，虫族会愿意提供救援这事就已经不可能了，做客这事就更加离谱。现在的人编造虚假言论博取视线，都这么不走心了吗？

没有人把这个言论当真，直到星盟收到波波尔特人的领袖传达的信息，这条言论才被证实了。

而这一条言论的证实，就像一块巨大石头砸进水面那样，马上就在整个星际里引起了轩然大波。

星网一下子热闹起来了。

当然，在这个科技高度发达的星际时代，星际网络是不会崩溃的，只是极短时间内，星网的同时在线人数暴涨上升，浏览量达到了一个高峰。

如果说波波尔特人遭受星盗侵略这事，之前还只是星际里一小部分种族的人们在观望，现在牵扯到虫族救援，关注的人就陡然增长，星际里几乎每个种族的人都多少听闻了这件事情。

一开始，就算这个言论被星盟那边侧面证实了，还是有许多人没有马上相信的，直到后来有人专门去收集了相关情报，并且将一些已知情报公布在星网上，虫族救援波波尔特人这件事情才被彻底确认了。

于是此时在星际里，居住在不同星球上的各种族人们都是一副难以置信的样子，在诧异的心情下瞪着星网。

虫族的冷酷和残暴是刻印在种族天性里的，他们缺乏感情，种种行为表现都十分冰冷。

别说对外，就连对内都是表现冷漠的。

在这样的前提条件下，说虫族主动去救援了波波尔特人，这简直就跟天上下红雨了一样稀奇。

—（乌帕兹星系）：是真的！我这边听到消息，克里芬星盗团被虫族的尤拉舰队全歼了！一艘战舰都没能逃跑，全部被虫族的尤拉战舰击沉了！

Siva（索帕星系）：不止是克里芬星盗团啊，后边还有一个规模小一点的星盗团不明情况撞了上去，也被虫族解决了。

—（丹加星系）：虫族为什么去救援啊？难道虫族现在把邻近星系也划进地盘了，所以不允许星盗经过？但波波尔特人还说虫族在他们星球做客……

星网上议论纷纷，而在这个时候，一条角度清奇的评论出现在星际各族人民的视野里。

—（埃索星系）：可能虫族比较霸道，不让别人动他们的邻居，要动只有他们能动的那种？

这条评论让许多人陷入沉默，但他们细想了想，又觉得好像不是没有这个可能。

不管星际里其他种族的人们现在怎么想，顾淮这边反正是已经跟波波尔特人建立外交了，并且也打通了双方之间的贸易等多方面交流。

说到贸易，图瑟星因为土壤问题，星球的粮食需求一直是依靠从星系内的其他几个星球运输过来解决。

但在保证自己星球供给的情况下，要满足图瑟星的粮食需求，对图瑟星旁边的几个星球来说也不容易。因此，图瑟星许多时候还得从稍远一些的军团领地里调来粮食物资。

而现在和波波尔特人建交开通贸易，图瑟星以后就可以从邻近星系的诺姆星进口这方面物资，能够更方便解决星球的粮食需求问题了。

为了感谢虫族对诺姆星的救援，波波尔特人给虫族送上了许多价值不菲的东西。双方订立盟约的时候，波波尔特人的领袖也打算爽快签下，但就是盟约上特别添加的最后一条协议让诺姆星的高层决策者们都蒙了一秒。

协议 ×：在从今以后的每一届“星际最可爱生物评选”中，波波尔特人要以“顾淮”为投票对象。

诺姆星的高层决策者们都一脸呆滞。

顾淮看着对面的波波尔特人的表情变化，在这时无言地抬手捂了捂眼睛，心情相当无奈。

盟约这种东西该怎么订立，具体要有什么样的协议，顾淮对这方面事情并不擅长，他当然不会因为王的身份就自顾自地做，而是选择把这事交给自家擅长这方面事情的参谋长和军团长们。

顾淮在旁边学习，什么事情都是从不会到会的，为了以后不在这个王的身份下出错而影响种族，尽力去多接触各方面需要掌握的东西。

他就看着己方这边拟定的协议，从头到倒数第二条都很正常，直到看见最后一条特别附加的协议时，就不由得抽了抽嘴角。

顾淮都不知道为什么自家虫族就是这么执着这件事情，他在旁边试图打消他们的想法，慢吞吞地开口说：“最后这条协议还是不要了……”

可是话刚说出口，顾淮就面对周围所有虫族的无声注视。

对虫族来说，他们应该都是会无条件顺从顾淮的要求，无论顾淮想要什么，只要顾淮说出口，他们都会努力去做到。

但实在有想要坚持的东西的时候，他们就会像现在这样，看着顾淮不说话，在无声中表达出希望顾淮能够改口的意思。

而顾淮被自家的虫族这么眼巴巴地望着，他沉默了一会儿，还是妥协了：“随便你们吧。”

顾淮这么说完，很快感知到周围的虫族多了点高兴的情绪，一时间不知道该做何感想。

虽然对这最后一条特别附加的协议有点蒙，但波波尔特人的领袖还是很快就把盟约签下了，这条投票协议被正式记入到双方种族的友好盟约之中。

而作为观察者旁观了这一系列发展的两名人类将领，对最后一条协议也是愣住了。

“星际最可爱生物评选”是什么东西？

怎么这条协议的每一个字他们都看得懂，组合起来就这么令他们迷惑？

关于这个在星际里认可度还挺高的评选，沈牧和哈默也是知道的，但他们的人生都这么跌宕起伏了，哪还有心情关注这东西？

他们匆匆上星网一看，才发现今年的“第十届星际最可爱生物评选”已经结束了，评选结果公布在隶属星盟的群星协会的官方页面上。

顾淮眼睁睁看着两名人类在他旁边打开这个他都不想看见第二次、每次想起来都感觉被公开处刑的页面。

第十届星际最可爱生物评选：

第一名：顾淮

第二名：帕奇

第三名：伊利斯龙

……

帕奇竟然不是第一名？

看见这个评选结果的第一眼，沈牧和哈默还没马上看在第一名位置上高高坐着的是谁，他们在第二名那里瞥到帕奇就惊讶了。

作为连续三届获得这个评选冠军的生物，帕奇虽然还不能用风靡全星际来形容，但它在星际大多数种族的家庭里都备受欢迎。

帕奇这种生物在星际里有多受欢迎，连沈牧和哈默都有意识，这怎么就能被挤到第二名去了？

而当两人把视线往上移，看见第一名位置上写着“顾淮”两字时，他们突然宕机了几秒。

等等——

“顾淮”好像是？

“是我。”看见两人越来越像调色盘一样精彩的表情，顾淮尽量平静地开口了。

沈牧、哈默：“……”

信息量太大，两个人久久说不出话。

猝不及防知道事情真相，沈牧和哈默顺着去搜了搜星网上的人对这次评选结果的看法，他们看见了一堆让他们感觉头皮发麻的言论。

“顾淮是什么生物物种啊，真的比帕奇还可爱吗？想养！”

“怎么搜索不到任何相关的信息，我想看看顾淮是什么样子的，有谁知道要怎么才能拥有一个顾淮小可爱啊？”

“今年家里人终于肯让我养一只小可爱了，伊利斯龙是星际一级保护生物，没办法养，本来打算就养只帕奇算了，现在我想养一只顾淮，希望顾淮不像伊利斯龙那样是保护生物。”

不……你们真的养不起。

两名人类将领的脸一阵青一阵紫，此时都感到有点胃痛。

这根本不是星际一级保护生物能比的，这可是在全星际里只有唯一一个、被整个虫族保护着的宝贵生物。

对虫族来说，这是他们最珍贵、最重要的宝物。

沈牧和哈默毫不怀疑，但凡他们眼前的黑发青年有一点受伤，那冷着一张脸守护在周围的虫族都会当场暴怒。

别说是受伤了，顾淮如果表现出悲伤难过的样子，这群虫族也会变得非常暴躁，看谁都不顺眼。

就问问这样的存在，谁能养得起？

就算养得起，也不敢养好吗？！

两名人类将领这边胃疼完没多久，因为这条协议必须是由诺姆星上的波波尔特人共同完成，诺姆星的高层决策者们将有关这条协议的事情向星球上的居民公布。

整个星球的民众都知道了这条协议内容，而诺姆星上一部分曾经关注过这个评选，并且对评选结果感到莫名的波波尔特人现在也陷入一阵深深沉默，他们忍不住把这份沉默分享到星网上。

—（潘多拉星系·诺姆星）：你们知道吗？虫族的王，就是顾淮。

这是一个精准定位，位置直接精确到了星球，发出这条动态的毫无疑问是波波尔特人。

虫族诞生的王本来就是星际里各种族的重点关注对象，现在听见王的名字，正在浏览星网的各种族人一下子打起十二分精神。

但“顾淮”这个名字怎么有点耳熟？

不一会儿，很快有人回想起来那个星际最可爱生物评选，他们和两名人类将领做了几乎相同的举动，然后全部一起陷入漫长沉默。

“顾淮”是虫族的王。

此时，看着在第十届星际最可爱生物评选里票数超过了帕奇，稳稳高居在第一名上的“顾淮”，原本闹腾着的星网仿佛都忽然安静了一会儿。

所以，今年的星际最可爱生物评选冠军是虫族的王？

发现这一点的星际各种族人们心情变得极其凌乱。

想象一下，四个军团的虫族之前可能是团结起来一起为了这个评选投票，正在浏览着星网的星际人民就顿时失语了。

现在他们还看见一条来自诺姆星的新动态说，虫族和波波尔特人建交，有一条特别协议就是要求波波尔特人要在以后每届评选里给他们的王投票。

比起震惊于虫族竟然和波波尔特人建交这件事情，星际各族人们此时心里冒出的第一个想法竟然是，虫族是他们王的脑残粉吧？

第八章 玩偶

在总体趋于和平的新纪元时代，星际里的娱乐行业当然也发展得越来越好，除了冷冰冰的、压根儿不怎么重视精神和物质享受的虫族，星际里的大多数种族对娱乐还是有追求的。

有需求就会有发展，顾淮在了解目前星际整体概况的时候，也有顺带了解过这一方面的情况。

然后顾淮发现，他原来世界里有什么样的娱乐，在眼前这个文明高度发达的星际世界里也全部有，并且形式更丰富多彩。

电视剧、电影什么的都有，比起原来世界那边还升级了，能够以全息形式放映。所以在星际里，各个种族的演员、歌星、偶像明星之类的，也都不会缺。

游戏和社交全部能以全息设备进行，比如说星网，除了文字聊天，还可以通过设备进入由全息构造的虚拟世界进行“面对面”社交，可以说是非常方便了。

于是，当心里冒出虫族可能全部都是他们王的“毒唯粉”这个想法的时候，此时正活跃在星网上的星际各种族人们的心情都只有一个漫长的省略号。

别人家的毒唯最多在星网上骂骂人、挑刺挑事，能搞出来的事情还是比较有限的，但虫族要是毒唯他们的王，那这感觉就完全不是一个规模等级的了。

一（泰兰星系）：嘡……糟了，我想起来我几天前才在星网上说，这个评选结果肯定是造假的，星际里不可能有比帕奇更可爱的生物，然后我那条动态还被转发了几百万次，我现在删动态还来得及吗？

布托（索契星系）：你完了，没救了，下一个。

dz310（帕蓝星系）：救不了，放弃吧。

—（诺尔兹星系）：在？尤拉战舰警告。

后边跟着一排整整齐齐的“尤拉战舰警告”，此时远在诺姆星的两名人类偷偷看一眼星网，再移过视线去看他们周围这些表情冰冷的虫族，默默祈祷这些虫族不要太关注星网。

按沈牧和哈默的观察，因为有人说顾淮不可爱就开着尤拉战舰去别人家门口这种事，虫族搞不好是真干得出来的。

虽然不追星，但是以前生活在地球上的两名人类将领也大概清楚毒唯是什么意思，这个词语放在完全以王的意志为种族意志的虫族身上非常贴切。

在他们眼前的虫族，大概就是毒唯的最终极形态了。

作为当事人，顾淮只能对友好盟约里那条特别协议的存在采取欺骗自己当没看见的状态。

说实话，这实在有种宛如被公开处刑的羞耻感，但顾淮努力一下还算能够保持正常。

那他能怎么办？

如果顾淮之前态度坚决地要求撤掉最后这条特别协议，他的要求是能够实现的，但他又不想因为这种事情让都已经不说话看着他的虫族失望，最终就只能是现在这个结果了。

今年星际的最可爱生物第一名是虫族的王，星网上的吃瓜群众还只是一脸发蒙。而对于每年以这个评选为风向发行周边的商家们来说，他们就愁秃头了。

之前是不知道“顾淮”是什么生物物种，可现在才发现，知道了还不如不知道。

这个周边，他们怎么发行啊？

先不说虫族那边还没把他们王的影像公布出来，就算公布出来了，他们也不敢靠这赚钱啊！

如果不发行第一名的周边，去发行第二、三名的，他们又不知道虫族会不会对他们有什么不满，真的发愁。

虫族和波波尔特人建交并缔结了友好盟约，很快在整个星际里传开，分散居住在各个星系的种族目前都对此保持着惊疑态度。

虫族残暴冷酷的形象仍保留在他们的印象里，愿意和某个种族建交实在是让他们难以相信。

并且退一万步说，虫族就算愿意和什么种族建交，第一个建交对象怎么会是波波尔特人？

波波尔特人是一个弱小种族，他们种族的星球文明发展在星际里根本是排不上号的，无论是科技还是其他方面，都没有任何突出的地方，甚至星球上也没有什么稀有资源可以出口。

对星际里势力强大一些的种族来说，他们不一定会和这样的弱小种族打交道。

一部分人猜测，虫族和波波尔特人签订的盟约可能是带有压榨性质的，比如说盟约里也许有什么不平等协议，而波波尔特人不得不同意签署。

但这样的猜测言论一出来，虫族那边还没什么表示，波波尔特人反倒先不乐意了。

虽然他们对虫族这位强大的邻居还是有一点小畏惧，但一定是感激更多一些，波波尔特人不愿意看见虫族受到莫须有的污蔑。

里奇（潘多拉星系）：我们没有签不平等协议，虫族真想压榨我们的话，也没必要让我们签不平等协议，他们有能力直接占领我们的星球。

Edo（潘多拉星系）：我们都很感谢虫族的救援，他们是我们波波尔特人的恩人。

—（潘多拉星系）：虫族对我们很友好！

“友好”这词放在虫族身上就很魔幻，但虫族在波波尔特人的星球做客完毕，回到图瑟星之后的两三个月里，观望着两个种族关系发展的星际人民就看着波波尔特人跟虫族之间进行正常的来往，几乎是关系和谐的邻居了。

而且，星际各族的人们发现，虫族还真的是不让别人动他们的邻居。

在这一次建交完以后，再有想抢掠位置上难以等到星盟援助的这类弱小种族的星盗团，试图对虫族的另外两个邻居下手的时候，也全都被虫族派出的尤拉战舰群给解决了。

于是，对虫族的几个邻居来说，他们原本是因为种族弱小，没有别的星球可居住，才不得不居住在和虫族当邻居的危险“地震带”。

可是现在，这个“地震带”忽然变成了一个在星际里安全系数大概能排名前列的地方。虫族不仅不对他们做什么，还保护他们不受星盗威胁，现在与虫族地盘相邻的星系都没有星盗再敢上门了。

这个情况就让星际里一些同样势力比较弱小、成天要担心星盗过来抢掠的种族有点酸了。

—（诺尔兹星系）：虫族对邻居这么友好的吗？我们也想要一个这样霸道的邻居，羡慕。

奥托（里契星系）：我们的星球隔三岔五就被星盗骚扰，真的快受不了了。潘多拉星系是不是还有可居住的星球？好想我们种族能搬过去住啊！虽然购买一个星球很贵，但是从长久来看，也比继续留在这边好吧。就是不知道，虫族对搬过去的新邻居态度怎么样。

—（萨芬星系）：我也希望我们种族搬过去。波波尔特人和克维、霍恩人都说虫族对他们挺友好，那我感觉虫族应该也没那么可怕吧。

经过最近的一系列事件，不知不觉间，虫族在星际各族人们心里的形象开始有了一些细微的隐秘改变。

作为虫族邻居的三个种族是真的没想到，他们竟然也会有被其他种族羡慕的一天。

这些种族的人们以前可不是这么说的，以前这些种族都是同情他们，现在却都羡慕起他们来了。

有了波波尔特人这个先例，顾淮很快让另外两个邻居和虫族顺利完成建交。

这次还不是顾淮主动的，而是这两个邻居鼓起勇气对虫族这边做了点示好举动。

于是，虫族拥有的外交数量从一变成了三，说是翻倍式增长，一点毛病也没有，顾淮满意地点了点头。

接下来，再接再厉！

星际里某些种族的人民在星网上表示想搬家到虫族的邻近星系，这还真不只是说说而已，有几个种族的高层决策者真的召开会议商议这件事情。

不过在他们商议出一个结果之前，图瑟星这边接收到了一个私人通信。

这个通信是一名叫作奇亚塔的地精商人发来的，对方是每年发行星际可爱生物周边的最大品牌商家，通信由参谋长那边接通。

“尊敬的参谋长阁下，我想向您询问一件事情。”这名掌握着一个庞大财团的地精商人显得很是小心谨慎，脸上堆放着面对客人和合作者时的热情笑容。

换作以前，奇亚塔是不会脑子发热到接触虫族的，但是虫族近期的表现让他有了试探的勇气。

等参谋长回应他一个眼神，这名绿皮肤的地精商人很快堆着笑脸道：“是这样的，关于星际最可爱生物评选，我的公司每年都会以评选的第一名为对象发行周边。今年的第一名是虫族尊贵的王，不知道那位陛下是否愿意让我们发行与他相关的周边商品？”

奇亚塔之前和公司里的高层们商议，他们无论发行还是不发行周边都怕得罪虫族，最好的方法只有向正主询问意愿。

“周边商品就是，比如说制作像这样的袖珍小人。”奇亚塔说着，拿出来一个以他们自行想象的普通虫族形象为例做出来的迷你版小人，大概只有巴掌大小。

原本正冷肃着脸对着通信影像的参谋长在看见那个袖珍小人的时候，视线顿了一下。

如果是按自家王的样子做成这样的小人，小小的、有黑色头发和黑色眼睛、微笑着的王。

稍微想象了一下，图瑟星会议室里的所有虫族都目光一顿。

参谋长此时面不改色地推了推眼镜：“这件事情，我需要向陛下请示才能回复你。”

奇亚塔表示理解，并且表示他非常期待回复，然后才结束了通信。

等通信影像一结束，图瑟星会议室的虫族们齐刷刷地把视线放到参谋长身上，无声表达他们的想法。

“我会尽力，但我建议你们和我一起去见陛下。”虽然这不应该，参谋长还是发现了怎么能更好地说服顾淮。

王对他们的态度并不冷酷，反而是温柔的。这份温柔放在虫族里很奇异罕见，却令他们非常幸福和喜悦。

他们无法想象，如果有一天他们要面对一个冷漠的王，那会是多么难过的事情。

就算王对他们态度冷酷，他们也依然会像现在这样服从，但是就不会再有满心洋溢的幸福感了。

会温柔对待他们的王，让他们在本能的臣服下还多出了更多的、更多的喜爱，所以他们也希望让顾淮能得到最好的一切。

顾淮此时正待在亚尔维斯的府邸，通过星网了解其他种族最近对虫族的观感变化，虽说变化有限，但也算是有进展了。

观感变化最明显的毫无疑问是他们的三个邻居，这三个种族现在成了虫族的稳定盟友，他们的发言对星际其他种族是有影响的。

之前在波波尔特人的星球上住了宫殿，顾淮觉得之前拒绝了自家虫族要给他建造一座宫殿的决定非常正确，建宫殿太耗时耗力，而且住在这座府邸就很舒适了。

正当顾淮这么想着的时候，从军部会议室过来的虫族们走到了他的面前。

怎么感觉是要说什么事的样子，顾淮向参谋长投去一个疑惑询问的眼神。

参谋长非常正式地在说这件事情之前，先在顾淮面前单膝跪立，态度十分郑重："是关于一个商家想发行您周边商品的事情，属下过来征求您的意见，商家准备发行类似这样的袖珍小人，请问您是否同意？"

袖珍小人的影像是参谋长在刚才的通信里截取的，现在呈放在顾淮眼前。

那是一个Q版的小人布偶，顾淮看着陷入了好几秒沉默。

这个周边是打着星际最可爱生物的名头，要面向全星际发行的，这是何等程度的公开处刑？

顾淮看向在他面前的参谋长，还有后边其他一起注视着他的虫族，他其实已经明白了："你们是想我同意吧……"

光是从这些虫族高层的眼神，顾淮几乎都能准确读取到"想要"两个字。顾淮勉强坚持了几秒，最后还是放弃地捂了捂眼睛："我可以同意，但是要和他们谈利润分成。"

既然没办法拒绝，顾淮现在只能考虑怎么把利益最大化。

要用他的形象出周边商品，现在是对方主动来征求同意，那他们这边要求分成也合情合理。

顾淮把这件事情交给参谋长去处理，而没过多久，以他的形象为基础的Q版小人周边就真的发行了。

这个周边的发行量一开始并不是很多，因为商家那边考虑到销量的问题。他们觉得这个Q版小人的玩偶周边销量肯定比不上往年的帕奇周边。

毕竟顾淮的票数都是虫族投出来的，虫族不一定会买他们的周边，而其他种族的路人购买量也有限。

但这个周边真正发行的时候，商家才发现他们错得有多离谱，第一批挂售的周边放上去一秒不到，就全部卖完了！

虫族的购买力惊人不说，星际里其他种族因为好奇虫族的王到底长什么样，也一时兴起点了购买。

当他们收到一个黑发黑眼的小人布偶的时候，心里竟然忍不住想：虫族的王，好像是有一点可爱。

而虫族这边的反应就更大了。

因为第一批发售的周边数量不多，能抢购到的虫族有限。此时此刻，在图瑟星军部的会议室里，一群图瑟高层围着黑契石长桌坐着，一个个绷着脸，用一种说不出的表情在认真注视着桌子中央。

被摆放在这张会议桌上面的物品是一个黑发黑眼的Q版小人，而坐在这张桌子周围的高等虫族们已经就这么凝望着这个小人快半个小时了。

缩小版的王，好可爱！

望着望着，坐在桌子周围的虫族纷纷表现出一点呼吸困难的反应，他们背过身去努力呼吸几口，然后又回过头来继续盯着这个小人看。

没有见过顾淮真正的幼崽形态，这一直让这些虫族感到非常遗憾，这个小人虽然也不是幼崽形态，而是成年外形的缩小版，但也已经非常可爱了。

顾淮这边就看着，自己Q版形象的袖珍小人一开始还没有很多虫族拿，没过多久几乎人手一只。

幸好因为不想让袖珍小人沾尘，大部分虫族士兵并没有把小人随身携带着，顾淮还算有了点安慰。

看见一些虫族士兵对顾淮的Q版小人摸摸抱抱，亚尔维斯略微垂下眼睑，脸上一副让人难以看透的表情，周围透着有点微妙的低气压。

他不太清楚自己现在是什么情绪，但在自身情绪的引导下，他走到顾淮面前。

顾淮刚抬起头，还没开口说什么，就忽然被在他眼里温顺听话的大猫用冰冷的银灰色尾巴圈住，然后一下子拥进怀里。

亚尔维斯不理解，但本能依然让他做出了这种反应。

被突然这么抱住的顾淮一下子没反应过来，等回神时，他下意识挣扎了一下，却被那条银灰色尾巴束缚得更紧了。

因为顾淮的那点轻微挣扎，亚尔维斯由占有欲所刺激产生的本能被激发得更清晰了。

这是一种非常鲜明的情感欲望，会一下子让心脏的鼓动变得强而有力，产生某种直接的渴望。

大概是因为亚尔维斯一直以来的表现在顾淮眼里都太过单纯直接了，并且总是特别温顺听话的样子，让顾淮对他的靠近完全生不起多少抵触。

当一个人愿意让另一个人靠近的时候，这其实说明他拥有了触碰对方内心防线的机会。

毫无这方面理论认知的亚尔维斯要意识到这点是很困难的，只不过由于本能，即使不明白这些东西，他在无意识里也会不断地向顾淮继续靠近，直到触碰顾淮的内心。

顾淮不知道亚尔维斯为什么突然做出这个行为，在这猝不及防的情况下，现在他的视线刚好看见亚尔维斯清晰的下颌线条。

这道下颌线略微紧绷着，一直延伸到整个侧脸，都是这样的状态，顾淮反应过来亚尔维斯似乎正因为什么事情而有点不高兴。

不知道这能不能算是不高兴的情绪。

挺接近但又好像有哪里不同，当对上那双低垂下来的浅金竖瞳时，顾淮看见亚尔维斯马上因为他的视线而抿了抿嘴角。

这只银色大猫一副像是被欺负了的样子，顾淮都不知道自己是哪儿来的感觉。

可这种感觉又非常强烈，以至于顾淮在对上那双浅金眼睛的时候，比起把对方推开，他先做的动作是抬手摸了摸亚尔维斯的头发。

亚尔维斯那始终没有丝毫晃动的眸光在这时像被无意经过的风所吹动的焰火，眸光几乎是不可控制地出现摇曳。

顾淮自以为这是带有安抚性质的，实际上他总是在轻易动摇着亚尔维斯的内心世界，每次都一声招呼也不打地闯入，然后又一点自知之明都没有。

因为对顾淮的顺从，亚尔维斯在被顾淮这么摸了摸头发以后，虽然由于本能继续这样圈着顾淮几秒，但最后还是稍微松开了他的尾巴。

顾淮这下子终于能往后退一步，拉开双方的距离。他在说话前先观察在他面前的亚尔维斯。亚尔维斯的表情还是一副不好捉摸的样子，于是顾淮在观察完以后，只能试探着猜测道："是因为没买到小人不高兴？"

也实在不能怪顾淮会这么猜，因为在之前一段时间，他就看见周围一些虫族士兵因为没买到那个 Q 版小人而一副不太高兴的样子。

"不是。"亚尔维斯声音低沉。

"那是因为什么？"猜也猜不出原因，顾淮干脆直接问了。

亚尔维斯沉默，他并不明白自己现在的心情是因为什么而产生的，因此也无法回答顾淮的问题。

但短暂的沉默过去，亚尔维斯垂眸注视着眼前的黑发青年，他用一种陈述口吻说："不想看见其他人碰那个小人。"

这是想法，不是根本原因，而亚尔维斯的这个想法更清晰一些应该为：“不想看见其他人接触陛下，那是大不敬。”

两句话都是非常冷淡的语气，亚尔维斯只是简单陈述着他的内心想法。

但这样的陈述无疑十分坦率，在被那双冷冽而不掺任何杂质的浅金竖瞳注视时，顾淮都不由得愣了一下。

这应该算是一种保护欲，问题在于亚尔维斯产生这种保护欲的对象是他，当对方这么坦率地向他表达时，他心里不可避免掠过一点微妙的感受。

不过顾淮又想了想，发现亚尔维斯实在是个完完全全的猫系动物，猫系动物会有的高傲、内敛冷淡，甚至是占有欲，他样样不缺。

只是性格使然的话，这种独占欲倒也可以理解，这种性格对任何自己认为比较重要的事物都具有独占欲。

虽然这么说服了自己，顾淮心里那点微妙的感觉还是没马上散去。

顾淮对眼前这只大猫那一副像被欺负了，还是被他欺负了的样子有点没辙，只好缓下声音安抚说：“但那些小人只是布偶，你完全没必要在意。”

亚尔维斯并不反驳，但轻微地皱了皱眉。

这只大猫可真是太难哄了，顾淮在心里这么想着，他走到亚尔维斯身后，把那条银灰色尾巴圈到自己身上。

“这样总可以了吧。”顾淮望着对方。

亚尔维斯没吭声，尾巴顺着顾淮的行为将他圈住，然后又用尾巴将他一下子拉进自己怀里。

这次轮到顾淮沉默了。

虽然顾淮明白虫族对这方面肢体接触的认知应该是不同的，但他还是不由得严肃地说：“不可以随便对人做这种行为。”

这要是以后对待别的种族的什么人，也因为占有欲就随随便便这样把人抱住，不被人当成是态度轻慢才怪呢，顾淮想想就替亚尔维斯忧愁。

“为什么不可以？”亚尔维斯垂下眸。

虫族是会顺从自我内心欲望的种族，一般来说，在他们的思维里只有想和不想，而没有可以或不可以的考虑。

顾淮被反问得无言了，他觉得自己不能以从前人类的思维去判断亚尔维斯的行为。于是，他回应了一句没什么说服力的话：“总之就是不可以。”

亚尔维斯偏了偏头，又低沉着声音问：“不是随便的话，就可以？”

顾淮再次噎住片刻，他勉强坚持住自己的思路：“不是随便也不行，你这样很可能让被抱住的人不高兴。”

“我让王不高兴？”问这句话时，亚尔维斯对顾淮愈渐垂下了眉眼，接着再次松开他圈在后者身上的尾巴。

本能是靠近，但因为顾淮的话，亚尔维斯退了几步，拉开了些距离。

他一动不动地注视，显得沉默又专注，这副模样有点像被主人丢掉的家养猫，很乖地蹲在原地，希望注视的人能够把它重新带回家。

那种像被欺负了的样子又出现了，顾淮摸了摸胸口。

“那倒也不至于。”看了看亚尔维斯的神情，顾淮不由得出声解释，“我没有不高兴。”

可不知道在他面前的银发虫族是怎么理解这句话的，亚尔维斯忽然微眯起眼，然后又态度认真地问他：“我不是随便这么做，陛下也没有不高兴，那我是不是就可以抱陛下了？”

这个逻辑，顾淮一时间都有点被绕进去了，而他还没反应过来时的沉默被亚尔维斯当成默许，他稀里糊涂地又被大猫抱着不放。

和亚尔维斯的优越身高相比，顾淮的身形会显得纤细秀颀，被拥抱时仿佛整个人都被对方占据。

做出这个行为的亚尔维斯本来理所当然会显得是强势的一方，但亚尔维斯把头低了低，前额温顺地轻抵在顾淮的肩窝上。

顾淮两手垂放在身体两侧，姿态十分被动。亚尔维斯垂落下来的银发扫过他的颈侧，他不免感受到了一点点痒，反射性眨了眨眼。

被这么一圈一抱，顾淮基本动不了了。

明明被束缚着，可顾淮在这个时候、这种被动姿态下，却感觉这只银色大猫正在对他进行着另一种意义上的撒娇。

这不是亚尔维斯有预谋做出的行为，正因为这样，这种过分本能和天然的举动才更让顾淮无可奈何。

而且也错过了拒绝的时机，现在才来纠正对方的行为好像晚了点。

顾淮闭了闭眼，这时干脆放弃挣扎："这次就算了，下次不可以。"

听见这句话，亚尔维斯轻耷着眼皮安静不语，很难得没有顺从地应声。

本能和直觉让亚尔维斯逐渐察觉到自己要怎么样才能靠近顾淮，虽然还不能理解内心的那份情感欲望，亚尔维斯在这片空白中，也仍然下意识地想要讨取眼前黑发青年的欢心。

"礼物。"在尾巴仍圈着人的情况下后退一步，亚尔维斯把一直虚握着的右手摊开在顾淮面前，在他的手心正放着一颗小小的玻璃球。

这颗玻璃球是青色的，看起来像清澈湖水一样纯净通透，跟顾淮已经拥有的那颗玻璃球大小差不多。

"这是什么，宝石？"顾淮问着，拿着这颗玻璃球端详了片刻。

顾淮用一丝精神力去触碰这颗玻璃球，没有感知到能量反馈，他分辨出这不是一颗能源水晶。

"嗯，艾尼恩石。"亚尔维斯轻微颔首，然后开始无声观察着顾淮的反应。

亚尔维斯的观察，顾淮感受到了。他先向对方微弯眼梢，然后把这颗玻璃球放进自己的衣服口袋里，表示他收下这份礼物了。

而很快，顾淮低头看见那条圈在他身上的银灰色尾巴动了动尾端，是非常可爱的反应。

顾淮有一瞬间被萌到了，而在这个时候，他面前的银发虫族做了一件更犯规的事。

顾淮一眨眼，怀里就撞入一只拖着一条银色小尾巴的虫族幼崽，这只幼崽还在往他身上拱着。

顾淮已经反射性地把这只撞入怀里的毛绒生物抱住了，现在低头对上这只虫族幼崽圆溜溜的浅金色眼睛。

“啾。”幼崽在对视中发出叫声。

幼崽形态似乎能够更加容易地接近顾淮，亚尔维斯在顾淮上次说他“可爱”的时候发现了这一点。

即使明知道这只毛茸茸又圆乎乎的白色毛绒生物并不是一只真正的虫族幼崽，顾淮也不忍心推开了，因为只要他一推，这只幼崽就会轻微颤动一下身体。

推也不能推，顾淮被一直蹭拱着，终于有些无奈地说：“是不是要亲亲抱抱举高高啊？”

顾淮只是在无可奈何的情况下随口一说，谁知道待在怀里的这只幼崽马上抬起脑袋，还扑腾了一下背部那双小小的翅膀：“啾、啾！”

顾淮表情一顿，不过面对伪装成幼崽形态的亚尔维斯，他实在很难有什么心理负担，稍微犹豫了一秒，他就履行了他说的话。

抱抱已经履行过了，顾淮用双手把窝在怀里的这只圆乎幼崽举到高处：“够高了吗？”

这只幼崽很乖地没有乱动，对顾淮叫了一声。

最后剩一个亲亲，顾淮想着自己上次都亲过这只幼崽的额头，反正亲一次和亲两次也没什么区别。但看见这只虫族幼崽拖在身后的那条银灰色小尾巴，顾淮忽然改了主意，亲了亲那条冰冷的银灰色尾巴。他是觉得这条小尾巴很可爱才这么做，可他在亲吻的一瞬间，就被变回成年形态的银发虫族压倒在沙发上。

顾淮茫然且近距离地对上一双浅金竖瞳，这双眼睛的瞳仁极限收缩着，变成了一条细线。

在虫族里，用来表达好感的固定行为方式有两种，幼崽时期是互相舔毛，帮助对方梳理身上的绒毛，这个行为在成年期则演变为亲吻舔舐。

但成年的虫族很少拥有强烈的感情，因此亲吻这种表达好感的方式总是非常少见。

上一次在幼崽形态下被亲额头，亚尔维斯是利用空间转移离开，隐匿起身形躲藏在阴影里。之所以要这么做，是因为亚尔维斯的自我认知。

总是处在失控边缘的亚尔维斯，即使在虫族里也是异类。亚尔维斯认为，顾淮愿意亲吻他只是因为他变成了相对无害的幼崽形态。

自己是随时会丢失理性的异类，本来应该有意识远离顾淮，但亚尔维斯始终被顾淮吸引着。

他的视线总是会不由自主地去追逐顾淮的身影，就连身体也会不受控制地行动起来去跟随。

而在这一次被顾淮那么温柔地亲吻了尾巴，那一刻亚尔维斯难以控制住自己。那种盘踞在他心头上、令他不能理解的情感忽然就塞满了心脏，心脏非常热烈地跳动起来。

顾淮措手不及地进入呆愣状态，在回神时反射性地捂住自己的脸。

“会要求我离开吗？”亚尔维斯低着声音询问，冷淡低沉的声线特质变得更加突出。

顾淮还不知道该怎么反应，就又听亚尔维斯说：“能不离开，要求我去做别的事情？”

比起被亲脸颊和被压制着躺在沙发上，顾淮先对亚尔维斯的话感到困惑：“我为什么要求你离开……”

“因为我刚才这么做会让你讨厌。”亚尔维斯回答。

顾淮不假思索地脱口而出：“但是我没有觉得讨厌。”

说完顾淮就有点想咬自己舌头了，他的这句话虽然没说错，他确实没有讨厌，但是在这个语境里听起来总觉得怪怪的。

顾淮都没来得及给自己这句话打补丁，就看见亚尔维斯似乎是思考了一下，垂着眼，求证地问：“不讨厌吗？”

顾淮噎了噎，几秒后放弃地点点头：“不讨厌。”思忖了一会儿，他补充道，“但不讨厌，不等于可以这么做。”

顾淮难得显得有些局促，语序都凌乱了，慌张的表现和平时的镇定自若不同。

顾淮偶尔会对某些事情感到失语和无奈，但那也是他能够接受的，只有这次是不在这个范围内。

亚尔维斯在听见顾淮说“不讨厌”的时候就无意识甩动了一下尾巴，现在眼睛一眨不眨地注视着顾淮，并且又略微偏头，动了动唇准备开口。

“不可以问为什么。”在亚尔维斯说话前，顾淮提前打断道。

顾淮说完都觉得自己有点强词夺理，但他眼前的这只银色大猫此时却很乖。

“哦。”亚尔维斯表情不变，很轻地应了个单音。

顾淮在不知名的局促中松了一口气，推了推亚尔维斯的肩，试图让自己脱离被压制着的状态。

以顾淮的力量，亚尔维斯并没有被推动分毫，但他还是慢吞吞顺着顾淮推他的方向起身。

同样是注视，顾淮之前不觉得被亚尔维斯一直安静注视有什么特别感觉，现在却有一丝不自然。

亚尔维斯的目光冷淡，但在这片冷淡表象下，依然带着一种追逐的意味。

而且追逐得很热烈，尽管视线的主人自己都没能发现这一点。

顾淮耳尖上的那点热意还没完全挥散，现在又不能刻意回避亚尔维斯的注视，只好随便扯个话题掩饰自己的不自然：“翅膀是因为太小了飞不起来，所以，在进阶到成年期的时候就没有了吗？”

生物在进化过程中会淘汰掉不需要的部分，顾淮感觉亚尔维斯在幼崽时期的那双小翅膀是完全支撑不起身体飞行的，搞不好扑腾着飞起来一点点就要掉下去了。

说起来，幼年期的亚尔维斯其实有点像巴达兽？

短暂一晃神，顾淮突然想起某经典作品里的这个幻想生物，除了绒毛和眼睛颜色不一样，还多了一条银灰色小尾巴以外，外形是挺像了。

亚尔维斯没有马上回答，他的视线长久地停留在顾淮脸上，然后下一秒，从他背后扩展出来的巨大银灰双翼告诉了顾淮答案。

这双银翼和对方的尾巴一样，看起来同样有着冰冷的金属质感，放在亚尔维斯身上却一点违和感都没有，反而有种异样的美感。

如果幼崽时期的小翅膀没有被淘汰，在成年期就该是这个样子。

“很好看。”顾淮发自内心地夸奖了一句。

对这双漂亮的银翼实在有点好奇和觊觎，顾淮忍了忍，没克制住问：“能让我碰吗？”

亚尔维斯一声不吭地把自己的双翼往顾淮身边前倾垂落，冰冷的银翼几乎将青年围拢起来，营造出一个半封闭的狭小空间。

如果亚尔维斯想，他其实可以用这双银翼将顾淮完全围拢。

顾淮完全没感觉自己被这双银翼围拢着有什么不对，他接收到亚尔维斯对他表达的默许意思，现在很有兴致地开始研究对方这结构漂亮的双翼。

“战斗的时候会用到吗？”顾淮看着银翼问。

“很少。”亚尔维斯轻奄着眼皮，“对手太弱，没有用到的机会。”

亚尔维斯此时面无表情，并不刻意表现出漫不经心的态度来显示自身的强大，而只是平淡陈述。

说是研究，其实就是顾淮单方面在那双冰冷的银翼上这儿摸摸、那儿摸摸，只摸了几下，顾淮就听见耳边传来一记声线低沉的闷哼声。

翼部对触碰很敏感，对亚尔维斯来说，比起尾巴，他这双平时不会展现出来的银翼拥有更加敏锐的感知度。

用于战斗，身体的每个部件当然是越灵敏越好，但这是亚尔维斯在战斗之外，第一次被人这样抚摸双翼。

动作是细致而温柔的，在银翼被顾淮触摸时，亚尔维斯感受到像一阵微小电流窜过身体的感觉。

麻麻的，会有点难以忍耐，但亚尔维斯没有在顾淮的触摸过程中挪动双翼。

“会痒？”顾淮抬起眼，说完就有点不好意思地准备收回自己乱摸的手了。

亚尔维斯略微紧绷着下颌线，嘴角也紧抿着，但这时他把自己的银翼更近地垂放到顾淮手边。

得到无声同意，顾淮继续东摸摸西摸摸。

亚尔维斯在被顾淮抚摸银翼的时候，没有让自己再因为那种异样的感觉而闷哼出声，他的表情是好似完全不受影响，甚至有点冷淡，于是顾淮也毫无自己正在耍流氓的自觉。

除了极少数的战斗需要，亚尔维斯没有在其他人面前展露双翼的意愿。但顾淮的好奇和要求，对亚尔维斯来说是不一样的。

直到顾淮摸够了放下手，亚尔维斯才面无表情地收回了他的翼部。

“改天再给我看一次吧，你的背翼。”顾淮微红着的耳尖已经恢复了正常肤色，他已经镇定下来，此时在亚尔维斯的注视下鬼使神差地提出这个要求。

顾淮在潜意识里已经明白亚尔维斯不会拒绝，因此没有用询问的语气。

“好。”亚尔维斯答应了，低沉好听的声音有一点不易察觉的微哑。

亚尔维斯答应得实在太轻易，顾淮不自觉更得寸进尺一点：“下次也会碰，这样也可以？”

亚尔维斯点头：“嗯。”

在顾淮眼前，穿着军装的银发虫族看起来高大又俊美。亚尔维斯顺从的反应和脸上的表情形成了极大反差，顾淮不止一次觉得这种反差很犯规。

这只大猫太乖了，乖到让顾淮觉得可爱。

“你这么听话会被人欺负的。”望着亚尔维斯，顾淮已经被这只银色大猫在他面前的温顺表现蒙蔽了双眼，此时语重心长地认真教育道，“你看，我刚才那句问话差不多是在欺负你，这样你还答应了。”

顾淮是真心这么觉得，但在场如果有其他人听见顾淮的这句话，一定都会露出古怪复杂的表情。

因为无论是“听话”还是“会被人欺负”，都是完全不可能和亚尔维斯搭上边的东西，大概也只有从来没见过亚尔维斯冷酷的一面的顾淮才会这么认为了。

受到这番教育的银发虫族轻轻眨了眨眼睛，若有所思片刻，用平静缓慢的语气回应说：“嗯，你可以欺负我。”

亚尔维斯是在表明自己不会后悔刚才同意的事，而顾淮已经有点受不了地抬手去捏亚尔维斯的脸颊：“你是故意的吗？”

如果不是故意的，就只能是吃可爱多长大的了。

被顾淮用手轻捏住左边脸颊的亚尔维斯动都没动，完全不挣扎，只是不出声地继续注视着顾淮。

过分单纯直接的视线也很让人招架不住，顾淮下意识松开捏着亚尔维斯脸颊的手指，改为横着，挡住对方的眼睛。

刚才被捏脸颊都不反抗，亚尔维斯在这时却拉下了顾淮挡着他眼睛的手：“我想看见你。”

顾淮第一次意识到自己没办法逃避亚尔维斯的视线，因为他并不忍心把这只乖乖跟着他的大猫赶走。

“刚才说的话你没有听明白。”以上暂且不论，顾淮用认真的表情和语气继续刚才的教育话题，“我的意思是说，你不能这么听话，不然……”

没等顾淮说完，亚尔维斯小幅度甩动了一下尾巴，稍微低下头。

“我只听你的话。”

顾淮的教育话题就这么被亚尔维斯用一句话堵死，他拿这个只听他话的银色大猫没什么办法。

在这一天之后，他总因为一个不小心妥协而被亚尔维斯用尾巴圈过去。

圈过去基本是要被抱住，然后他得哄哄这只大猫才走得了。

顾淮都快哄出经验来了，还挺多花样，要么是上手摸，摸头发、摸尾巴；要么先开个空头支票，答应等其他人不在的时候，可以让亚尔维斯用尾巴圈着他。

这样一哄，亚尔维斯就会放开他。

明明顾淮之前是说下次不可以，他自己现在都很蒙，并不知道是怎么发展成这样的。

说了不能随便对人做出拥抱这种行为，结果现在，亚尔维斯隔三岔五对他这么做，他怎么还得哄？

顾淮为自己不坚定的态度感到纠结。

但是顾淮又觉得，这也不能怪他，得怪某只大猫在他面前老是表现犯规。

顾淮严肃点表示拒绝的时候，亚尔维斯确实不会靠近他了，但是会顶着一张没有表情的脸把尾巴低垂下来，然后顾淮看见那条都要垂到地上的银灰色尾巴，稍微心软一下就容易妥协。

妥协的次数多了，顾淮的底线就降低了。

现在也没看亚尔维斯会随便去抱别人，只是对自己这么做的话，倒还不至于会造成什么问题，顾淮不知不觉接受了这个现状。

最近这些天和亚尔维斯的相处发生的变化，顾淮自己没什么感觉，但在其他人眼里就不一样了。

本来就对亚尔维斯有一定戒备的卡帕莉娅在双方面对面时，气场越来越冷。两座冰山碰撞，顾淮在旁边都感觉自己被无辜冻了一下。

这样下去不行。

顾淮打算和卡帕莉娅单独谈谈，调解两人的矛盾。但就在这时，星际里突发的一个紧急事件让顾淮不得不把目光转移过去。

这个紧急事件和虫族没有直接关系，但会对整个星际造成影响，虫族并不能完全置身事外。

事情还有点复杂，起因需要追溯到好几年前。

星盟原来的科研组组长在数年前瞒着上级实施了大量非法的人体实验，实验目标是对士兵进行基因改造，制造出强大的特种兵战士。

这位星盟原科研组组长的名字是加文·阿莱霍特，对方是在整个星际里都被公认为是天才的科学家，年龄上仍算得上年轻，却已经在许多报道中被称作是新纪元史里的伟大人物之一。

所谓基因改造，实际上是让实验体强制融合其他种族的基因，一切以获得更优秀的战斗能力为标准。

这样的人体实验在星际里是绝对禁止的，违者会被直接流放到荒星，接受无期徒刑的惩罚，并且没有减刑的机会。

在事情败露前，加文带着大量的机密文件和好几名科研人员一起从星盟总部叛逃，星盟是事后追查才得知对方叛逃的真相，但这时追捕已经来不及了。

加文叛逃的这些年，星盟一直没能把人抓捕回来，连对方的行踪都完全查找不到。

而现在星盟得知，这名叛逃者在星盟管辖之外的灰色地带建立起了一个名叫“灰塔”的庞大组织，这个组织的成员除了包括加文在内的几个科研人员以外，其他基本全是接受过基因改造的士兵。

这些特种兵无一例外拥有远胜于普通士兵的战斗能力，而这次的紧急事件是，这个叫灰塔的组织对星盟公然发动了袭击。

袭击还只是对星盟下属的一些分部，本来这还称不上是紧急事件，真正紧急的事情是，灰塔将“陨星”对准了星盟总部。

“陨星”是一种对星球武器，当初由加文带领科研组人员共同设计它的概念图纸，如果武器威力符合设计概念，那么只需要一次充能攻击，“陨星”就能摧毁掉大半个星球。

在加文叛逃之前，这个武器的概念设计图纸才完成了一半不到，虽然做出了部分概念设计，当时在整个星盟科研组里，“陨星”其实被一致认定为是不可能被制造出的概念武器。

光是概念设计都很困难，在实际研发制造的过程中，更是会遇到许多以目前技术水平不可能完成的难题。比如说“陨星”的充能问题，就算消耗成堆价值昂贵的能源水晶，这部分能量也不足以完成一次能摧毁星球的攻击，以及武器本身要如何承载住这样庞大的能量也是无法回避的问题。

但星盟在一些灰塔士兵手上缴获的轻量版陨星，让星盟不得不相信对星球武器已经被制造了出来，而灰塔现在向星盟宣布了他们发动陨星的倒计时。

轻量版陨星和真正的对星球武器是以相同原理制造，真正的陨星按照设计概念拥有超长射程，星盟无法查获陨星的所在位置，目前状态十分被动。

星盟在新纪元里相当于是和平的象征，假如说星盟总部真的被袭击摧毁，那么星盟的权威无疑会受到极大影响，和平象征也荡然无存。

这么一来，星际动荡就几乎是不可避免的事情了。

虫族本身足够强大，在动荡中受到的影响确实会比一些弱小种族要小很多，但这还是会影响顾准原来设想的外交和种族发展计划。

而且，像陨星这种对星球武器，即使是对拥有黑科技的虫族来说，也是需要忌惮的东西。

以陨星的杀伤力，它的制造条件显然会非常苛刻，甚至不可再造。如果可以的话，顾淮和其他种族的大部分领袖一样，希望将这个武器销毁，最好不要让它有再见天日的一天。

“灰塔对星盟下属的许多分部展开了程度不一的攻击，陛下，您觉得我们现在应该派遣部队去增援吗？”参谋长站在一旁询问，表情冷静。

陨星这个武器的存在值得让虫族介入这件事，根据虫族目前对外方针的转变，参谋长也认为可以借此机会卖给星盟一个人情。

他们也可以等星盟某个分部支撑困难的时候再去增援，这样这个人情会显得更重一些。

参谋长计算着利益，推了推眼镜，眼神无波无澜。

顾淮闻言点点头，他大概能读到参谋长没说出口的想法，在这时开口说：“我们也不需要卖多大的人情，表示一下态度就可以了。”

想到情报里提及的那些灰塔士兵，顾淮又面不改色补充一句：“接受了基因改造的那些特种兵可能不太好应付，我们的增援部队不用太投入，该撤离就撤离。”

顾淮对完全的胜利并不执着，只是表明态度而已，这件事情要在己方不受损失的前提下进行。

“我们受伤，您是会不高兴吗？”悉摩多抓了抓头发，长相凶恶的脸上出现一点烦恼表情。

“是啊。”顾淮回以肯定。

“唔……”悉摩多低唔了一声，顿时收敛了部分战意，“那好吧，属下明白了。”

像凶猛的恶犬变成了一只守规矩的大狗，虽然悉摩多对脖子上的项圈不怎么适应，但这个项圈是他有一个家的证明，即使会受到一定约束也觉得非常喜悦和幸福。

此时包括亚尔维斯在内，坐在会议桌旁的另外两名军团长都一起默认了顾淮的话。

“上一个受到灰塔袭击的星盟分部是在柯维星系，他们在两天前的战斗中活捉了几名灰塔士兵。”参谋长说。

柯维星系。

顾淮想了想这个星系的位置，说道：“联络这个分部，我们去一趟。”

柯维星系离图瑟星所在的诺德拉星系不算很远，顾淮想亲自了解灰塔那些接受了基因改造的特种兵到底具备什么样的能力。

如果星盟想在这次事件里得到虫族的帮助，那就一定不会拒绝他们视察俘虏的要求。

参谋长迅速执行了顾淮的指示，接受虫族联络的这个星盟分部的最高负责人在对面愣了半天，对虫族竟然介入这次事件并且表现出可以向星盟提供帮助的态度感到愕然。

星盟这次面对的是相当紧急的情况，他们当然希望能得到更多的助力，可是虫族……

想到虫族之前主动救援了波波尔特人的事，分部的最高负责人勉强从怀疑人生的状态中镇定下来，尽力在不磕绊的情况下同意了虫族的要求。

虫族向来是效率极高的行动派，顾淮说要去什么地方，图瑟星的航空港马上随上级命令集结舰队，顾淮没过多久就坐上了前往柯维星系的尤拉战舰。

以尤拉战舰的航行速度，从图瑟星到柯维星系需要两天半时间，在这段时间里，处在遥远星系的灰塔组织却并不像星盟这么着急，反而可以说是悠闲得很。

对灰塔来说，他们对星盟的分部发动攻击只是像玩消遣游戏一样，并不在意结果。

因为他们从一开始就已经达成了最终目的，陨星会按既定时间摧毁星盟总部所在的希尔星，这个结果没有人能改变，他们早就赢了。

“喂，你这武器包上挂的什么东西？哈哈哈哈，笑死我了，你一个大老爷们，武器包上挂个小人玩偶，真没想到你还有这种爱好。”在灰塔不为外人所知的基地里，科林用手指戳了戳他刚眼尖看到的那个小玩偶，笑得捂着自己的肚子。

“没洗手就别碰。”话音一顿，说话的人又冷冷道，“洗了手也不准动，再有下次，剁了你的手。”

“哇，这么可怕。”科林这么说着，却继续笑嘻嘻地，没有半点害怕的样子，“什么东西这么宝贝，以前的情人送的？”

西瓦不回答，冷眼看着对方。

科林无动于衷，哼笑一声：“就算是以前的情人送的，你也别宝贝了吧，像我们这种怪物，没有人会接受我们的，还念着过去有什么用？”

从外形上看，在灰塔这间战斗室里的这两个人实在无法看出是星际里的哪一个种族，他们身上有着多个不同种族的特征，混合起来看着颇为怪异。

比如说，科林身上既有萨特人的触角，又有菲尔兹人的灰蓝色皮肤。

接受基因改造的实验体会成为星际人民眼中的怪物，这是毫无疑问的事情，他们不会被星际里的任何一个种族接纳，在试图回到曾经的家园却被拒绝之后，灰塔的士兵们明白了这一点。

但这种基因改造又不是他们自愿接受的，灰塔的士兵们原本是一些雇佣兵，被加文以雇佣形式召集，然后在被对方算计了失去意识的情况下被动接受了基因改造。

加文还在他们身上放置了某种特殊的芯片，让他们不得受制于对方。

将这个芯片取出的方法他们在今年找到了，然而在他们想对加文实施报复的时候，对方已经逃得不见踪影。

他们的这一腔愤怒需要一个宣泄口，在自身成了不被任何一个种族接受的怪物的时候，灰塔的士兵们只想摧毁掉星际里的和平象征。

西瓦拒绝再与同伴交流，而科林就很干脆地把那个小人玩偶的影像放到星网上搜了搜，然后他看见了几个关键字。

“虫族的王？”科林低下声音，像是在喃喃自语。

看了看“虫族的王”这四个字，又看了看旁边对应的那个黑发黑眼的Q版小人玩偶，科林心里忽然生起一阵说不清道不明的感觉，像是被触发了某种像本能一样的东西，科林的琥珀色竖瞳在这时忽然轻微收缩了一下。

科林对视上同伴和他相同的竖瞳，装作很随意的样子说：“什么啊，原来只是星网上随便能买到的玩偶，要不打个商量，你把你的这个先给我，我给你下单买个新的？”

西瓦继续面无表情。

“两个总行了吧！一个换两个，够划算了。”科林也不知道自己为什么突然想要这个小人玩偶，但他就是想要，现在同伴不肯松口他还有点急了。

“滚，自己买。”同伴冷酷地结束话题。

科林咬了咬牙，马上在星网的商店下单了十个加急包裹。

可就算是加急包裹也得过一天才能送过来，一想到还要等一天，科林的竖瞳就越发收缩了起来。

这样的竖瞳是属于虫族的竖瞳。

虫族是天生的战斗种族，这在整个星际里都是公认的事实。

既然是为了制造战斗力强大的特种兵，灰塔的士兵们在被迫接受基因改造的过程中，他们几乎所有人所强制融合的各种族基因里都有属于虫族的一部分。

经过两天半的航行，顾淮这边也已经抵达了柯维星系，他们要去的星盟分部是在这个星系的洛达星上。

有了上次出行的经验，顾淮这次出门可以说是很低调了，出行的舰队数量远不及上次，路上基本没怎么惊动其他星球的人们。

“俘虏的那两名灰塔士兵都被关在这座监狱里，您可以随意进去看他们。”星盟第七分部的最高负责人对来到他们星球的顾淮态度小心，在看见顾淮点头以后继续领路往前。

这座白色监狱的内部被分隔成一间间有着一整面透明板的屋子，外边人对被关押者的状态能看得一清二楚，双方也可以隔着透明板交流对话。

没过一会儿，顾淮和四名军团长一起，被带领到了关押着两名灰塔士兵的隔间前。

这两名灰塔士兵其中一人继续闭着眼懒得理外边的人，而另一人则是对走过来的分部负责人冷笑了一下，竖瞳像看待猎物般地盯视对方。

“其实审讯我们已经做过了，但他们什么都不肯说。负责审讯的人说无论什么方法都不能让他们开口，所以关于灰塔的情报方面，您可能要失望了，我们这边也并没有撬到什么有用信息。”负责人实话实说。

这些灰塔士兵大概根本没有想要活着的意志，他们似乎就只是想要破坏什么东西，这样的敌人是最可怕的。

“无论如何都不肯说？”顾淮越过负责人走到透明板前，他看一眼被关在里边的两名灰塔士兵，摸了摸围在脖颈上的银白色围巾，轻微皱起眉。

在顾淮戴着这条围巾的时候，丽莎的心情都会很好，可以一整天面无表情。

但现在看见顾淮皱着眉，她又不那么高兴了，脸上开始不自觉微笑了起来。

审讯是她的专长，她正想出声接过对这两名灰塔士兵的审讯工作，但在她刚准备开口的时候，被关押着的其中一名灰塔士兵的反应截断了她的话声。

当看见顾淮从负责人身后走到透明板前时，刚才还维持着冷笑的灰塔士兵的表情忽然有点僵住了，他的竖瞳在这一瞬间不可控制地反射性收缩了一下。

搞不清楚这是怎么回事，但在看见顾淮皱眉的时候，这名灰塔士兵当着在场好几个人的面，忽然克制不住地脱口而出："也不是那么一定……"

这句话在安静的监狱里响起，让许多人的表情都顷刻变成了精彩的调色盘。

监狱里的气氛在一片寂静中变得诡异微妙了起来。

作为当事人的顾淮先是眨了眨眼，随即给站在他旁边的星盟第七分部负责人递去一个疑惑眼神。

这就是你说的无论什么方法都不能让他们开口，撬不到情报？

负责人现在满头问号，一时半刻根本反应不过来。

但接收到顾淮的眼神，负责人还是一个激灵，在这时匆忙解释："之前确实是怎么都不肯开口，他们甚至根本不愿意给我们一点反应，差不多是完全拒绝交涉的状态，我们绝不可能在这件事情上欺骗您。"

生怕顾淮对己方有所误会，负责人在说这话的时候额上冒出了一层薄汗。

这顾淮倒是相信的，他不认为对方会撒这么没有水平的谎，于是配合地点点头，表示自己没有不信任的意思。

同样被同伴的这句话震住了，原本根本连眼睛都懒得睁开去看外边人的另一名灰塔士兵忍不住蓦地睁眼，斥责道："你在说什么鬼……"

最后的"话"字没来得及说出来，库伦一睁开眼也和同伴一样看见了站在透明板外的黑发青年，他的大脑忽然被某种难以形容的感觉冲击了一下，喉咙一梗，声音不知不觉消失了。

尽管自己也出现了不正常的异样反应，在这短短一瞬的冲击过后，库伦还是继续对同伴怒目而视。

在这个时候，说出那句话的灰塔士兵终于回过神，反应到自己刚才说了什么，脸上表情一阵变幻。

顾淮看着两名灰塔士兵的反应，隔着一层透明板，他注意到了这两名士兵的眼睛，然后他清晰地感觉到了一阵熟悉感。

那是和站在他身后的虫族一样，琥珀色的竖瞳。

这个发现让顾淮有一秒微愣了一下，心里浮现一个猜测："你们……"

顾淮没把话说下去，他对着这两名灰塔士兵沉默了，而他的表情和这阵沉默让被关在隔间里的两名士兵顿时无来由地感觉如坐针毡一般，好像浑身都有点难受。

两名灰塔士兵没有把这份感觉表现在脸上，而顾淮在这阵沉默过后，对跟在他身后的参谋长说："我们先离开吧，这两名士兵，等明天或者别的时间再过来看他们。"

跟随着顾淮的虫族们没有任何意见，他们反正只想当自家王的跟屁虫，顾淮想去哪就去哪，骤然变卦也一点问题都没有。

顾淮说完，他带着跟在他身边的虫族们走出了这座白色监狱，让负责人带他们到招待他们住下的地方。

在顾淮逐渐走远的时候，被关着的两名灰塔士兵就不由自主地一直望着，等连背影都看不见的时候，他们还在原地对着背影消失的地方发了一会儿呆。

顾淮在招待别墅里随便找了个位子坐下，他也没刻意回避星盟第七分部的负责人，在坐下后用陈述句说："那两个灰塔士兵融合了虫族的基因。"

顾淮缓慢说出他的这个发现，这个可能性，他在来柯维星系之前其实不是没有设想过，但真正面对的时候，他的心情还是稍微有点起伏。

顾淮确定这件事情，并不只是单纯因为他看见了那两名灰塔士兵的眼睛，竖瞳虽然是虫族的种族特征之一，但星际里也并不是只有虫族一个种族拥有这样的特征。

真正的原因是，顾淮在站近那层透明隔板的时候，他发现自己能够感知到那两名灰塔士兵的情绪。

这本来应该是他对虫族才有效的能力。

虽然没有尝试，但顾淮基本可以肯定，他能对这两名灰塔士兵建立起精神链接。

顾淮的话没让他身边的虫族有什么反应，他们还是面无表情，并没有因为这件事情而产生情绪波动，可对站在他们对面的星盟第七分部负责人来说就不一样了。

结合起刚才那名灰塔士兵明显异样的反应，负责人蓦地露出恍然大悟的表情。

在他眼前的黑发青年对整个虫族而言有着什么样的意义，负责人经过之前几件轰动了各个星球的事件已经很清楚了。

虫族在面对他们王的时候根本毫无原则，不仅是本能上的臣服，还有着非常明显的喜爱，青年的一个眼神或者表情都足以动摇他们的情绪。

那融合了一部分虫族基因的灰塔士兵是不是会受到这部分基因的影响，也对顾淮产生臣服本能?

负责人越是思考着这个问题，眼睛越是不由自主亮了起来。

“如果是这样，我觉得审讯应该能有不一样的结果。”负责人找到一个意想不到的突破口，压抑着激动的情绪说。

顾淮没马上接话，还是轻微皱着眉。

就是因为那两名灰塔士兵拥有一部分与他身边虫族相似的特质，并且这能被他的精神链接所覆盖，才让他一时半会不知道该怎么看待他们。

“审讯时，不要对他们用刑，如果他们还是不肯说，明天我会想办法。”顾淮想了一会儿，最后对负责人这么说。

这两名灰塔士兵毕竟是星盟这边抓获的，顾淮在一些方面不能干涉太多，他得在对面人走了之后好好考虑这件事情。

负责人倒是很干脆地点头：“我们本来也没有想对他们用刑。”

比起用刑，负责人觉得他想到了一个也许更加有效的方法。

在回去监狱前，负责人叫来自己的秘书，让对方去给他弄来一件物品。

拿到需要的东西，负责人带着审讯人员再次去到关押着两名灰塔士兵的那个隔间，这次他们进了隔间，进行面对面的审讯。

面对来人，两名灰塔士兵这次的反应就非常正常了，他们对向着他们走近的星盟第七分部负责人以及旁边的审讯人员都没给半点好脸色，表情冰冷得像能掉下冰碴子。

他们把自己之前的不正常反应归结为他们撞邪了，被关在白色监狱里的两名灰塔士兵现在已经冷静了下来，把之前的异样情绪都压在心底里。

而星盟这边的人先开口了。

“你之前说也不是那么一定，这句话意思是说，你有愿意松口为我们提供灰塔情报的想法是吗？”坐在两名灰塔士兵的对面，审讯人员开始了他的工作。

触及审讯人的视线，双手都戴着重力环的罗伊斯冷笑一声，语气极其嘲讽：“你们休想！”

是预料之中的回答，负责人在这时插话道：“或者我们也可以做个交易，只要你们能给我们提供任何一点关于灰塔的情报，就算是无关紧要的事情也行。”

“只要你们说出来，我们就让你们再见一次你们想看见的人，比如说你们不久前刚见过的，虫族的那位陛下。”负责人用非常平常的表情说出这句话，实际却暗暗观察这两名灰塔士兵的反应。

在负责人说到最后几个字的时候，两名灰塔士兵的竖瞳极细微地收缩了一下，虽然是旁人看不出来的程度，但两人各自感觉到，他们之前刚压下去的某种异样感觉又有点被勾起来了。

就是在听见“虫族的那位陛下”，然后把这个词和不久前看见的黑发青年的形象对应上的时候，他们的这种异常感受就会格外强烈，莫名地会想要见到……

“我们没有想见的人。”库伦冷眼以对，直接代替同伴回答。

罗伊斯已经反省过自己之前的行为，他此时面无表情，让自己坚定采取和同伴相同的态度。

撞邪一次就够了，他之前一定是脑子突然不清醒才会说出那种话，这种事情绝不会有第二次。

“或许，不只是能让你们见一见想看见的人，还可以让你们和那个人说说话。”负责人再加一点砝码。

也不知道是戳中了内心的哪个点，听见这一句话，罗伊斯竟然觉得自己的内心有点动摇，但同伴的一句话又给他从头顶浇了一盆冰水。

“清醒点！”看出罗伊斯的动摇，库伦更加冷下脸色，沉声喝止。

被这么一喝，罗伊斯才再冷静了下来，跟同伴的坚定不移相比，他此时不禁一阵羞愧。

这样也不行，那看来只好使出撒手锏了。

观察完了这两名灰塔士兵的反应，负责人此时面不改色地从他的衣服口袋里拿出一个有着黑发黑眼的 Q 版小人玩偶。

“交换筹码再加上这个。”负责人顿了一下，继续道，“因为只有一个，所以你们谁愿意先提供情报，这个东西就是谁的了。”

要是对别的审讯对象，负责人真没法想象得出这种招数，可这是两个融合了虫族基因的士兵，负责人觉得他这方法指不定还真的能成功。

在拿出这个小人玩偶的星盟第七分部负责人话音刚落的那一秒，没等在场任何一个人有所反应，库伦直接从旁边桌上抄起一块抹布塞住同伴刚要张开的嘴，然后他面无表情地回应："我可以说。"

嘴巴被同伴塞上一块抹布，罗伊斯本来还犹豫着羞愧了一秒，结果在听清楚同伴说什么的时候，他马上双目瞪圆。

"唔唔——"

罗伊斯两眼喷火，愤愤地想要抬手把那块堵住他嘴巴的抹布抽走，但没想到同伴看准他的动作，先他一步面无表情地伸过手来继续把他的嘴巴死死捂住。

什么叫作痛击我的战友，这就是标准范例。

星盟第七分部的最高负责人也算见过不少大场面，但他对眼前这场面还是叹为观止。

虫族的基因有毒啊，而且还毒性不浅——负责人此时只有这么一个想法。

"我只能告诉你们，灰塔的据点很多，你们想一下子全部拔除是不可能的，并且灰塔最重要的基地位置也不在星盟的管辖地区，陨星的位置我不知道。"捂着正在挣扎着的同伴的嘴，库伦用毫无起伏的语气快速把话说完。

说完以后，库伦很直接地向坐在他对面的人伸出空闲的手，表达的意思十分明显。

虽然很高兴这名灰塔士兵松口了，但负责人还是没忍住抽了抽嘴角，然后依照承诺把手里拿着的小人玩偶递给对方。

拿到那个有着黑发黑眼的 Q 版小人玩偶以后，库伦点点头，表示交易完成。

在这个时候，罗伊斯终于用力地拉下了对方捂着他嘴巴的手，再把那块塞他嘴里的抹布扯出来丢到地上，呸了两声。

“库伦你个狗东西！”终于成功把这句话骂出来了，罗伊斯此时处在被气死的边缘，火冒三丈。

刚才是谁说让他清醒点，对方自己怎么不清醒？！

亏他刚才还羞愧，现在他羞愧个屁，不马上动手把眼前这个不要脸的人打死都算他有同伴情谊了。

被骂“狗东西”这三个字的库伦无动于衷，拿着到手的小人玩偶站在一边，一副我什么都听不见的表情。

“明明是我先的，你把你手上的东西给我。”罗伊斯瞪着对方。

库伦岿然不动，表现出理不直气也壮的态度：“但最后是我比你先开口，所以东西是我的。”

罗伊斯：“你要点脸。”

库伦：“我不要。”

也是被同伴的不要脸程度给镇住了，罗伊斯好一会儿没能说出话来。

小人玩偶是拿不到了，罗伊斯也做不到上手抢，此时他只好把目光转放到对面的星盟人员身上：“除了这个东西，你们刚才说能让我们见想见的人，还能跟对方说话，这也得说话算数吧。”

负责人点头，明知故问道：“你们想见什么人，能联系上的话，我会尽量安排。”

库伦和罗伊斯快速对视一眼，后者装出一副不是那么在意的表情：“就你之前说的，虫族的那位陛下。”

“我们只是因为好奇而已，其实也不是非见不可，只不过是你们自己答应的事，这个见面权利不用白不用。”罗伊斯补充道。

你能说服自己就好。

负责人不想拆穿对方，只保持着平常表情说：“这件事情可能有点困难，我会去和那位陛下提一提这事，但最后能不能见面要看对方的意愿。”

“见不到就算了，本来也不是特别重要。”说完这话，罗伊斯随便往椅背一靠闭上眼睛，表现出不打算再理会对面人的意思，无声示意对方可以走了。

等真的听见星盟人员离开的脚步声，罗伊斯暗自睁开他闭着的其中一只眼睛，观察着一行人离开的背影。

等人影完全消失不见，罗伊斯才垮下脸。

要是对方不愿意跟他们会面怎么办？

想一想这个可能性，罗伊斯心里无来由地生起了一阵忧愁。

库伦也不是没想到这个可能，不过他低头看了看自己手上的小人玩偶，心情比罗伊斯要平静一些。

离开了这座白色监狱的负责人已经火速去到顾淮面前，把事情原样复述。

“事情就是这样，可以的话，希望您能够答应这次会面……如果您出现在他们面前，我相信他们会肯提供更多的、更深入的情报。”

“可以。”顾淮在听完后沉吟片刻，然后点了点头。

会面时间安排在明天早上，顾淮觉得也确实需要一次会面来让他确定自己该用什么态度面对这些融合了部分虫族基因的灰塔士兵。

“您为什么对这两名灰塔士兵的事情这样犹豫？”艾伊望着不远处似乎又陷入某种考虑的黑发青年，开口询问。

顾淮从思考中抽离，实话实说：“因为他们给了我一种和你们很相似的感觉。”

顾淮不会希望自家的虫族受伤，而面对融合了虫族基因，同样能被他感知到情绪的灰塔士兵时，顾淮就没办法以对待普通对象的态度去面对了。

这句话拐个弯理解就是自家王很重视他们，在场的虫族的心情一下子昂扬不少，每一个都高高兴兴。

“明天你们不用跟着我一起进去，我和他们单独见面就好了。”顾淮说。

听见明天竟然不能当自家王的跟屁虫了，刚还正高兴着的虫族顿时又一片失望，在第二天眼巴巴望着顾淮离开视线范围。

但也不是所有虫族都这么乖乖听话，唯一一个不听话的亚尔维斯此时就轻耷着眼皮，面无表情地跟在顾淮身边。

由于这只银色大猫之前都表现得太乖了，对方难得有这么一次不听话的情况，顾淮还真是开不了口拒绝对方的跟随。

虽然是监狱，但星盟分部用来关押重要犯人的这座白色监狱的隔间条件还不错，里边的布置挺接近一个简单小房间。

只不过墙面都是特殊构造，被关在里边的人视情况还得戴上压制力量的重力环。

从监狱大门进去以后还走了一段路，顾淮在工作人员的指引下进入了关押着两名灰塔士兵的那个隔间。

也是在进入隔间的一刻，原本走在顾淮旁侧的亚尔维斯一声不吭地往前一步走到顾淮前边一点的位置，既高大又俊美冷漠的身影挡在青年身前，以一种很明显的保护姿态挡住顾淮的半个身体，然后微眯起眼审视不远处的两名灰塔士兵。

原来这才是这只大猫一定要跟自己一起过来的原因，顾淮一下子恍然。

“他们都戴了重力环，不可能伤害得了我的。”顾淮缓下声说着，其实他觉得这两名灰塔士兵本来就不会想伤害他，这一点在他现在从两人身上感知到的部分情绪也基本可以确认。

但亚尔维斯只是垂了垂眸并不让开，于是顾淮就干脆顺着对方，安分地待在亚尔维斯营造出的保护圈里。

待在这个保护圈里和外边人对话也不是不行。

比起顾淮的从容，库伦和罗伊斯在对方踏进这个隔间的一刻，全身上下的每个肢体关节都仿佛有点僵硬，顾淮越是走近，他们越是快要变成一个木头人。

这是一种难以言喻的感受，除了因为某种他们自身还没清楚认知到的本能吸引，还因为顾淮望向他们的目光。

青年望向他们的眼神非常温和，甚至是有一点温柔的，不是那种看待异类、看待实验体，或者是看待怪物的目光。

库伦和罗伊斯都快不记得被人正常看待是什么样的感觉了，自从被迫接受了基因改造，他们这些被改造的灰塔士兵在面对外人时从来都是沐浴在异样的目光下。

其实不只是外人，有时候他们对着镜子看看现在的自己，也会嫌自己难看、恶心。

“您……您不会觉得我们很奇怪吗？”为什么可以用这样的眼神看着他们，罗伊斯忍不住开口，小心翼翼地发问。

他们怪模怪样的，自己都觉得自己像怪物一样，但眼前的黑发青年在第一次见到他们的时候，用的就是和现在一样的眼神。

“奇怪？是指什么？”顾淮不太理解地问。

罗伊斯吞吞吐吐：“就是……就是长相。”

长相。

听见这个关键词，顾淮好好把眼前两名灰塔士兵的形象从头到脚扫了一遍。

经过学习，顾淮对星际里的各个种族分别拥有什么样的特征已经都了解了，从眼前的两名灰塔士兵身上，顾淮看见的是多个种族糅杂在一起的混合特征。

多个种族特征放在同一个人身上，难免显得不伦不类，但顾淮最后去看那两双属于虫族的琥珀色竖瞳时，回答说：“不会奇怪，我倒是觉得很可爱。”

因为所感受到的那份相似，顾淮的这句回答并不是假话。

像无法进阶出类人形态的低阶塔克虫族在其他种族眼里也是可怕的，但在顾淮眼里，塔克虫族就很可爱。

顾淮的这句话引起了双边反应，两名灰塔士兵一下子像是找到了什么信仰，竖瞳止不住微微发亮。

虽然只是一句空口说出来的话，但这种不带隔阂的接纳对他们来说是一种非常珍贵的东西。

而另一方面，因为听见顾淮对别的人说“可爱”，挡在他前边的亚尔维斯此时面无表情地甩动了一下他身后的银灰色尾巴。

这条尾巴哐的一下砸到地上，把用特殊建材建造的白色地板砸出了一个凹陷进去的大坑。

把地板砸出一个大坑的动静可不是开玩笑的，牵连着整个隔间都仿佛震动了一下，监狱里的警报声直接响了起来。

顾淮也被这猝不及防的变故给弄蒙了，不过他好歹还是比旁的人反应快些，在星盟看守监狱的部队人员赶过来的时候，他低咳了一声，向工作人员解释。

“不好意思，其实没有发生什么事，只是我们不小心砸了地板，维修费用方面，我们会负责赔偿的。”顾淮态度礼貌，这时反射性往旁边侧过一点，挡住了亚尔维斯那条犯事的银灰色尾巴。

但早在顾淮去挡之前，工作人员就已经注意到那条尾巴了，看着地上被砸得明显凹陷了一块的位置，他们不由自主沉默了几秒。

这可是用特殊建材铺的地板，一般钻地机都钻不动，得是怎么个的不小心才能砸出这样的坑来。

如果不是不小心，那好端端的，砸地板干什么？

顾淮大概能从工作人员的沉默里读取到他们内心的想法，他保持着普通微笑等他们离开，同时用眼角余光瞄了一眼在他旁边的亚尔维斯的表情。

这只大猫毫无疑问是在不高兴，但为什么不高兴……顾淮努力思考了一下，他心里很快隐隐约约晃过了一个想法。

难不成是因为，他刚才对那两名灰塔士兵说了“可爱”这两个字？

亚尔维斯这次的不高兴表现可以说是最明显的一次了。而不知道怎么的，顾淮看一眼对方正略微紧绷着的冷漠侧脸和身后那条银灰色尾巴，一时间竟然无来由地生起了一点点心虚。

也不知道具体是在心虚什么，顾淮就是想了想，他之前不止一次在这只大猫面前夸对方可爱，现在却当着对方的面对别的人也这么说，这好像是有一点渣？

脑子里忽然冒出来这个字眼，顾淮自己都不禁呆了呆。

觉得这个字眼怎么都不太对，可也没等顾淮思考出一个合适的替代词，他被站在旁边的亚尔维斯用尾巴圈了过去，

顾淮十分被动地背靠在亚尔维斯身上，而明明已经用尾巴圈着青年的身体了，亚尔维斯这时还把他穿戴着制式黑色手套的左手以揽抱姿势搭放在顾淮腰上，只腾出自己的右手。

要腾出一只手是因为，亚尔维斯在任何时候都会保留战斗意识，他每时每刻都是适合迎接战斗的状态。

并且现在还多了一个因素，他有需要保护的人。

这样的拥抱姿势无论怎么看都是表现着一种占有，亚尔维斯原本对这两名灰塔士兵的审视眼神变得更加冷漠三分，但他也只是再瞥了这两名士兵一眼。

在这样将顾淮圈到自己怀里以后，亚尔维斯低下头，他的视线开始长久地停驻在顾淮身上。

亚尔维斯在这个时候明明什么话也没说，顾淮被对方这么垂眼望着，刚才心里头冒出来的那一点心虚感就又莫名再滋长了些。

“生气了？”来不及管两人现在是什么姿势，顾淮试探着问。

亚尔维斯还是不吭声，也没有点头承认，但对方竟然会不回应他

的问话已经很能说明情况了，而且顾淮感受到那条圈在他身上的尾巴又收紧了一点。

这情况——

由于某种心虚感，顾淮对两人眼下这姿势也不挣扎了，他安抚地去摸了摸那条冰冷尾巴，然后低咳一声，压低自己的声音说：“别生气了。”

然而，这只银色大猫这次却没这么好哄，顾淮张了张口本来想说别的话，但他看了一眼还在他们对面的两名灰塔士兵，有些话在人前实在是说不出来。

“稍等一下。”顾淮对两名灰塔士兵歉意地点点头，好不容易才让圈在身上的那条银灰色尾巴放开他，他领着亚尔维斯走到一个角落。

这情形实在有种他们两人跑到角落说悄悄话的既视感，顾淮下意识眨眨眼，正经地问：“不高兴是因为我刚才对别人说‘可爱’？”

亚尔维斯在这时抿起嘴角，没有承认，但顾淮从他的反应已经确认他的想法了。

还真是和顾淮想的一样，听见他用同样的词夸别人也会不高兴，这性格也真是……完全就是一只大猫的样子。

既然知道原因，那就好办了。

“嗯，那我以后再也不夸别人可爱，只对你这么说？”顾淮主动对上亚尔维斯的眼睛，丝毫不躲避这双浅金竖瞳的视线。

话音落下的一刻，顾淮看见对方眼睛里的眸光轻微晃动了一下，虽然亚尔维斯此时面无表情，顾淮可以知道对方并不是毫无反应。

按这么哄基本没错，确定路线，顾淮再接再厉道：“你最可爱了。”

这句话就是在人前说不出来的话了，把这句话说出口的同时，顾淮感觉他的面颊好像有点发热。

但明明是自己夸人，为什么被夸的人不脸红，他要脸红？

多半是因为这句话说出口有点羞耻。

顾淮给自己找到原因，脸颊温度稍微降低了些。

“可爱”的意思是令人喜爱，因为是这样理解这个词语的，所以顾淮的这句“你最可爱了”对亚尔维斯来说是极具动摇力的一句话。

亚尔维斯认为需要回应这句话，但不知道如何宣之于口。

顾淮在感受到颊边的一瞬轻柔触感时明显一愣，他之前已经对亚尔维斯说过不可以这么做，但在这时因为看见对方身后那条明显透露出高兴情绪的尾巴，顾淮一时间没能开口再说什么。

顾淮好半晌没能说出话来，可想到还等在一边的那两名灰塔士兵，顾淮赶紧深吸一口气，勉强降低了脸上的热度。

这件事情就暂时略过算了，其实是因为有点不知道怎么应对，顾淮没对做出这件事情的亚尔维斯说什么，而是装作无事发生的样子和对方一起走了回去。

回到原来位置，亚尔维斯依然以保护姿态半挡着顾淮，虽然表情冷淡，从对方微眯起的竖瞳和抬高的尾巴可以看出一部分真实心情。

“久等了，我们言归正传。”顾淮声线平稳，他用温缓的声音对眼前的两名灰塔士兵说，“我没有觉得你们奇怪，反而因为你们身上拥有的一部分虫族基因，我其实对你们感觉很亲切。”

然后顾淮继续坦承一件事情：“我能感知到你们的情绪，所以我知道你们对我没有恶意。嗯……能感知到也是因为你们身上有虫族的基因，如果你们不希望被我窥探情绪，我可以在面对你们的时候暂时封闭这个能力。”

顾淮大多数时候会无意识开启这个能力，虫族完全不会介意，但这些灰塔士兵并不是虫族。

“我不介意。”库伦先回答说。

没抢答到的罗伊斯有一点不甘心，不过这时还是出声应和：“我也不介意，我比他更不介意。”

这个回答让顾淮不由得笑了一下，视线稍微左移，顾淮看见那个被摆放在床头的小人玩偶，心情不免有点复杂。

“关于灰塔，如果你们愿意的话，我希望你们能告诉我所有的已知情报。”顾淮说。

“好。”罗伊斯这次赶紧先点头。

空手套情报，面对这些根本不把自己的性命当回事，只想让整个星际混乱动荡的灰塔士兵，这事也只有顾淮能做得到了。

对库伦和罗伊斯来说，他们之前想摧毁星盟是因为觉得反正他们在这整个星际里也没有容身之处，不被任何人接纳，除了破坏现有的秩序，被改造成了怪物的他们已经没有什么可在乎的东西了。

但现在，他们觉得自己也许还能够拥有存在的意义。

在他们眼前的青年表现出了愿意接纳他们的态度，因此他们想顺从由虫族基因所带来的那份本能臣服，就像其他虫族那样。

但他们毕竟只是拥有一部分虫族的基因而已，并不是真正的虫族。

对自身还是有点自卑，库伦和罗伊斯现在都极力想向顾淮证明自己的价值，他们很快事无巨细地把灰塔的所有情报和盘托出。

作为灰塔组织分支据点的负责人，库伦和罗伊斯知道的事情不少，但涉及陨星所在位置这种机密，那只有组织基地的核心高层才知道，他们两人对此是不知情的。

顾淮仔细听完两人的话，把得到的信息整理完毕之前，眉头已经紧皱了起来。

而因为看见顾淮皱眉，他对面的两名灰塔士兵开始有些忐忑，以为顾淮是对他们提供的情报不满意。

“我们没有隐瞒任何事情，知道的已经全都告诉您了。”罗伊斯小心又认真地说。

“我知道，我没有怀疑你们。”顾淮安抚道，他看出了两人对他的小心态度，于是松开皱起的眉，对两人微弯眼梢，“这些情报很有用，谢谢你们。”

“那您现在要走了吗？”会面时间也差不多了，罗伊斯问出这句话的时候，都没敢在后边再问一句以后还有没有见面机会。

顾淮点点头：“嗯。”

“那您在外边多注意安全……”这句话刚说完，罗伊斯就挠了挠自己的头发，觉得自己这句话有点傻。

外面有那么多虫族士兵会保护对方呢，对方的安全哪用得着他来担心。

他们估计是没有从这个监狱出去的一天了，不过虽然是在监狱里，他们至少也做了一件让青年觉得有用的事情。

顾淮说走就走，两名被关押在隔间的灰塔士兵这次眼巴巴地望着他离开，一直望到背影看不见了才默默收回视线。

从监狱出去，顾淮其实是直接去找了这个星盟分部的负责人，见面第一句话就说：“把那两名灰塔士兵放了吧。”

说实话，以立场来说，顾淮说这句话并不合适，他知道自己不应该干涉这个星盟分部对监狱犯人的处置。

但现在不合适也得合适，经过这次会面，顾淮已经明白了，假如融合了虫族基因的灰塔士兵出现在他面前，他多半是没办法置之不理的。

“这……”负责人面露犹豫，一方面是虫族的王对他提出的要求，但另一方面，两名重要的犯人怎么能说放就放？

顾淮这边表情平静，陈述道：“情报我已经大致掌握了，可以共享给你们，继续把人关着也没什么意义。把人放出来，要是发生什么事情，我会负责，如果是要对他们进行审判，这件事情也可以以后再商议。”

他们现在算是欠着虫族人情，负责人听见顾淮都把话说到这份上了，哪还好意思不同意。

“行，我可以放人。”负责人点头同意了。

星盟分部的办事效率也不差，在被从监狱里放出来的时候，库伦和罗伊斯还有点反应不过来。

他们就这么从监狱里出来了？

出了监狱，库伦和罗伊斯几乎第一时间去到顾淮身边，一开始他们还担心虫族不会让他们靠近顾淮，但结果发现虫族并没有对他们试图一起跟随的行为表现排斥。

事实上，虫族对喜欢自家王的人会更宽容一些，因为库伦和罗伊斯对顾淮表现出和他们差不多的态度，所以跟在顾淮身边的虫族才会是这样的反应。

也就是在两人被放出监狱的半天后，洛达星的星球警报响了起来。

这一次星球的警戒模式开启，是因为一支舰队规模不小的灰塔部队对洛达星发起了攻击。

这是灰塔的几个分支据点集结起来的舰队，之所以组起队来攻击洛达星，是因为他们得知自家其中一个分支据点的俩负责人被这个星球上的星盟军队给活捉了。

他们怎么也得把人救回来，挣回他们组织的脸面。

要是这支灰塔部队早点来，库伦和罗伊斯搞不好还能有点高兴，但现在他们只有一个想法：别救他们，他们不想走！

洛达星前不久才刚遭遇一次攻击，现在还没休整过来就要遭遇规模更大的第二次，星球的守备力量根本不够。

灰塔的部队显然也很清楚这一点，所以挑了这个时间过来。

警报声一响，整个星球的气氛就变得极其紧张。

因为士兵都是经过基因改造的特种兵，灰塔的地面部队有着非常突出的优势。

战舰进入星球的大气圈，一波又一波的灰塔士兵登陆星球，而星盟分部这边的抵御兵力看起来并没有多少，似乎从一开始就胜负已分。

“直接攻进监狱救人，这个星球的守备力量很弱，我们很轻易就能拿下。”一名灰塔分支据点的头目说。

灰塔的地面部队目标明确地向着监狱方向前进，他们汹涌而至，在他们刚准备和没多少人的守备军交战的时候，天空响起了一道广播：“全体立正，放下武器。”

顾准配合地坐在星球广播室里，对着递到他嘴边的话筒说了这么一句。

第九章 陨星

星球广播室，对从事播音行业的专业人员来说，这是个很有排面的地方。

从这间广播室发出的广播能让星球上的所有居民都听见，一般只有在度过某几个一年一度的重要节日的时候，这间广播室才会被启用。

在灰塔发动这次进攻，星球警报响起的时候，顾淮问负责人有没有能把他的声音传递出去的方法，然后他就被请到了这间广播室。

顾淮对着话筒说的“全体立正，放下武器”这句话通过广播设备传达到星球的各个角落，星球上的每个人都听见了，当然也包括刚登陆星球、准备向前推进的灰塔士兵。

这明明只是一道声音，并且这道声音还一点都不凌厉，听不出威胁的意思，而是温缓的，听起来更像一句普通对话。

正常来说，准备进攻的灰塔士兵根本不会把这毫无意义的可笑言语当回事。

立正？

还放下武器？

这个星盟分部的人是脑子有问题吧？守备力量这么弱，根本无法与他们对抗，这样竟然妄想他们会肯听话照做？

脑子里的第一反应是这么想，但在听见这个声音的同时，灰塔这边率先登陆星球的地面部队里的大部分士兵在他们大脑的潜意识中产生了另一种难以形容的冲动。

队伍里最先顺应了这份冲动的那名灰塔士兵忽然咚的一下扔下武

器，他看着自己把手上端着的光束武器啪嗒砸到地上，事干完了却一脸发蒙。

他这是在做什么？

“你干什么？”旁边同伴也诧异地问他。

我不知道啊！

扔下了武器的这名灰塔士兵，在内心这么大声回答，他现在其实应该把武器捡起来补救这个错误，但他的大脑在刷屏拒绝这个想法，而他的身体一动不动。

身体：我觉得我应该去捡武器。

大脑：不，你不想。

不仅不想捡武器，这名灰塔士兵这时还做出了标准的立正姿势，此时昂首挺胸收腹，肩膀稍向后张，两手的手指并拢贴放在体侧。

姿势标准得宛如在等待上级领导阅兵。

“你在搞什么鬼……”这句话的尾音没能昂扬上去，同伴就因为周围接连响起的武器落地声而惊愕得瞪大眼睛，满脸见鬼了的表情。

枪械哗啦啦扔了一地，扔掉手上武器的灰塔士兵都是一副自己也很茫然莫名的神情，完全不知道发生了什么事。

“一定是刚才那个广播，那个广播可能是某种控制类异能，我们这边有人中招了。没事的人带上武器跟我一起，我们去把这个异能者揪出来解决……”

“掉”字没能说出来，说这话的士兵就蓦地被五六把枪一起指着的情况下闭嘴了。

刚把武器扔下的那一部分灰塔士兵因为听见这句话，瞬间把地上的武器重新端起来指向说话者，凝视对方的竖瞳急剧收缩了起来。

说不清楚现在是什么样的心情，这些灰塔士兵只知道，他们不想也绝不能让对方这么做。

“把你的武器放下。”其中一名有着琥珀色竖瞳的灰塔士兵说。

突然被周围一群队友用武器指着的士兵一脸难以置信："你们疯了吗？"

"放下你的武器。"端着枪的灰塔士兵加重语气，竖瞳几乎收缩成了一根细线。

虫族无法容忍有人意图伤害他们的王，而对于融合了虫族基因的这一部分灰塔士兵来说，他们的潜意识里也拥有着同样的心情。

形势比人强，对方顿时什么话也说不出来，只能扔下了武器。

控制类异能不可能到这种程度，那这难道是一次自发的集体叛变？

搞不清楚情况，这名灰塔士兵眼睁睁地看着队伍里越来越多的士兵把武器给扔掉了，而极少数还正常着没有扔下武器的士兵在发蒙地看完周围的这个情形以后，最后也只好犹豫着一起把武器放到地上了。

"地面部队怎么不动了？"这支部队的总指挥官拧着眉。

旁边人迟疑道："可能是遇到伏击。"

"遇到伏击会不向我们传递讯息？"

被这么一反问，其他人顿时都无话可说。

这个情况是不对劲，但任还在战舰上的灰塔人员怎么思考，他们也不可能想到地面部队行动停滞的原因。

顾淮用一句话让这支灰塔舰队的整个地面部队停止行动。他通过侦察机传回的画面看见那些听到喊话后真的待在原地不动的灰塔士兵，在这时他对着话筒又说一句："就这样先别动，我等会儿……很快就过去见你们。"

不动就能见到这个通过广播对他们说话的人吗？

从听见的话里衍生出这个想法，已经把武器放下了的大部分灰塔士兵们不由自主地有点高兴地期待起来，还有点紧张。

地面部队搞定了，那就只剩下还在战舰上的那部分士兵了。

只要等战舰往星球的天空再靠近一些，广播就能够传达。

其实顾淮本来是可以不需要利用广播的，他能直接建立一个将拥有虫族基因的灰塔士兵们全部纳入笼罩范围的广域精神链接，向他们所有人传递他的想法。

但因为担心精神链接会对这些灰塔士兵产生什么伤害，顾淮在还没有确认没问题之前，不想这么做。

己方装备精锐、作战力优秀的地面部队莫名其妙停着不动，还对问询和指示毫无反应，在战舰上的总指挥官按捺了一会儿，最终还是下达了继续进军的命令。

于是，这一部分空中军力也在洛达星的天空上遭受到了同样的套路。

“关闭战舰的武器系统，你们把战舰降落到地面吧。”

顾淮端正坐着，字正腔圆地清晰说出这句话。

顾淮这一句话广播出去，天空中的一艘艘战舰就纷纷好似被按下了暂停键。

战舰里头经过了怎样一番兵荒马乱先不说，反正在顾淮把话说完以后没多久，天上那些战舰的武器系统就都接二连三地唰唰关闭。

情况进展到这一步，可以说是已经稳了。

整场战斗从开始到结束还不到十分钟，顾淮一个人结束了灰塔的这次进攻。

结束了？

躺赢得实在太过梦幻，星盟分部的负责人沉浸在这次轻松获得的胜利里一时半会还没反应过来。

听了顾淮的话待在原地没动的灰塔士兵们还保持着立正站好的姿势，等天空上的战舰全部降落下来，顾淮就按他之前答应的，去见这些灰塔士兵了。

经过之前和库伦、罗伊斯两人的会面，顾淮知道，这些灰塔士兵并不是自愿接受基因改造的。

通过两人的一些叙述，顾淮认为这些灰塔士兵之所以想摧毁星盟，是因为自身不被人接纳，他们找不到归属感，无处容身，只有满腔无处发泄的愤怒，所以干脆只想着破坏。

事实上这也是从星盟科研部门叛逃的加文想要看到的结果，只不过他怎么也料想不到，自己设想好的事情会出现这么大的变故。

千算万算，就是算漏了顾淮的出现。

这些灰塔士兵是在好几年前接受的实验改造，加文在给这些士兵融合虫族基因的时候当然考虑过虫族的种族天性。

他几乎可以说是完美地解决了这个问题，融合了虫族基因的灰塔士兵如果按虫族的能力阶级划分，能被划分到 β，但他们对 α 阶级的高等虫族并不会有服从本能。

严格地说不是完全没有，而是被极限弱化，相当于没有。

可当位于虫族金字塔最顶端的顾淮诞生，就算这份本能被极限弱化，那也顶不住了。

用数字来直观形容一下。

比如说 β 及以下阶级的虫族对 α 虫族的臣服度是满分一百分，加文在对灰塔士兵进行基因融合时把这份臣服本能削减了九十九分，最后只剩下一分。

于是灰塔士兵不会受到 α 虫族的影响。

但虫族对王的臣服度至少是两百分往上走，就算扣个九十九分也依然是满分状态。

结果可想而知。

当顾淮真正出现在这些灰塔士兵面前时，和只听见声音的情况不一样，融合了虫族基因的灰塔士兵几乎在一瞬间就各自绷紧了身体，下意识把自己的立正姿势调整得更标准一些。

但其实他们的立正姿势已经标准得不能再标准了，顾淮走到现场看见这情况才想起来自己之前让人立正的事，低咳了声："不用立正了，你们随便站就好。”

这些灰塔士兵这才放松一些，他们对自己现在的奇怪状态还很茫然不解，但无论是顾淮的存在本身还是对方看待他们的温和目光以及态度，都让他们下意识想顺从他的话。

“跟我一起回去吧。”顾淮随便看了眼星盟分部给他提供的招待住所的方向，正过身来直接对面前的灰塔士兵们这么说。

回去?

他们应该没有能用“回”这个字眼来形容的归属地，因此这些灰塔士兵在听见时一起愣住了。

在顾淮说完开始走的时候，许多灰塔士兵不自觉地跟着他往前踏了一步。

你们这么轻易就投敌了，认真的?

对没有融合虫族基因的极少数灰塔士兵来说，他们现在满脑子只有这个想法。

然而眼看着周围队友真的就跟着往前走了，慢半拍被留下来的少数灰塔士兵两两对视一眼，一脸蒙地跟了上去。

原本要进攻洛达星的灰塔士兵就这么被顾淮给策反了，星盟分部的负责人面对这个结果，忽然领悟了。

有虫族的王在这里，灰塔的军队这不完全是来一个送一个，来两个送一双吗?

要说陨星是对星球武器，那顾淮就是对灰塔武器没错了。

负责人觉得，还是他们这边更厉害一点。

星盟总部看来有救了!

顾淮领着一大群灰塔士兵回到这个星盟分部提供的招待住所，拥有着竖瞳的灰塔士兵们在整个跟随过程中，脑子基本空空如也。

他们什么事都没想，也想不到，但身体就是被大脑最深层的意识给指挥着动了起来。

在这些灰塔士兵搞清楚自己实际到底是什么样的想法之前，他们已经跟在顾淮身后抵达了对方说“一起回去”的地方。

这个招待住所是一座大别墅，规格可以说是奢华，占地面积也广，但由顾淮带领的虫族和这么多灰塔士兵一起在这里，空间就不够了。

库伦和罗伊斯瞧着顾淮带回来这么一大批灰塔士兵，各自卡壳了一下又觉得好像也不是那么意外。

现在，我们都是二五仔了。

罗伊斯镇定地想着，心里并没有倒戈背叛组织的心虚感。

反正现在也不是他一个人这么干，大家都这么干，所以他只是跟随大众、跟随潮流而已！

融合了虫族基因的灰塔士兵们现在都在下意识盯着顾淮看，他们忍不住想，对方为什么会用毫无敌意的温和态度对待他们，说让他们跟着一起回去，又把他们带到这个地方。

对于对方来说，他们不应该是需要消灭的敌人吗？

同样的问题其实也应该问问自己，但这些灰塔士兵现在暂时想不到这么多。

假如顾淮把他们当成敌人，或者也和其他人一样把他们当成异类，那由虫族基因所带来的本能也许影响有限。

但偏偏顾淮对他们是这样的态度，于是虫族基因的影响可以说是被最大化地激发了。

顾淮并不是有目的地做这件事情，他之所以对这些灰塔士兵态度温和，只是因为他想这么做。

经过与库伦和罗伊斯的会面，现在这些融合了虫族基因的灰塔士兵在顾淮眼里就像是半个虫族士兵，顾淮没有办法冷酷地对待他们。

“这里房间不太够。”顾淮看了看这些灰塔士兵，“不过没关系，我会让负责人给你们安排住所的。”

顾淮的语气态度都非常自然，自然到一点不像双方刚结束一场没来得及开始的战斗。

听见顾淮说这句话的大部分灰塔士兵微微收缩着他们的竖瞳，他们下意识想顺从顾淮的话，同时又因为不知道该怎么回应而显得很是拘谨。

“不过这里只能临时落脚，你们之后得跟我回去另一个星球。”顾淮想了一下，又补充了一句。

又是“回去”，这个词语对这些灰塔士兵来说总是有着相当的冲击力，用“回去”这个词，就好像他们也拥有一个归属地那样。

特别是这句话是由顾淮说出来的，接受了虫族基因的这一部分灰塔士兵内心很轻易就动摇了。

这话明明就像张空头支票一样，一点切实保障都没有，对方连具体是让他们去哪个星球都没说，但听见顾淮这句话的灰塔士兵们却还是忍不住亮起了眼睛。

哪怕这些灰塔士兵并没有表露出太明显的表情，他们身上那能够一目了然的剧烈动摇和一直无意识盯在顾淮身上不肯移开的目光，也已经让剩下的少部分没有融合虫族基因的士兵没眼看了。

对于少数没有融合虫族基因的灰塔士兵来说，他们从战斗开始到结束后的现在都是最蒙的。

“你们难道就这样背叛组织吗？”其中一名士兵开口打破这安静的场面。

这句话一出来，让在场心里其实已经想跟着顾淮走的灰塔士兵顿了一下，表情多了点不自然。

不等顾淮说什么，最先倒戈的人员之一的库伦在这时面不改色道：“我们和灰塔并没有利益上的关系，成员只是因为有相同目标才待在一起，现在我们因为目标改变而离开组织，这是正常且正当的行为。”

而罗伊斯在一旁闭起眼睛帮腔：“说什么背叛，这最多叫跳槽，跳槽懂吗？”

本来大部分灰塔士兵就已经是把眼睛黏在顾淮身上移不开的状态了，现在还有人主动给他们找好了借口，他们几乎马上顺着就同意了两人的话。

对啊，他们不算背叛。

听听这话说得多有道理！

有了借口，这部分灰塔士兵顿时倒戈得十分心安理得。

这样的回复让问话的那名士兵憋红了脸，他们这些少数没有融合虫族基因的人，比其他同伴更需要一个借口来说服自己。

他们当然也希望有人会愿意接纳他们，也难以否认内心的动摇，但他们总不能倒戈背叛得这么快吧？

库伦洞察了他们的心理，他走过去拍拍这名同伴的肩膀："太要脸会让人生不快乐，我们已经很不快乐了，那还这么要脸干什么？"

第一次听见有人能把不要脸说得这么理直气壮，被拍肩膀的同伴不禁愣了愣，而他心底里还真就被这么彻底说服了。

事情发展到这里，在场所有的灰塔士兵算是达成了一致的意见，轻易地全员倒戈。

顾淮就算只是坐在那里什么也不做，在场的大部分灰塔士兵现在也克制不住总去观察他，当意识到自己在看的时候，他们会试图偏移视线，但最后还是又移了回去。

反正就是一种想看又有点不敢看，但不敢看也还是忍不住要看的情况。

"想看就看吧。"顾淮说。

这些灰塔士兵的表现让顾淮想起自家虫族刚开始面对他的时候也是这样子的，这份相同让顾淮对他们更加缓下声音。

等星盟分部的负责人赶来这里的时候，看到的已经是这些灰塔士兵对顾淮那叫一个服服帖帖的样子了。

面对星盟的人，灰塔的士兵们还是冷下脸，敌意颇重，这份差别待遇让负责人很无语。

“星盟现在也不是你们的敌人了。”顾淮适时出声。

顾淮这么一说，这些灰塔士兵一个个都听话地收敛起敌意，变脸速度之快令负责人叹为观止。

分部的负责人过来这里是要跟顾淮商议事情，或者说请求对方帮忙的。

已经知道灰塔士兵大多数都融合了虫族基因，顾淮是他们应对灰塔的最终极武器，想要让星盟总部存活下来，他们必须得到顾淮的帮助才行。

顾淮一听负责人的来意，倒是表现出很好说话的样子，他说：“我们本来就是为此而来的，当然愿意提供帮助，不过……”

“不过什么？”负责人马上殷勤地问。

顾淮状似思考了一会儿，回应道：“不过等这次事情结束以后，我这边可能也有一件事需要星盟协助解决。”

这是在提醒他们欠了人情?

那确实也是欠了个很大的人情，负责人表情严肃地点点头说：“这您大可放心，相信星盟一定会给出让您满意的回报。”

星盟作为星际里的和平象征，当然是要顾及脸面的，欠虫族这么大的人情，该还他们当然会还。

“是吗？”顾淮回以微笑，“那具体是要什么回报，我之后再提。”

“放心吧，不会是太让你们为难的要求。”顾淮再补充一句。

本来顾淮没想主动讨这份人情，他这次带着虫族帮助星盟只是为了表明己方态度而已，但现在事情出了点意外，他需要考虑这些灰塔士兵的生存问题。

灰塔几个据点的军力集结在一起进攻洛达星，这件事情原本就是基地高层的指示，假如这支部队就这么一去不返还半点消息都没有，灰塔的高层指不定会因此而直接提前发射陨星的时间。

“先让这个星球伪装成被灰塔部队占领的样子吧。”顾准对负责人这么说完，又转过头对在他面前的灰塔士兵们说，“明天你们分出一小队人把我带去灰塔的基地，就说是在洛达星和星盟交战后抓回的俘虏。”

“陛下！”在顾准身边的虫族反应都很大。

让自家王跑去一个危险的地方，这对任何一名虫族来说都是绝对不能接受的事情，在场的虫族浑身上下都透露出强烈的抗拒气息。

亚尔维斯不吭声，他在这时直接用自己的尾巴牢牢圈住了顾准的身体，脸上面无表情，没有半点松开的意思。

顾准在说这句话之前就料到了这个场面，他解释道：“灰塔的基地对我来说应该不算一个危险的地方，而且亚尔维斯可以跟我一起去，就算真的有什么危险，他也可以带我用空间转移离开。”

因为亚尔维斯拥有能够完美隐匿身形的能力，所以顾准这么说，同时也是为了安抚这只大猫，他在这严肃场面里静悄悄摸了摸那条圈在他身上的银灰色尾巴。

顾准的话语和对这条尾巴的抚摸让亚尔维斯脸上的冰冷神情微有松动，但嘴角还是抿平的状态。

“陨星的布置位置只有灰塔基地里的高层人员才知道，想要掌握它的位置或者让它停下来，把我带去基地是最直接的方法。”顾准一边说着，一边又再多摸了几下某条正在不太高兴的尾巴。

把这条尾巴摸高兴了，某只大猫也就高兴了。

灰塔组织里，融合了虫族基因的士兵是多数，拥有虫族基因的士兵就算不听从顾准的指示，也绝对做不到伤害他。在场的虫族们其实都很清楚这一点，但他们依然是在顾准再三安抚以后，才勉勉强强同意了顾准的决定。

灰塔的基地是在不受星盟管辖的灰色地带，这个灰色地带具体地说，是被各种独立组织，比如佣兵团之类占据的肯亚星系。

灰塔真正的基地就在这个星系的尼拉星。

灰塔基地这几天的气氛略有些紧张，因为他们基地的二把手，科林在最近几天脾气有点暴躁。

这种暴躁具体表现为，对方总是脸上笑嘻嘻地给下属们指派各种能把人累死累活的训练任务。

科林几天前在星网商店里下单的那十个加急包裹，运送包裹的星舰也不知道怎么回事，在途经的某个星球停了很长一段时间。

说好的加急包裹，本来这个加急包裹要等一天才能送过来，科林就已经觉得等不及了，现在还让他等了好几天。

要是灰塔有多一颗陨星，等包裹到手，科林都想把这家快递公司给炸了。

今天下午终于收到了他下单的那十个包裹，科林马上把这十个包裹全抱回了自己的房间，高高兴兴地准备拆开。

科林拿着把剪刀动作小心地剪开包裹，很快从包裹里拆出来一个小人玩偶，看着这个玩偶，科林的竖瞳顿时亮了亮。

西瓦那家伙真是小气得要命，他之前说拿两个玩偶跟对方换一个，对方还不肯。

行，他现在自己买了十个，不稀罕对方那一个了。

科林一边想一边继续拆包裹，在拆到最后一个包裹的时候，科林听见了敲门声。

“什么事？”拆着很重要的包裹，科林根本不想理人，语气都带了点不耐烦。

门外下属的声音传过来：“报告参谋，洛达星已经被我们的部队攻占下来了，我们从那里绑回来一个星盟的人，情报方面……”

没等对方说完，科林就打断了对方的话：“情报的事你找我干什么，不会去找刑讯组的人吗？”

说话的同时终于把最后一个包裹拆出来，科林把九个小玩偶都摆到自己床头上，剩下一个自己拿着，然后走向屋门：“先把人关牢里去，不给他饭吃，饿他个三五天不就行了。让刑讯组的人好好审审他，严刑逼……”

门一拉开，科林猝不及防对上一双黑色的眼睛。

这双眼睛的主人是一名青年，长相十分清隽好看，现在正被几名灰塔士兵看押着，很安分地站在那里。

科林看着面前有着黑发黑眼的青年，再低头一看自己手上的同款小人。

那家垃圾快递公司给他把真人快递来了？

开门见到正以一副安静状态待在士兵们的看守圈里的那名黑发青年，科林的脑子里一瞬间冒出这个想法。

小人玩偶毕竟只是Q版，其实并不能以这个小人的模样来确定真人具体是什么样子的。

但在科林骤然看见对方的时候，他心里突然就像有某个声音在不断重复告诉他，就是这个人。

科林先是心一跳，他快速回神收敛起自己刚才的呆滞没让他人发觉，头脑恢复转动。

首先，他当然知道眼前的黑发青年不是快递公司送来的，对方是士兵口中所说的，从洛达星绑回来的星盟的人。

可是对方明明是虫族的王，为什么会……

不等科林多想，站在他前边的灰塔士兵之一——库伦对他说：“那么，我们现在把他带去牢房。”

“等一下。”科林反射性把人叫住，他把手里拿着的小人玩偶往身后藏了藏，在下属的询问目光中稳住表情，“先……先等等，牢房那边现在暂时没空位，关满了。”

在场另一名不明情况的灰塔士兵闻言，有点疑惑地说：“应该没有关满啊，咱们基地的监狱一直挺空旷的。”

“关满了。”科林语气肯定地把话重复一遍，然后似乎意有所指地说，“昨天刚满的，基地发生了一点你们不知道的事。”

科林的后半句话把发出疑惑的灰塔士兵给唬住了，对方很快点点头不再细究，只问：“那要把他关在哪里？”

顾淮在这场面下安静地什么话都没说，听见这名灰塔士兵提到有关于他的处置问题，他的反应也只是眨了下眼睛。

就好像根本不清楚自己会有什么遭遇那样。

顾淮不急，科林反而淡定不了，但他此时面不改色道：“基地里空着的房间这么多，随便拿一间当牢房不就行了。”

没等士兵应声，科林状似随意地再提一句：“就这栋楼，在第十七层挑一间，你现在把人带上去。”

“第十七层好像只有一个房间……”士兵迟疑了一下，他记得那还是个特别豪华的房间来着，阳台和窗外风景好，而且还安静。

“是吗，我忘了。”科林表情不变，“反正是空着的就行，带上去吧。”

“明白了，那就按您说的，先把人关着饿几天，我再去把刑讯组的人喊过来。”士兵点下头。

“等一下！”科林第二次把人喊住。

士兵的脚步又顿住，投过去疑问的眼神。

“不用找刑讯组的人了，这么重要的俘虏，我晚点亲自审问。”科林说。

这名灰塔士兵其实觉得有点奇怪，在他印象里，他们参谋并不喜欢揽事，但想法只一闪而过，士兵马上应下了。

这一次终于能走了。

士兵刚要把人带走，顾淮在这个时候终于开口了。

“嗯……我今天没有东西吃吗？”顾淮用很平常的语气询问，像只是单纯表达他的疑惑，“明天、后天也没有？”

科林闭了闭眼，觉得他要当场昏过去了。

昏过去吧，昏过去他就不用面对这要命的现实了。

但实在做不到说昏就昏，科林现在就像面对一道送命题，表面平静，而内心里的小人已经在拼命抓头发思考怎么补救。

“有的。”科林的声音比刚才稍微弱了弱。

旁边的士兵：不是，刚刚才说好的要把人饿个三五天呢？

听见回答，顾淮再次轻轻眨了眨眼：“那这里会有诺米克鱼吗？我想吃这个。”

在顾淮左边的这名灰塔士兵身上并不具备虫族基因，同时也不属于知情人，因此他此时只有一个想法，他们部队这次抓回来的这名俘虏是不是也太没有当俘虏的自觉了？见过哪个当俘虏还能点菜的，当他们这里是餐厅吗？

但己方参谋的反应让这名灰塔士兵怀疑自己的耳朵。

“有的。”科林把刚才的回答复读了一遍。

两个问题都得到肯定答复，顾淮脸上很自然地带上了点微笑，他不再多说什么，由着看押他的士兵把他带到了他的“牢房”。

这一路上也碰到了些灰塔士兵，只要是有着琥珀色竖瞳的士兵，在看见顾淮的时候基本都愣在原地走不动路。

负责看押顾淮的这名灰塔士兵对这情况很迷惑，但他还是专心执行任务，把人带到指定地点关了起来。

顾淮走到客厅的沙发那儿坐了下来，他环顾了一下这间空间宽阔、布置也相当不错的屋子，心情十分淡定。

因为是要关人的，屋子里几个宽敞的大阳台被封了起来，窗户也是开不了的。不过如果站在玻璃窗前的话，能看见一片充盈着蔚蓝色的美丽海景。

是的，这还是一套海景房。

任谁都不会认为这是俘虏能有的待遇，所以把顾淮带到这间屋子来的那名灰塔士兵走的时候也是带着一副古怪表情离开。

顾淮来到灰塔的基地是为了套路剩下的这些灰塔士兵，高层之一已经接触到了，接下来就是等对方向他主动靠近过来。

顾淮在被关的屋子里很平静淡定，但在外边的科林就很痛苦了。

平时总是挂着的笑嘻嘻表情都没了，笑不出来，假笑都笑不出来。他反常的表情让最近几天饱受训练折腾的灰塔士兵们提心吊胆，生怕对方又给他们布置什么训练任务。

刚才他一口答应说有诺米克鱼，可尼拉星哪有这种鱼啊，等士兵把人一带走，科林马上点开通信。

科林：“去隔壁的贸易星买些诺米克鱼回来，最迟今晚七点……不，六点就要带回到基地。”

突然接到去隔壁星球买鱼的任务，下属都有点蒙，还没反应过来，通信就已经切断了，只留下他一个人对着通信器满头问号。

晚餐时间，晚上六点半的时候，顾淮锁着的屋门被准时打开。

从屋门口推进来一辆分了三层的送餐车，科林身体紧绷地把这个送餐车推到顾淮面前。

“这些都是我的晚餐吗？”顾淮望着那足足有三层这么多，且每一层都摆满精致碟盘的小推车，语带好奇地问。

科林在紧绷状态下点头：“嗯。”

“谢谢。”顾淮温声道谢，面带微笑表现出了有点高兴的样子。

“不客气。”科林干巴巴地回应。

“我是只能待在这间屋子里不能离开吗？你们抓我过来的原因是什么？”顾淮用听不出生气的温缓语气询问。

但其实明明是他自己主动过来的，现在却倒打一耙。

“可能是误会吧。”科林硬着头皮解释，“等我去把事情弄清楚，也许……也许就能让你离开屋子。”

“我也觉得应该是误会，我本来是瞒着家里人出门，星舰刚好路过洛达星。但刚登陆星球没多久就被莫名其妙抓住了，都不知道是怎么回事。”顾淮顺着对方的话开始胡编乱造。

科林一听，自己就把整件事情的起因经过结果都给合理地脑补得差不多了。

原来是这样，他们部队的人不知怎么回事，竟然把对方误以为是星盟里的重要人物，结果就把人抓回了基地。

对方是偷偷跑出门的，怪不得身边没有虫族保护着他。

在科林脑补着的时候，顾淮往房间周围看了看，说：“屋子里什么都没有，被关在这里有点无聊，在你把事情弄清楚之前，能不能给我提供一些书籍打发时间？”

“可以。”科林马上答应，“明天我让人送过来。”

顾淮闻言再次回以微笑，而因为他心情不错的表现，科林的竖瞳在这时也出现细微收缩。

话题结束，科林退出了这间屋子。

等科林离开以后，在门外有不少灰塔士兵假装路过偷偷瞄看屋门，他们有着相同的竖瞳。因为看见顾淮被关进这间屋子里，这个屋门对他们有了莫名的吸引力，忍不住想过来看看。

“亚尔维斯。”顾淮对着除了他以外空无一人的房间唤了唤这个名字。

在来之前顾淮跟对方说好了，确认屋子里没有监控的话，是可以出现的，要是有监控就当他自言自语就行了。

在顾淮轻声唤出这个名字以后，一名高大又俊美冷漠的银发虫族从房间的某处阴影里走出，靠近顾淮身边。

“一起吃饭吧。”顾淮说着低咳了两声，把那盘装着诺米克鱼的瓷碟推到亚尔维斯面前，“帮我敲一下？”

这种鱼顾淮自己可吃不了，第一次吃的时候就是亚尔维斯帮忙的，今天就是因为想到对方还跟在他身边，他才会说想吃这种鱼。

说一起吃饭，结果下一句就是让人帮忙敲鱼，顾淮都还没来得及反思一下自己感到不好意思，亚尔维斯就动手帮他把这鱼坚硬的外壳的敲开了。

这事对亚尔维斯来说连稍微用一点点力气都算不上，用餐具敲开鱼的表层，亚尔维斯很快把鱼刺挑光，把全部鱼肉都夹到顾淮盘里。

“猫吃鱼果然特别在行吗？”顾淮小声自语了一句。

“猫？”亚尔维斯微垂下眼。

没想到这么小声的自言自语还是被对方听见了，顾淮“呃”了一声，抬手轻挠了挠自己的脸颊：“是一种很可爱的生物。”

话说出口，顾淮很快想起来他不久前答应了眼前这只大猫不夸别人可爱，就算不是夸人，对方搞不好也会不高兴。

求生欲让顾淮迅速补救，他语气认真道：“很多时候，你会让我感觉像猫，就是那种大猫，因为觉得你很可爱，所以我也觉得猫可爱。”

亚尔维斯身后的银灰色尾巴本来似乎刚要轻甩一下，在顾淮说完这句话以后，这条尾巴又维持抬高状态不怎么动了。

顾淮给自己的这波补救打满分。

亚尔维斯不仅尾巴安分下来了，还微眯起了他的竖瞳，虽然没有说话，却还是能够隐约看出对方还算不错的心情。

所以，到底为什么会喜欢被人夸可爱啊？

眼前是一只高傲冷漠的银色大猫，但这只大猫竟然会喜欢被夸可爱，这一点让顾淮觉得对方更可爱了。

可爱到让顾淮在这时没忍住伸手去摸了摸对方的头发。

亚尔维斯对顾淮摸他头发的动作很顺从，甚至微低下头让顾淮能摸得更容易一点。

吃完晚餐没过多久，窗外天色也彻底暗下来了，顾淮对着屋子里的唯一一张床，陷入沉思。

这间屋子在设计的时候难道是按单人豪华住所设计的吗？这么大的房间，连第二张床都没有。

还好这张床够大。

顾淮去占了左边，很自然地拍拍床的右边空位："你睡这边。"

其实亚尔维斯并不是那么需要休息，但注视着已经躺上床的黑发青年，他走到床边，把军装外套脱下放到一边，然后也躺上床。

顾淮一躺床上很快就睡着了，而亚尔维斯并不会真正入睡。

在整个虫族里，每天都会进行睡眠的可能也只有顾淮了，其他虫族都是几天才睡一觉，甚至是不睡觉，只偶尔小憩一会儿。

亚尔维斯就很少睡觉，等顾淮入睡以后，他把自己的尾巴轻轻搭在了对方身上，形成半圈着的保护姿势。

像是感觉到身上搭了东西，顾淮在熟睡状态下无意识探手去摸这个东西，摸着摸着，他就把这东西当成抱枕一样抱住了。

抱住以后，顾淮还下意识把脸贴过去蹭了蹭，而在蹭的过程中，他的嘴唇不经意擦碰到这条尾巴。

这样无意的亲吻让亚尔维斯抿起嘴角，他悄无声息地，用尾巴把已经睡着的青年揽到自己怀里。

于是第二天顾淮醒来的时候，他一睁眼就近距离看见了亚尔维斯肤色冷白的修长脖颈。

因为上身只穿着一件白色衬衣，亚尔维斯那没被军服外套遮挡着的有着流畅线条且明显充满了力量美感的男性躯体清楚地展现出来，而顾淮现在很近地贴靠着对方。

顾淮卡壳好几秒，尤其他发现自己手里还抱着对方的尾巴，那就更加呆愣了。

自己的睡相这么差的吗？

顾淮忍不住怀疑自己，正当顾淮抱着亚尔维斯的尾巴不知所措的时候，靠近屋门的脚步声解救了他。

这阵脚步声顾淮是听不见的，但亚尔维斯听见了，他把军服外套穿回身上，然后潜匿在阴影里。

进来屋子的人是科林。

昨天顾淮说想要书，科林今天就让人搬了一个摆满书的书柜过来，他现在把这个大书柜搬进屋子里。

“这么多书，够我看好一阵子了。”顾淮望着书柜说。

满足了顾淮的要求，科林也有点高兴：“其实还有更多，我只是搬了一部分过来。”

“这些我应该都看不完，我家里人很快会来找我的，如果确认把我抓到这里是因为误会，等我的家人过来，我应该就能离开了？”顾淮询问道。

家人……离开……

听见这两个词语让科林心里的高兴情绪一下子又低落下去，但他还是点了点头：“嗯。”

“说起来，你的眼睛跟我的家人很像。”顾淮缓声说着，“虽然看不太出来你是哪个种族的人，不过你的眼睛让我觉得很熟悉。”

科林的心情就跟坐过山车一样，起起落落，顾淮这一句话又让他重新高兴起来。

“我之前在洛达星的时候，听见你们的组织名字好像是叫作灰塔？”顾淮像聊普通话题一样提到这事，偏过头问，“灰塔是个什么性质的组织？”

科林被问得一愣，他开始迅速转动自己的大脑。

就算只接触非常短的时间，科林也能感觉到，他面前的青年是个温柔的人。

科林想到他们组织正用陨星瞄准着星盟总部所在星球，嘴角在这时就忍不住抽了抽。

不行，这事绝对不能让对方知道。

看着眼前青年那头柔软的黑发，科林在脑子里迅速过滤掉了无数个答案，最终脱口而出：“我们是一个慈善组织。”

整间屋子安静了好几秒。

科林把话说出口以后，表情仿佛有一瞬扭曲，但他最终还是绷住了自己的脸。

顾淮也没想到会听见这样的答案，不过他的反应还是比较快，在这时眨了眨眼，回应说：“喔，原来是慈善组织。”

“嗯。”科林木着脸点头。

“真好。”顾淮面露微笑，“我觉得会加入慈善组织的人都很善良，而和善良的人相处起来就很轻松愉快。”

眼看着青年对自己的话毫不怀疑，科林表情微僵，此时再含糊地应了一声：“嗯。”

顾淮脸上的微笑是他真的忍不住想笑，他从被搬到靠墙位置的书柜里随意挑了本书，低头望着这本书的封面，顺便开口问道：“那你们为什么会去外边抓人关起来？我昨天好像还听见你们说刑讯组什么的？”

科林眼皮一跳，继续绞尽脑汁：“刑讯组其实跟我们组织没有关系，是这个星球的政府那边的部门。”

“我们组织跟这个星球的政府关系友好，抓人也是因为他们说有个重要逃犯出逃，我们这边主动帮忙……”科林睁着眼睛胡编乱造，说到这里时顿了一下，“我当然相信你不是逃犯，这是个误会，但因为我这边还需要一点时间走走程序，所以不能马上放你离开房间。”

顾淮点点头表示理解，并不因为要被关着而生气。

“你们组织平时都进行什么活动，能跟我说说吗？我对慈善组织还蛮感兴趣的。”顾淮顺着对方编的话题继续聊天，嘴角弧度再稍微提了提。

活像被班主任抽查暑假作业的学生，科林边快速思考边回答说：“我们……社区送温暖！保护街坊邻里。”

——收保护费。

“收留无家可归的人们。”

——收编灰塔士兵。

“还有刚才说的，协助当前星球政府的一些工作。”

最后这一句就真的纯属瞎编了，因为尼拉星上根本没有什么政府。

在这一类不受星盟管辖的灰色地带，星系里的各方势力是非常乱的，于是这里的每个星球也都很乱。

这个“乱”是指星球内动荡很多，不过说实话，自从灰塔在尼拉星扎根下来，尼拉星的治安确实以肉眼可见的速度变好了很多。

所以科林觉得他刚才说他们保护街坊邻里，其实也不完全是撒谎，勉勉强强还说得过去吧。

“感觉这些活动都很有意义啊。”顾淮很配合地表达赞许。

因为顾淮的赞许神情，科林反而觉得一阵心虚，越发坚定了绝对不能让对方知道灰塔真实情况的想法。

如果让青年知道他们组织实际是做什么的，就算对方不对这份欺骗感到生气，也肯定不会再用这么柔和的态度对待他们了，更别说是称赞和微笑了。

“说起来最近这段时间，星际里不是那么安稳吧。好像是因为星盟那边出了什么问题，说是星盟总部被一种叫陨星的武器瞄准了，情况很危急的样子。”顾淮提到这个话题，表现出些许担忧神情。

科林听见这话，身体先是反射性一僵，然后试探地问：“你很担心星盟吗？”

顾淮语气平常地回答：“算是吧，星盟对维持整个星际的安稳还是很重要的。我是担心和平的象征消失，这个象征又和星盟切割不开，所以要说我是担心星盟也没错。”

“我不希望现在的安稳环境变得混乱，嗯……其实主要是因为不想家里人遭遇危险。不管怎么说，在和平环境里遭遇危险的可能一定是比在混乱环境下要低许多的，对吧？”顾淮温声叙述着，顺带低头翻开了书籍的第一页。

科林在一旁糟心地闭了闭眼，想到那颗由他带着一小队人亲手布置的陨星，他表示不敢说话。

心虚到不敢继续在这待着面对对方，科林说："那你先看书，我还有工作要忙，就先离开了，我会尽快争取让你能离开房间的。"

"好。"顾淮安顺地点下头。

一离开屋子，科林马上把基地里好几个区域的士兵给调集了过来。

他得开始走程序了，这谎光他一个人演实在是圆不过来，必须要让基地里的其他人也配合他一起演才行。

基地A区到C区的士兵都在这里了，科林开口第一句话就问："我们灰塔是个什么组织？"

士兵们一脸莫名，面面相觑片刻，一时间有些答不上来。

"武装组织？"其中一名灰塔士兵尝试回答。

然后他就被科林沉默地瞥了一眼："都记住了，我只说一遍，我们是个慈善组织，之后要是有人问你们就都这么回答。"

虽然听见"慈善组织"这四个字的时候很想笑，可因为自家可怕的二把手那着重强调的语气，还有对方完全不像开玩笑的严肃表情，在场的灰塔士兵们并不敢嬉皮笑脸。

可是慈善组织跟他们灰塔未免也太八竿子打不着了吧，说出来都跟讲笑话似的。听的人不笑，他们自己都要笑了。

完全不能理解自家组织的二把手为什么突然提这种奇怪要求，在场的士兵们表示他们也不敢问，他们只默认服从就好了。

不过在第二天，大部分的灰塔士兵明白了原因。

顾淮在这一天获得了离开房间的权利，科林对他说已经走完程序了，他不用被继续关在屋子里，可以出去屋子外边走动。

"可以出这个房间，但是不能离开基地。"说完这句，科林补充解释道，"因为基地外边并不是那么安全，治安问题还是有的……你说你的家人会来找你，那在他们过来之前，你先待在我们组织的基地里会比较好。”

“嗯，我也是这么打算的。”顾淮回答。

科林试探道：“需要我带你参观吗？”

顾淮摇了摇头，回以微笑：“不用这么麻烦，我自己随便走走就好了，应该也不至于会迷路。”

事实证明，顾淮在灰塔的基地里这么随便一走走，确实是不至于迷路，却让所有眼睛是竖瞳的灰塔士兵在看见他的时候，都一脸茫然地呆愣在原地。

基地里怎么有个从没见过的人在乱晃，而且对方还得到了他们上级的许可。

一开始由于虫族基因而在看见顾淮时受到本能吸引的灰塔士兵们并不敢靠近对方，甚至是抵触靠近的。

要说原因，这主要是因为一种微妙的自卑心态，因为太明白自己在接受基因改造后的外形有多怪异，这些灰塔士兵并不太想让顾淮看见。

从其他人眼里看见嫌恶，他们倒是已经没什么感觉，早就心灰意冷了。但因为接受了虫族的基因，他们不由自主会对顾淮的看法更在意一点，因此不想在顾淮眼里看见和其他人一样的眼神。

但没过多久，这些灰塔士兵发现顾淮看待他们的目光一直是维持着一种恒定的温度，没有任何负面情绪。

就连惊讶、诧异之类的情绪也没有，仿佛他们都只是普通人而已。

当发现这件事情以后，这些灰塔士兵就很难再抗拒被吸引，他们都开始跟着顾淮在基地里走来走去，他们每一个人都努力伪装自己是慈善工作者，场面很有喜剧感。

基地二把手带领下属弄出这么大的阵仗，首领当然不可能不知情。

距离陨星发射的设定时间也只剩最后两天，在倒数第二天的晚上，科林去见了他们的首领，也就是西瓦。

平时科林都敢对西瓦笑嘻嘻的，甚至对话态度也并不像面对首领，这次却明显认真不少。

“我感觉后天日子不太好，不如……把陨星的发射时间往后调一调，你觉得怎么样？”科林还算不动声色地问。

“不怎么样。”西瓦冷冷回答道。

如果能忽略他武器包上比任何人都更早挂着的小人玩偶，对方的这句话也许会比较有说服力。

科林正因为清楚这一点，他这时忽然诚实地说：“其实我现在对摧毁星盟也不是那么执着了。”

顾淮的出现改变了他们的想法，现在灰塔基地里的大部分士兵估计都跟他想的一样。

如果按照他们的计划摧毁星盟总部，他们在两天后多半就要看见青年轻皱着眉的表情了，这事想想就有点难以呼吸。

西瓦不接话，虽然冷沉着脸，但对科林最近的种种做法，他其实是在知情的情况下采取了默许态度。

这一次也是同样。

两人谈话期间，顾淮此时待在房间里，拿了一本故事书随便翻看着打发时间。

顾淮觉得他已经尽最大努力做了他能做的事情，他在这些天里不遗余力地对基地里的灰塔士兵们表达他不希望星盟被摧毁的想法，他还说了希望陨星能终止运作。

至于两天后究竟会面对一个什么样的结果，顾淮也不知道。

这两天时间对顾淮来说是普通等待，对星盟那边来说可就是时间漫长的煎熬了。

星盟总部所在星球的居民目前已经尽可能地全部撤离，只剩自愿留下的星盟工作人员。

时间越是接近灰塔对他们放话说的陨星发射的时间点，星盟总部工作人员的神经就越是紧绷。

× 月 × 日，15：00。

时间准时到达。

在秒针转动一圈，最后咔嗒一声让分针走到整点位置的时候，一道如同破晓之光般划破宇宙寂静黑色的巨大光束从数个星球以外的地方直直向星盟总部发射——

顾淮在看星网，这一幕画面几乎是同步直播到他眼前的。

没能阻止吗？顾淮在心里想着。

星盟总部早在第一时间开启了星球的防御系统，特地加固的多重防护层将整个星球严密包裹了起来。

面对快速逼近的巨大光束，所有自愿留下的星盟人员此时都抱着赴死的心态。

这道能量波动极其强烈的光束很快逼近到星球面前，留守的星盟人员在这一刻也不肯闭上他们的眼睛。

就算是要面对死亡，他们在最后也要看着这颗星球。

但在这光束抵达的下一秒——

“嘭——”

星盟总部所在的星球面前炸开了一个五彩缤纷的超巨型烟花，画面非常绚丽。

星际里所有关注着这一幕的人们都没能反应过来，集体愣住。

烟花结束后，星球宛如无事发生。

第十章 烟花

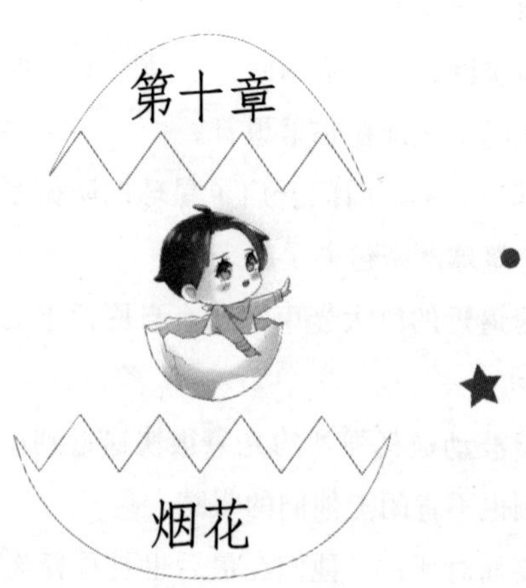

绚丽的烟花完成了它的绽放，在最终成型时，一个 Q 版小人的形象在宇宙里定格了一秒。

包裹着星盟所在星球的这片宇宙很快又恢复成一片寂静黑色，此时星盟总部很蒙，星际各族人民也很蒙。

对星盟和星际各族人民来说，他们当然很高兴也很庆幸星盟总部没有被陨星摧毁，星际里的和平象征得以保存。

但灰塔这是在搞什么鬼？

在放话要用陨星摧毁星盟总部的这一天，气势汹汹发射过来一道巨大光束，然后当面给他们放了个烟花？

星际里各个种族的新闻工作者们原本都已经写好了他们两个版本的新闻初稿，接下来只需要按照实际发展给初稿加工一番，就能把新闻稿给发出来了。

无论星盟总部能不能抗过这次攻击，这件事情都足以被记入新纪元的重要历史事件里。

这两版新闻初稿，一个内容是惋惜哀悼星际和平象征的消失，另一个内容当然就是纪念星盟渡过难关，赞颂星盟继续屹立了。

但结果灰塔过来放了个烟花，星际里的新闻工作者们望着烟花陷入呆滞，这时他们再低头看看自己保存在终端上的两份稿件，用一副快要吐血的表情把这两版稿件一起拖到了销毁选项上。

这两版稿子没一个能用的！

和星际人民的发蒙反应不太一样，顾准通过影像看见那道巨大光束绽开成烟花的时候眨了眨眼，舒展刚才皱起的眉。

本来顾淮要将眼梢弯下一点弧度，但没过两秒，看见这个烟花完全绽开时的形状以后，表情一呆。

那个像Q版小人一样的形状……

顾淮把影像回放再看一遍，然后在这超巨型烟花嘭一声绽开形状时点下暂停。

确认暂停的画面是什么，顾淮情不自禁抽了抽嘴角，眼神放空了好几秒。

星盟那边被刺激得不轻，他们一边发蒙，一边还在猜测灰塔到底是什么打算。

是不是打算先放个烟花让他们降低戒心，打乱他们的各项准备，等他们步调紊乱的时候，再突然发射陨星？

不管星盟和星际里各个种族的人怎么猜想，灰塔这边的士兵按照命令把陨星调换成烟花发射出去以后，现在以两名掌权人为首，一群灰塔士兵站在顾淮的房间门外。

这些灰塔士兵都在眼巴巴地望着关上的房门，他们很想知道顾淮对烟花的反应，但是也没人敢找借口进去。

每个人都想法一致地跑到十七层，走到房门附近又望而却步，结果就是一群人都挤在门外边。

“怪不得我问你推迟陨星发射时间怎么样，你跟我说不怎么样，原来你早就想了二手准备，还故意什么都不说，等我来找你。”不敢进房间，科林只能在外边跟他们的首领翻旧账。

西瓦依旧冷着脸，并不理会对方。

把陨星改成烟花也就算了，这烟花炸开后还是Q版小人的形状，科林不禁想，他怎么就没想到这么好的点子呢？

屋子里的青年担心星盟，那一定会关注今天发生的事情，而关注今天的事，也一定能看见那个烟花。

不知道青年对这个烟花有什么感想……

在门外的灰塔士兵这么忐忑地望着门几分钟以后，门忽然被打开。

他们听见咔嚓一声，门把出现转动，然后这些灰塔士兵就看见顾淮把门推开了半人宽的空隙，侧着身体探出头来看他们。

“你们都站在外边做什么？”顾淮装作是不经意打开门，用惊讶的视线环顾门外的众人。

实际顾淮是感知到了隔着一道门传递过来的许多情绪，他通过这些他只有一门之隔的情绪知道门外站着很多灰塔士兵。

本来顾淮想等他们进来，却发现他们待在门外边迟迟不动，那就只好去喊了。

“呃，我们……我们是来……”科林吞吞吐吐地道。

“先进来吧。”顾淮把门再推开一些。

顾淮把话说完就留着门进了屋里，留下在外边扎堆的灰塔士兵们站在原地，你看看我，我看看你，犹豫片刻，最后他们没忍住，陆续走进屋子里。

这时，顾淮已经坐回沙发上，正低头翻看着一本之前没看完的书。

顾淮看书的侧脸显得很安静，进房间的灰塔士兵们看着这个画面不由得更加紧张了。

科林被推出来问问题，他试探着开口问：“那个烟花你有看到吗？”

顾淮本来就并不算专心看书的心神微顿，把手上拿着的书合起来，然后点点头回答说：“嗯，看到了。”

顾淮的这个回答让在场的灰塔士兵们微亮眼睛，科林再接再厉地出声问：“你觉得好看吗？”

顾淮想到这个烟花最后呈现出的形状，嘴角又忍不住微微抽动一下，但顾淮清晰感知到这些灰塔士兵此时的期待心情，还是选择回应他们的期待。

“挺好看的。”顾淮对他们笑了笑。

忽略掉烟花最后呈现的那个令他感觉有点羞耻的形状，他觉得这个烟花确实非常绚丽好看。

一听顾淮说好看，科林马上说：“其实这个烟花，我们还能再做出来一些，如果你想看的话……”

虽然造价不便宜，不过灰塔还是能承受得起。

顾淮闻言赶紧低咳一声，摇了摇头说：“看一次就可以了，不用特地再放给我看。”

再多来几次，星盟估计都要疯了。

可是这个烟花本来就是放给顾淮看的，顾淮的婉拒让在场的灰塔士兵觉得有点可惜，不过他们还是很高兴顾淮喜欢这个烟花。

“原来这个烟花是你们放的吗？”顾淮有意表现出一种后知后觉的惊讶。

科林这才想起来，他们还有谎要圆。他绷着脸说：“嗯……是……是啊，我们组织提前祝贺星盟渡过难关，所以给他们放个烟花。”

谎话说得脸不红心不跳，而科林听见眼前的青年毫不怀疑地“哦”了一声，对他的话表示充分的信任。

慈善组织这谎可算圆过去了，科林暗暗松了一口气。

星盟经历了一场令他们发蒙的烟花以后，接下来的几天都在提防灰塔会再搞别的事，但真的风平浪静，这让他们的神经处于想放松又不敢放松的状态。

在星盟还紧张兮兮的这几天里，顾淮在灰塔的日子过得可以说是相当舒适了。

住着海景房不说，每天还能任意点餐，需要什么东西基本只要开口就能获得。

灰塔的士兵们在这几天都很高兴，因为顾淮在这里，基地忽然让他们有了点归属感。

但慢慢地，他们很快不得不面对一个现实。

“是我的家里人来了吗？”其实顾淮已经通过精神领域里的光点位置知道自家虫族过来了，但他还是合起书本，抬头询问科林。

这个时候如果也能说谎就好了，但科林面对青年的目光，竖瞳微缩，诚实地点头：“是的，他们说，来接你回去。”

顾淮说了一句“那太好了”。

因为看见他脸上的高兴表情，在场的灰塔士兵们的情绪十分复杂。

虽然从一开始就明白这种像拥有一个归属的日子并不真正属于他们，但在要失去的时候，这些灰塔士兵依然会感觉难过。

可也因为顾淮此时表现得高兴，他们也会产生相似心情，因此现在的心情很矛盾。

虫族这么强大，会保护好自己种族的王，也能给青年提供比他们基地更加舒适的生活环境。

虫族什么都比他们好……

这么一想，这些灰塔士兵的心情顿时就更低落了。

虫族的尤拉战舰已经降落到尼拉星的星球地面，带着这支精英舰队的是亚尔维斯以外的另外三名军团长。

虫族部队进入灰塔的基地，这时已经不需要再藏匿身形，亚尔维斯比其他虫族更早出现在顾淮面前，一出现就用尾巴圈住了顾淮的身体。

擅长谈判的参谋长已经跟灰塔这边完成了交涉，灰塔同意让虫族把顾淮带走，这也是科林一开始就答应的事。

无意间，整个灰塔基地的气氛都低沉沉的，看着顾淮走到过来接他的虫族身边，基地里大部分的灰塔士兵都兀自缩了缩他们的竖瞳。

即使是没有融合虫族基因的少数灰塔士兵，他们也不是没从最近这些天里感受到被正常对待的温暖和归属感，现在其实也同样情绪不高。

送别要说什么话，这事对灰塔的人来说是很不擅长的。自从被迫接受基因改造以后，他们已经很久没有经历过这事，没有人能让他们这么做。

“那个烟花……对，烟花，我们以后每年都在图瑟星附近放一次，你到时候可以就近看到。”科林挤出个笑容说。

在场的灰塔士兵也没忘记顾淮之前说过烟花好看，此时都赞同科林的说法。

灰塔士兵脸上的笑容虽然没到比哭还难看的程度，但确实十分勉强。顾淮安静地看着，下一秒做出了他从一开始就决定的事情。

顾淮站在虫族这边，却对在他对面的灰塔士兵们伸出手。

他说：“你们不跟我一起回家吗？”

看着顾淮的手这么伸着，听见他说的话，灰塔士兵们全都没能马上反应过来，每一个人都一脸茫然。

回家？

这句话是对他们说的吗？

有点不敢相信自己所听见的话语，这些灰塔士兵停在原地注视着顾淮。因为自我怀疑而无法迈动步伐，他们没一个人敢往前走。

“什……什么？”科林讷讷地出声，试图求证。

顾淮保持着伸出手的姿势，语气认真又温缓地把刚才的话重复一遍：“你们不跟我一起回家吗？”

这一遍肯定不会听错了，正因为确认刚才没有听错，在场的灰塔士兵现在才更加说不出话来。

科林的声音在喉咙里哽了哽，更加艰难地表达：“一起回家的意思是……”

是他们想的那样吗？

顾淮不会在这种时候故意不说清楚让人着急，他没有让这些灰塔士兵忐忑不安，清楚地对他们说：“就是你们跟我一起回虫族的领地，然后住下来不走了，你们愿意吗？”

这句话不可能被曲解，意思再清楚不过了。

在场的一部分灰塔士兵使劲眨了眨眼，有点湿润的眼眶重新变得干燥，避免发生什么丢脸的事情。

那他们当然是愿意的啊！

科林一点头，正准备往前一步搭上顾淮向他们伸过来的手。谁知道，他刚向前走，手都还没来得及抬，就被旁边的人给截住了。

一直在旁边一个字都没说，还板着一张脸的西瓦先一步搭上顾淮的手，科林愣了一下，反应过来以后用要杀人的眼神狠狠瞪着西瓦。

但科林也不能说什么，客观来讲，西瓦是灰塔的首领，由他来完成这个动作确实比自己更合适，能够表达整个灰塔的态度。

反正不管那么多，先答应顾淮，等明确表示他们都非常愿意以后，科林才小心地问："但是你……您为什么会有这样的想法，让我们跟您一起回……回家……"

一旦发自内心地彻底接受身体里的虫族基因，科林对顾淮就没办法再用"你"这个称谓。

对灰塔的士兵们来说，他们对自己被强制融合其他种族的基因是非常抗拒的。因为在他们的认知里，就是这些不同种族的基因让他们变成现在的奇怪样子。

但此时此刻，被顾淮接纳的这些灰塔士兵也开始学习接受现在的自己。

顾淮听见对方的问话，清晰可见地弯下眉眼："我之前不是说过，你的眼睛让我觉得很熟悉吗？你们大部分人为什么会有这样的眼睛，原因我是知道的。"

"我在洛达星遇见了你们组织的其他人，刚好也是拥有这样眼睛的士兵，他们各方面的表现，给我的感觉都和正常虫族几乎一样，所以我没办法放着他们不管。"顾淮说到这里，移过视线直视对面的人，"对你们也是这样。"

"没办法放着不管，所以特地跑过来，试图能够管管你们。顺利的话，就把你们一起带回去。"顾淮坦诚地说，直接坦白他是有目的地来到灰塔基地的。

顾淮把话说到这种程度，科林不可能还弄不清楚情况，但他不是先想到顾淮的欺骗，而是想着，那他之前撒的那些谎不就都被顾淮知道了？

顾淮什么都知道，但这样还是愿意接受他们。

科林张了张口没能出声，再过片刻，他支吾着说："那我们现在就走？"

不是他一个人等不及，在场的所有灰塔士兵都是同样的反应。

他们就想马上跟着顾淮回家。

"嗯。"顾淮回以肯定。

看见顾淮点头，灰塔的所有成员都开始收拾行李，其实他们也没想带自己的行李，就是把基地里所有能用的物资带上。这些都是他们要送给青年的东西，包括那颗没发射出去的陨星。

行李都收拾好了，灰塔的士兵们乘上他们的战舰，乖乖跟在虫族的舰队后边航行。

虫族的领地他们没有去过，曾经还是正常人的时候，他们也听闻过虫族的残暴冷酷。

要前往的是一个陌生而未知的地方，一切充满了不确定性，但这些灰塔士兵还是一言不发地选择跟随。

顾淮对他们说"一起回家"，他们对此充满信任并满怀期待。

灰塔的舰队就这么一路跟着虫族舰队到达诺德拉星系。顾淮把这些灰塔士兵先暂时安置在图瑟星，然后开始处理一件重要事情。

让参谋长去联系星盟总部，顾淮现在要向星盟讨要他们欠下的人情。

陨星为什么没有按既定时间发射，而是变成一朵烟花，星盟通过从洛达星分部那里获得的情报，现在已经明白这是由于虫族的帮助。

包括洛达星之所以没有沦陷，也是因为虫族的帮忙。

在信息极度发达的星际时代，任何消息都很容易扩散，星际里的各种族人民多少也听闻了这个消息。

通信接通，顾淮面对着在通信影像对面的星盟议会，没说什么客套话，很快直奔主题。

“灰塔不会再对星盟造成威胁，这一点诸位可以放心。关于对灰塔的处置，虫族这边会全面接手，希望星盟不要进行干预。”

以灰塔对星盟造成的一点损伤以及他们让最近的星际气氛变得紧张这两点来说，星盟不可能不追究灰塔的过错。

正常来说，这些灰塔士兵是一定要接受审判，然后定罪，但顾淮现在对他们提出这个要求，星盟也没办法拒绝。

虫族基因对灰塔那些改造士兵的影响，星盟已经了解了。客观考虑，他们要是同意顾淮的这个要求，那就相当于让虫族直接获得一支强大军队。

不仅是一支军队，还有那颗陨星……

说不顾虑是不可能的，可人家虫族刚帮了他们这么大的忙，星盟总部全靠对方才没被摧毁，他们要是不同意顾淮的这个要求，这么不要脸的事星盟也做不出来啊。

欠着人情，星盟同意了顾淮的要求。

虽然实际上他们不同意也没用，灰塔的人员现在都在虫族的领地里，顾淮不交人的话，星盟这边也不可能强要。

现在顾淮主动对他们发起通信，说希望他们不要干预，星盟清楚这其实已经是给他们面子的表现了。

“我们会给出合理处置。”顾淮平缓说完这句话，没多久就切断了通信。

处置是说给外人听的，顾淮早就想好了该怎么做。

虫族所拥有的星球非常多，毕竟在各种族战争频繁的旧纪元里，虫族是最凶残的一个，占领的星球也是所有种族里最多的。

而这些占领的星球，虫族并不是每一个都去开发建设，好些星球还保留着原始状态。因此，顾淮是这么打算的，他把其中一个还需要开发建设的星球设为灰塔人员的居住地，让加入虫族的灰塔士兵们能够亲手建设属于自己的家园，当然虫族会为星球建设提供各方面的帮助。

而对外，他就说成是把这些灰塔士兵分配到荒星进行劳动改造。

顾淮对被暂时安置在图瑟星的灰塔士兵们说出他的打算，并询问他们的意见，得到的回应是大家发亮的眼神。

“我们很愿意这么做。”西瓦代表整个灰塔回答。

对于一直不被任何人接纳的灰塔士兵来说，他们最想要的就是一个家园，能够亲手建设自己的家园的话，他们完全不会觉得辛苦，只会有成就感和幸福感。

这颗需要开发建设的星球离图瑟星不算远，这一点也让想靠近顾淮的灰塔士兵们觉得很好。

说是劳动改造，可看着虫族部队也在帮忙一起建设星球，星际里其他种族的人哪还能想不明白是怎么回事。

但虫族已经给了外人一个说法，信不信都是他们的事了。

对星球进行初步开发建设已经是件不容易的事情，比如说像开垦荒地、建造房屋、架设交通等都需要大量的人力物力。

除了利用虫族的黑科技进行星球开发以外，顾淮也套取了其他种族的科技造物用作建设。

顾淮又去薅了薅星盟的羊毛，星盟这次欠虫族的人情实在不小。这个羊毛其实不算是顾淮主动薅的，而是星盟自己说愿意给出回报，于是顾淮就不客气地提出要求了。

虫族的各种黑科技虽然都很优秀，比如尤拉战舰就让其他种族非常羡慕，但顾淮觉得他们不能因此放下对正经科技的发展，其他种族的一些科技造物也很值得他们学习。

顾淮在这个星球建设的过程中也发挥了很大作用，具体情况是这样子的。

“假如说士兵们能听见您的声音的话，这个工程的完成速度至少可以提升百分之十。假如您是用鼓励的语气说话，速度还能再提升百分之十。”

“如果您亲自去巡视，属下相信这个工程能直接缩一半时间。”参谋长推了推眼镜。

顾淮抽了抽嘴角，但他还是听了参谋长的话，适当去工程现场晃一晃。

看见他的灰塔士兵和虫族们顿时都建设热情更加高涨。

没过多久，这个星球——艾维星的初步开发建设就完成了。

星球上有了房屋，也有了各类基础设施，能够成为一个正常的居住地。

“你们以后就生活在这里。”顾淮望着这个刚刚完成了一部分开发的星球，对在他面前的灰塔士兵们弯下眼。

虽然现在只是完成基础建设，但以后一定会建设得越来越好的。

无论有没有融合虫族的基因，所有听见顾淮声音的灰塔士兵都紧绷着身体，他们望着这个星球，内心的情感难以言喻。

他们也有家了。

艾维星的初步开发虽然是说没多久就完成了，但这个“没多久”其实还是经过了半个月。

比起其他种族的正常建设速度，虫族这边黑科技与高科技双管齐下，效率可以说是非常高了。

波波尔特人听说虫族在加急建设一个星球，最近也自发派了一支队伍过来帮忙。而在波波尔特人有所表示之后，虫族在图瑟星的其他邻居也相继提供资源或人力上的帮助。

虫族需不需要他们的帮忙是一回事，他们种族在虫族的庇护下不再受到星盗的侵袭，现在无论是作为盟友，还是记挂这份恩情，他们都该行动起来了。

顾淮对参谋长说，他们应该借鉴学习一下其他种族的科学技术。

比如他觉得机器人还挺好用的，虫族这边的技术人员收到相应指示，很快把顾淮从星盟那里薅羊毛薅回来的一批智能机器人给拆解了几台，制造方法在经过一星期后也分析得七七八八。

论正经的科技水平，虫族与一些科技发达的种族还是有一段差距。

虫族战斗力强大跟自身的各种黑科技以及种族能力、士兵素质分不开，由于他们的黑科技也会不断成长进化，虫族一直以来其实没那么关注自身科技发展，直到顾淮提起的现在。

刚好艾维星现在各方面建设都还刚刚起步，虫族把从其他种族那儿学来的一些科学技术运用在星球建设上，直接学以致用了。

由灰塔带来的紧急事件告一段落，在艾维星建设期间，顾淮终于有空去做他之前没来得及做的事。

在卡帕莉娅过来的时候，顾淮把她留了下来，并且让跟在自己身边的亚尔维斯先离开一会儿。

顾淮提出这个要求的时候，亚尔维斯没有马上听从离开，而是抿起嘴角，无声地注视了顾淮好一会儿。

这只大猫实在表现得太明显，顾淮想不接收到亚尔维斯的这一反应都难，他缓声说："我有事情需要跟卡帕莉娅单独说，应该很快就好了。"

虽然亚尔维斯还是表情冷淡，并抿着嘴角的样子，他再看了顾淮几秒，最后顺从顾淮的意愿离开。

也是因为观察到亚尔维斯没有一开始就听从顾淮的要求，卡帕莉娅面若冰霜地皱起眉。

顾淮面对这个结果不由得轻挠一下脸颊，有点无奈地叹了一口气。

亚尔维斯和其他三名军团长存在微妙的矛盾，这是顾淮之前就发现的事，正准备调解的时候，又刚好撞上灰塔的事情，于是拖延到了现在。

至于要调解为什么只找卡帕莉娅，那是因为顾淮觉得，虽然卡帕莉娅对亚尔维斯的戒备心表现得最突出——表情冰冷、皱眉，但在三名军团长里，卡帕莉娅一定是最容易被他说服的那个。

而只要说服三名军团长中的其中一个人，另外两人的戒备态度慢慢也会自然消除。

“亚尔维斯其实和你们一样，是不会伤害我的，你和艾伊还有悉摩多，并不需要对他有所戒备。”顾淮在沙发上坐下来，开始了与卡帕莉娅的这场对话。

面前的女性虫族还站着，顾淮拍拍旁边座位示意对方坐下。卡帕莉娅冷着脸，但很快顺从地走到顾淮示意的位置坐下来。

“亚尔维斯本身对您具备危险，他随时有失控的可能，失控了就会伤害您。”卡帕莉娅说着，眉头越皱越紧，“他对您也不够听从。”

无论是称呼上、态度上，还是别的什么，都让卡帕莉娅觉得亚尔维斯对顾淮缺乏臣服心。

但是作为直接与亚尔维斯接触的当事人，顾淮的感受和另外三名军团长不同。

“我觉得可以不用担心失控，亚尔维斯这段时间的状态一直很稳定，你们应该也看到了。”顾淮耐心地说服着，语气很温缓，包括眉眼都是柔敛的，并不表现强势。

以卡帕莉娅对他的听从程度，其实他是可以直接要求对方放下对亚尔维斯的戒备，这样即使卡帕莉娅不改变她的内心想法，在行为表现上也会照做。

但顾淮选择解释，因为他明白这三名军团长是由于对他的关心爱护才会有这样的反应，他连表情都没办法严肃。

顾淮说完那句话以后，卡帕莉娅仍是皱着眉，眉头相对刚才来说，其实有松动，此时她坐在旁边不言不语。

顾淮再接再厉，更进一步：“而且他最后不还是听我的话了吗？”

亚尔维斯的表现在其他三名军团长眼里是缺乏服从，但在顾淮这边，他明显感觉这只大猫在面对他的时候很听话，有时候都乖到让他觉得可爱了。

想着想着，顾淮一不留神把某个内心想法说出口：“啾啾很听话的。”

可能是因为从顾淮口中听见这个意外的称呼，卡帕莉娅不知不觉把皱着的眉松开了。她知道这个幼崽时期的称呼对亚尔维斯来说，差不多相当于是禁忌了，但看起来亚尔维斯肯让顾淮这么称呼他。

察觉到卡帕莉娅在听见“啾啾”这个小名的时候忽然放松眉头，顾淮偏头想了想，不由得说：“卡帕莉娅也想要小名吗？”

听见这句问话，卡帕莉娅冷若冰霜的表情出现了细微变动。

只要是王的提问都应该毫无保留地回答，但因为这个询问过于突然，卡帕莉娅的想法像是空白了一秒，也因此错过了回答的时机。

卡帕莉娅沉默了。

但顾淮把这样的沉默当成是默认，于是他开动脑筋思考起来。

有什么寓意美好又适合卡帕莉娅的小名呢……思索半晌，顾淮试探着询问道：“叫露娜怎么样？”

随即顾淮接了一段解释：“露娜这个名字在人类种族那边，有月亮的含义，感觉和卡帕莉娅很相衬。”

“属下和月亮？”卡帕莉娅冰冷竖瞳里的光似乎有波动，像安静的水面上出现的波纹。

从来没有人这样说过，因为没有人会把虫族，即使是女性虫族，与任何美丽、美好的事物类比。

虫族是个冷酷的种族，不仅是他人这么认为，虫族本身也这么认为。

“属下为什么会……”眼睛里多了点陌生的湿润感，卡帕莉娅快速眨了眨眼，担心顾淮误会，她说，“属下并没有觉得难过。”

顾淮闻言，想起自己和卡帕莉娅第一次通过影像通信见面的时候，他因为精神力消耗而打了个哈欠，导致眼睛湿润，她看见以后就非常愤怒。

因为在卡帕莉娅的理解里，流泪都是因为悲伤难过，而悲伤难过是由于遭遇了痛苦的事情。

虫族其实很难理解哭泣和眼泪，所以才会有这样的误会。

“喜悦也是会流泪的，卡帕莉娅。”顾淮弯眼微笑，“不是只有痛苦难过才会流泪，在喜悦和感动的时候也会。”

卡帕莉娅尖刀形态的左手静静垂放，经历完极短暂的异样表现，她此时已经恢复正常表情。

对顾淮的话，她仍是存有疑惑，可同时也似乎有所理解。

卡帕莉娅说她并不是难过，根据她的反应，顾淮认为她愿意接受这个小名。

“那么亚尔维斯的事，我们就这样达成共识了，露娜？”顾淮顿了一下，想起来了，更换自己对卡帕莉娅的称呼。

原本卡帕莉娅是要皱眉沉思一下的，但是她被取小名的事打断了思路。现在听见顾淮用“露娜”来称呼她，她一下子站起身，表情紧绷地点头应了一声就匆匆离开了。

出去的路上，卡帕莉娅刚好再遇到亚尔维斯，她没再表现什么戒备，只是绷着脸继续快步离开。

等卡帕莉娅离开以后，顾淮在屋子里想了想他要求某只大猫离开时的那个样子，决定还是主动去找大猫，以表示诚意。

亚尔维斯并不难找，顾淮从屋子里走出去没找多久，这只大猫就一声不吭地不知道从哪个地方走来，很快又跟在他身边了。

“又不高兴？”顾淮说这句话的时候，不知道为什么是有点想笑。

正常来说，动不动不高兴的人应该会让人觉得很难应付，但大概因为亚尔维斯即使不高兴也还是特别听话，而且也很好哄。这只大猫的不高兴，在顾淮眼里就都变得莫名可爱起来。

亚尔维斯垂眸，不否认顾淮的话，但也静默地没有承认。

“那么多不高兴，还有什么其他不高兴的事情？”顾淮问着，打算一起哄了。

亚尔维斯对这句问话有了反应，他用冷淡声音说："其他人握你的手，不高兴。"

因为当时是顾淮主动把手伸出去的，亚尔维斯明白这个举动背后的意义，他才没有阻止。

但不阻止，不代表不会在意。

竟然还真有。

顾淮思考了一下亚尔维斯这句话指的事情，是说那天他向灰塔伸出手的时候，手被西瓦搭上的这件事。

这也值得不高兴?

顾淮再一次深刻了解到亚尔维斯的猫系程度，占有欲实在太强烈了，而且他还是闷声不吭在那里自己一个人不高兴这么久。

"那这样？"之前的事是没办法改变的，顾淮这时主动把自己的右手交给亚尔维斯，想着也给亚尔维斯握一会儿，那应该就和之前的事扯平了。

亚尔维斯看着顾淮伸过来的手，抿着的嘴角逐渐放平了，一言不发地握住顾淮的手。

正常虫族的体温都偏低，但顾淮不一样，他的体温像人类那样，比较温暖。

因此，当亚尔维斯握住顾淮的手时，顾淮很明显地感触到亚尔维斯手心和手背的皮肤微凉。

握住的手的骨头仿佛都很脆弱，轻易能够捏碎，亚尔维斯感受着这一点，手上丝毫不敢用力，只轻轻地虚握着。

顾淮的身体没有正常虫族该有的防御力，普通虫族的皮肤很难被一般利器损伤，但顾淮不一样。因此，虫族总是以十万分小心的态度对待他。

即使是亚尔维斯，也明白了顾淮的这种脆弱。

如果是要破坏，当然很容易，以 α 虫族的力量，亚尔维斯能够用手将坚硬的黑契石直接捏成粉末，相对比较困难的是，保护这份脆弱却珍贵的事物。

握了好一会儿，顾淮觉得应该哄得差不多了，才把手收了回来。

“我们去看看空轨的建造进度吧，要是之后做出来效果不错，我觉得图瑟星的交通也可以增加空轨。”顾淮往工程进行的方向看了一眼，他今天也该去晃一晃了。

自己去建造地点晃一晃真的能加快建设进度，顾淮对这个设定有点失语，但最后还是无言地接受了。

亚尔维斯不反对，于是两人没多久就去到艾维星上正在建造空轨的地方。

进度好像已经完成了四分之一，顾淮先在现场尽职尽责地晃悠了一会儿，然后他准备去找西瓦，询问灰塔的士兵们这段时间在艾维星生活感觉怎么样。

不过不凑巧，顾淮带着亚尔维斯过去的时候，刚好看见西瓦和他曾经的恋人在一起。

“这里不是你应该来的地方，没看见我现在变成什么样子了吗？回去吧，整个萨诺家族还等着你继承。”西瓦冷漠道。

“那行啊，回去了我就再也不理你了。”旁边那名衣着打扮很明显是贵族子弟的年轻人一瞪眼，说完这话风风火火就准备要走。

但对方也没能走成，被年轻人用这句话故意刺激的西瓦紧绷着脸抓住了对方的手腕，然后两个人互不退让。

顾淮隔着数米远，看见这个画面，第一反应是别过眼回避。结果他偏过头，就看见他旁边的亚尔维斯正面无表情地继续看着。

顾淮低咳了一声，扯了扯对方。

亚尔维斯微垂双眼，视线停在顾淮的脸上。直到顾淮疑惑地看他一眼，亚尔维斯向对方再靠近一步，然后低下头。

“亲密的行为只有对喜欢的人才能做。”终于发现亚尔维斯刚才的观察是在学习，顾淮及时阻止了对方的行为，用很无奈的语气再次教育眼前这只大猫，“所以我之前跟你说……”

“啾啾想一直和阿淮在一起。”没让顾淮把话说完，亚尔维斯先用低沉冷淡的声音陈述这句话，浅金色的竖瞳分毫不移地注视着对方。

顾淮一下子愣住了，这句话能让他发愣的点也太多了，无论是亚尔维斯对他说喜欢，还是亚尔维斯竟然用“啾啾”自称，就连对他的这个称呼也是第一次听见。

顾淮还不知道怎么反应，就听亚尔维斯又对他说：“我想看见你。”

这句话不是顾淮第一次听见，因此比较好回应，他问：“因为看着我能让你觉得安静？”

这样想着，顾淮尝试组织语言：“那你想象一下，如果另一个人也能让你觉得安静，其实你会发现你对那个人，和对我，应该是会有相同感觉的……”

顾淮说着，心里隐约掠过一丝不太舒服的感觉，但由于消失得太快，他没能捕捉到。

亚尔维斯皱眉：“我只会想看见你。”

顾淮不自觉眨眨眼，组织语言变得更困难了：“因为你还没遇见另一个能让你觉得安静的人，如果遇见的话……”

“不一样。”亚尔维斯定定地注视着他，声音低沉缓慢，“除了你以外，其他人都不行。”

因为刚才被拒绝，亚尔维斯这次低下头：“只有你才可以。”

— 第一册完 —